Susanne Fröhlich

Heimvorteil

Roman

Besuchen Sie uns im Internet:
www.knaur.de

Aus Verantwortung für die Umwelt hat sich die Verlagsgruppe Droemer Knaur zu einer nachhaltigen Buchproduktion verpflichtet. Der bewusste Umgang mit unseren Ressourcen, der Schutz unseres Klimas und der Natur gehören zu unseren obersten Unternehmenszielen. Gemeinsam mit unseren Partnern und Lieferanten setzen wir uns für eine klimaneutrale Buchproduktion ein, die den Erwerb von Klimazertifikaten zur Kompensation des CO_2-Ausstoßes einschließt.
Weitere Informationen finden Sie unter: www.klimaneutralerverlag.de

Originalausgabe Februar 2022
Knaur HC
© 2022 Knaur Verlag
Ein Imprint der Verlagsgruppe
Droemer Knaur GmbH & Co. KG, München
Alle Rechte vorbehalten. Das Werk darf – auch teilweise –
nur mit Genehmigung des Verlags wiedergegeben werden.
Covergestaltung: Sabine Schröder
Coverabbildung: Collage von Sabine Schröder unter
Verwendung von Motiven von shutterstock.com
Satz: Daniela Schulz
Druck und Bindung: CPI books GmbH, Leck
ISBN 978-3-426-22706-0

2 4 5 3 1

Für Conny und Bärbel
Mit Euch gehe ich in jedes Heim

Sie war überrascht, wie schnell Sterben gehen kann. So lautlos und ohne jedwedes Aufsehen.

Auf den Tag genau vor zehn Jahren ist Klaus gestorben. Da war sie gerade mal achtundfünfzig Jahre alt. Es war ein sonniger Frühlingstag, harmlos, ein ganz gewöhnlicher Morgen. Klaus und sie haben gefrühstückt, 6.45 Uhr, wie immer. Als er sich die erste Zigarette des Tages anstecken wollte, hatte sie gemeckert. Auch wie immer. »Sei nicht so eine zickige Ziege!«, hatte er erwidert. Und als sie in die Küche ging, um für beide eine weitere Tasse Kaffee zu holen, ist er vornüber auf den Tisch gesunken und war, als sie mit dem Kaffee ins Esszimmer zurückkam, tot.

Ein Herzinfarkt. »Nichts zu machen, das war heftig!«, hatte der Notarzt nur gesagt und bedauernd den Kopf geschüttelt.

Sie hatte sich hingesetzt und eine Zigarette aus Klaus' Packung genommen. Sie, die Nichtraucherin. Er braucht sie ja nicht mehr, hatte sie nur gedacht. »Zickige Ziege« war das Letzte, was er zu ihr gesagt hatte. Weil sie, wie eigentlich jeden Morgen, genörgelt hatte. Über seine Raucherei. Jetzt war es zu spät für jegliche Freundlichkeit. »Gehen Sie nie schlafen oder getrennter Wege, ohne jede Streitigkeit aus dem Weg geräumt zu haben!«, lautet eine Weisheit aus Frauenzeitschriften. Aber sie war bloß mal eben in die Küche gegangen. Und statt zu rauchen, stirbt Klaus. Das kann man nun wirklich nicht ahnen. Da dürfte man ja nie was sagen. Er hat die kurze Gelegenheit genutzt, um sich davonzustehlen. So jedenfalls hat sie es eine Weile gesehen. Inzwischen ist sie milder gestimmt, zehn Jahre sind eine verdammt lange Zeit. Genug, um Tatsachen zu akzeptieren.

Zweiundvierzig Jahre waren sie zusammen, seit der Schule. Sie haben die Mittlere Reife gemeinsam gemacht. Sie nennt es noch immer Mittlere Reife. Passt besser als Realschule, findet sie. Und Klaus macht sich einfach aus dem Staub. Stirbt. Nach all den Jahren, ohne jede Vorwarnung. Das hatte sie sich anders vorgestellt.

Noch heute wird sie ein klein bisschen wütend, wenn sie daran denkt. Nie ist er zur Vorsorge gegangen, egal, wie sehr sie gedrängt hat. »Brauche ich nicht, keine Zeit, ich geh zum Arzt, wenn ich krank bin!«, waren seine Ausreden. »Das kommt davon!«, hätte sie ihm gerne am Grab hinterhergerufen. »Jetzt hast du wirklich keine Zeit mehr!«

Diese Wut hat ihre Trauer all die Jahre überschattet. Vielleicht auch erträglicher gemacht. Heute, zum zehnjährigen Todestag, will sie rausfahren zum Grab. Das macht sie nur noch selten. Wozu auch? Es ist kein Ort, an dem sie Klaus nah ist. Aber waren sie sich je wirklich nah? Funktioniert haben sie, sich etwas aufgebaut, und gut verstanden haben sie sich zumeist auch. Verlässlich war er gewesen. Berechenbar. Kein schlechter Ehemann.

Ist das Nähe? Oder braucht es da mehr? Sie weiß es nicht, sie kennt es ja nicht anders. Vielleicht ist diese romantische Vorstellung, diese oftmals zitierte Seelenverwandtschaft nur ein Mythos, eine Überhöhung. Etwas, was zu einer immerwährenden Enttäuschung führt.

Vielleicht ist das, was sie beide hatten, das, was man auf der langen Strecke im besten Fall erwarten kann. Diese Sehnsucht nach dem Mehr impliziert auch immer das Vermissen. Eine latente Unzufriedenheit.

Und trotzdem: Jutta hatte insgeheim immer auf die Rente gehofft. Die Zeit ohne Arbeit. Da werden wir uns mal was gönnen. Da durchbrechen wir diesen unsäglichen Kreislauf von Arbeit und noch mehr Arbeit. Klaus und der Betrieb. Sie und ihre Filiale. Für viel mehr war nie Muße. Und dann war der Kreislauf abrupt unterbrochen. Aber eben nicht durch die herbeigesehnte Rente, sondern durch Klaus' Tod. Das *Danach* war erledigt. Ohne dass sie entscheiden konnte. Es würde keines geben. Keines, an dem sie beide teilhaben konnten.

Zumindest das Haus war abbezahlt. Das Haus. Das war Klaus wichtig. All die Jahre hatten sie sich abgerackert, um die Hypotheken für das Haus zu bezahlen. Und jedes Jahr noch ein paar Euro Sondertilgung obendrauf erwirtschaftet. Als wäre die schuldenfreie Immobilie das angestrebte Klassenziel. Zu welchem Preis? Wenig Urlaub und wenig Zeit. »Die Kinder sollen mal alle Möglichkeiten haben!«, war sein Credo. Wie stolz war er gewesen, als die Zwillinge mit dem Studium angefangen hatten. Seine Söhne auf dem Weg ins Akademikerdasein. Die Jungs.

Die beiden haben ein wirklich prima Abitur hingelegt und dann an der Uni irgendwie nicht die Kurve gekriegt. Vielleicht gut, dass er das nicht erlebt hat. Er wäre sehr enttäuscht gewesen von Mads und Pelle. Die Namen hat Klaus ausgesucht. Jutta fand sie nie gut. Noch heute bereut sie, vor allem zu Pelle Ja gesagt zu haben. Immer muss sie an Wurst denken, wenn sie den Namen ausspricht. Dänische Vornamen, was für eine Schnapsidee!

Klaus hat Dänemark immer geliebt. Wenn es mal in den Urlaub ging, dann nach Dänemark. Eine Woche, selten zehn ganze Tage. Mehr ging nicht. Die immer gleiche Ferienwohnung. Günstig und zentral gelegen. Klaus war kein Mann für Experimente. Wenn was gut ist, sollte man daran festhalten, fand er. Und Dänemark war gut für ihn. Nicht so heiß und nicht so weit weg. Sie wäre gern mal woanders hingefahren. Hätte sich gern mehr von der Welt angeguckt. Hätte gern mal nicht gekocht und geräumt und geputzt im Urlaub. Hätte und wäre. Der ewige Konjunktiv steht stellvertretend für ihr Leben. Aber sie hat sich gefügt. Für die Familie, das große Ganze. Hat sich selbst nie in den Fokus gestellt. So ist sie nicht erzogen. »Wir statt ich« lautete die Devise.

Nach dem Tod von Klaus hat sie sich die erste wirkliche Unvernünftigkeit ihres Lebens gegönnt. Eine neue Küche. Jahrelang hatte sie darum fast schon gebettelt. »Die tut es doch noch!«, war die Antwort ihres Mannes gewesen. Es stimmte ja. Kaputt war nichts, aber diesen Holzcharme der Achtziger war sie nach all den Jahren einfach leid. Sie wollte was Modernes. Helles. »Ich kaufe mir doch auch kein neues Auto, nur weil mir die Farbe nicht mehr gefällt!«, hatte Klaus ihren Wunsch immer abgetan. Die neue Küche war eine Form der besonderen Trauerbewältigung. Ein Zeichen dafür, dass sie ab sofort allein für sich verantwortlich ist. Entscheidungen selbst trifft. Ohne Rücksprache.

Die Kinder waren entsetzt. Obwohl sie beim Preis nicht die Wahrheit gesagt hat. Zwanzigtausend hat sie behauptet. Sie haben es geschluckt. Daran sieht man, dass die drei von Küchen keinen Schimmer haben. Für zwanzigtausend hätte sie eine solche Küche nicht bekommen. »IKEA hat auch schöne Sachen, und bisher war die

Küche schließlich gut genug!«, hat ihre Tochter gemeckert. »Dafür ist das Geld aber wirklich zu schade!«, fanden die Zwillinge. Alle drei waren sich einig, dass es wirklich sinnvollere Verwendungszwecke für diese Summe gegeben hätte. Sie selbst zum Beispiel. »Du bist allein, was musst du da groß kochen?«, war ein weiteres Argument. Aber obwohl sie sonst nicht zu Alleinentscheidungen neigt, wie auch – jahrelang hatte Klaus bestimmt, welche Anschaffung wichtig ist und getätigt wird –, hat sie die Sache durchgezogen. Und die Kinder vorab auch nicht über ihre Pläne informiert. Sie wollte über den Kauf nicht diskutieren.

Geplant, gekauft und auch noch aufbauen lassen. Etwas, was für Klaus an Dekadenz sicherlich kaum zu überbieten wäre. »Was man selbst machen kann, dafür zahlt man doch nicht!«, hatte er immer gesagt. Die Kinder waren ziemlich baff, als sie ihre Superküche gesehen haben. Erster Kommentar: Lohnt sich das denn noch? Sie war gekränkt. »Ich bin sechzig und nicht achtundachtzig!«, hatte sie nur gesagt. Und gedacht: Alles muss man sich ja nicht gefallen lassen. »Kann man die zurückgeben?«, wollte Mads, der eine Minute ältere der Zwillinge, wissen. Eine Einbauküche zurückgeben? Nein. Zum Glück nicht, denn sie liebt ihre neue Küche bis heute. Nicht nur weil sie neu und schön und praktisch ist, sondern weil sie ihre ist. Weil sie sie einfach gekauft hat. Ohne Zögern, ohne Handeln, ohne Angebot. Ein Wunsch, den sie sich einfach erfüllt hat. Es ist mehr als eine Küche, es ist ein Zeichen. Dafür, dass sie nicht länger jemand ist, der so gar nichts zu melden und zu entscheiden hat. Diesmal hat sie sich von niemandem reinreden lassen. Die Hälfte ihrer Ersparnisse hat sie für die Küche ausgegeben. Fünfunddreißigtausend Euro. Einmal nicht knausern, einmal kein Sonderangebot. Wenn die Kinder das wüssten, würden sie sie einweisen lassen. Siebzigtausend Euro hatten Klaus und sie zusammengespart. Ein Teil davon war das Erbe ihrer Eltern, schon deshalb hält sich ihr schlechtes Gewissen in Grenzen. Dass sie überhaupt was geerbt hat, hat sie damals erstaunt. Ihre Eltern waren sogenannte kleine Leute. Der Vater Bäcker, die Mutter Aushilfe im Laden.

Immer Streuselkuchen, nie Geld. Kein Urlaub, und wie der Vater sagte: keine Ausgaben für Fisimatenten. Unter Fisimatenten fiel alles, was nicht lebensnotwendig war. Markenjeans, ein zusätzlicher Badeanzug, undenkbar. Und dann knapp dreißigtausend Euro Erbe. Für jeden ihrer Brüder noch mal dasselbe. Da wären die ein oder anderen Fisimatenten ab und an durchaus drin gewesen. Neunzigtausend Euro auf dem Konto und immer geknausert.

Sie ist das Nesthäkchen der Familie, ungeplant, wie ihre Mutter ihr mal ungefragt erzählt hat. Kontakt zu ihren Brüdern hat sie eher selten. Sie streiten nicht, selbst dafür sind nicht genug Emotionen da. Hans und Peter sind nicht unrecht, aber drei sind halt eine zu viel, hat sie oft gedacht. Beide Brüder sind Handwerker geworden, reich ist keiner, aber, wie sagt man immer, sie haben ihr Auskommen. Auf dem Land in Schleswig kann man auch mit wenig ganz gut leben. Außerdem: Keiner von ihnen neigt zur Prasserei. Woher sollte das auch kommen, woher sollten sie es können? Prasserei muss man lernen, und verwöhnt worden sind sie nun wirklich nicht. Oft genug hat sie in ihrer Jugend eifersüchtig auf die Meiers geschaut. Die Metzgersfamilie. Nur einen Sohn hatten die. Neidisch war sie auf sein Einzelkinddasein. Daniel. Klein und breit um die Hüften. Schon als Jugendlicher leicht schwammig. Eine riesige Metzgerei hatten die Meiers, zwei Autos und ein Haus mit einem kleinen Außenpool. Die waren wer damals. Lange hat ihre Mutter gedacht, dass sie vielleicht die Richtige für den Meier-Sohn sein könnte. Raufheiraten nannte die Mutter es. Gucken und planen. Nicht blind verlieben. »Die Liebe trägt kein Leben lang, aber keine Geldsorgen zu haben, entspannt enorm.« Früher fand sie das oberflächlich und hat nur milde und einen Hauch mitleidig gelächelt bei dem Gedanken, Pummel-Daniel zu heiraten. Heute würde sie es vielleicht anders sehen. Vielleicht. Aber Daniel hatte sowieso nie Interesse an ihr. Er hat Sybille aus dem Nachbarort geheiratet. »Geld zu Geld«, hatte ihre Mutter gesagt, und es hatte bitter geklungen. Die Schöne und das Biest, hatte man im Ort getratscht. Sybille war ein ausgesprochen hübsches Mädchen. Und ihre Eltern hatten einen Hof mit einer riesigen Schweinezucht. Hat eben gut gepasst, allerdings nicht lange gehalten. Die beiden seien geschieden, hat man ihr erzählt. Sybille hat einen aus der Stadt genommen. Einen Anwalt. Mit Doktortitel sogar. Da konnte auch die Metzgerei mit Pool nicht mithalten.

Ihre Eltern leben schon lange nicht mehr. Kaputtgerackert könnte man sagen. So will sie nicht enden. Der Tod von Klaus war eine Art Warnschuss. Wenn ich weiter so mache, hat sie gedacht, dann bin ich auch bald in der Kiste. Aber das will sie mit Sicherheit nicht, weder bald sterben, noch in einem Sarg verwesen. Von Insekten und Würmern zerfressen werden. Sie möchte nicht neben Klaus auf dem Dorffriedhof liegen, auch wenn das so geplant ist. Das Grab hatte Klaus schon vor Jahren gekauft. Da waren sie noch keine fünfzig. Keine neue Küche, aber ein Grab.

»Niemandem zur Last fallen, seine Angelegenheiten vorab regeln«, das war ihm wichtig. Sie hingegen möchte verbrannt werden. Und dann verstreut. Irgendwo, wo es schön ist. Am liebsten unter ihren Hortensien. Den rosafarbenen, die Klaus so geliebt hat. Keine Steinplatte auf sich drauf, keine schwülstige Grabinschrift. Als sie das den Kindern gesagt hat, waren die verwirrt. »Wir dachten, du willst bei Papa sein, ihr habt doch ein Doppelgrab gekauft. Wer soll da denn jetzt mit rein?« Ist mir wurscht, hätte sie fast gesagt. »Das ist Vergeudung«, haben sie noch ergänzt. »Ihr könnt meinen Platz anderweitig vergeben!«, hat sie, für ihre Verhältnisse recht forsch, erwidert. Ob sie sich an ihre Wünsche halten werden? Sie hofft es.

Manchmal hat sie den Eindruck, den Kindern kann es gar nicht schnell genug gehen mit ihrem Ableben. Aber vielleicht ist sie da auch zu empfindlich. Wirklich kümmern tun sich die drei jedenfalls nicht. Sie haben eben ihr eigenes Leben, ihre eigenen Sorgen, das ist der normale Lauf der Dinge, versucht sie eine Entschuldigung für ihre Kinder zu finden. Sie ist gut darin, anderer Leute Verhalten zu beschönigen. Aber insgeheim kränkt es sie. Wie sehr hatten sie sich die Kinder gewünscht. Es hat lange gedauert, bis sie damals endlich schwanger war. Sie hatten es schon fast aufgegeben, Klaus und sie. Waren enttäuscht. Und dann, mit zweiunddreißig, hat es doch noch überraschend geklappt. Sophia kam auf die Welt. Auch hier war Klaus der Namensgeber. Sophia Loren war für ihn immer »die« Frau überhaupt. Die lebende Sinnlichkeit. Objektiv betrachtet, ohne den mütterlichen Blick, hat Sophia wenig bis gar nichts von ihrer Namenspatin. Kurven ja, aber nicht da, wo die Schauspielerin ihre hat. Ihre Tochter hat all ihr Gewicht an Beinen und Po. Das, was sie untenrum zu viel hat, fehlt ihr an Oberweite. Ihr Gesicht ist nett, aber weit entfernt von aufregend. Sophia hat viel von Klaus, ist weder hübsch noch hässlich. Durchschnitt eben. Sympathisch aussehend, aber mehr nicht. Aber clever ist sie, das muss man ihr lassen. Mit Sicherheit klüger als ihre Brüder. Trotzdem hat sie nach der Mittleren Reife aufgehört mit der Schule und bei der hiesigen Sparkasse eine Banklehre gestartet. Klaus war einverstanden, sie hingegen hätte es gern gesehen, wenn Sophia Abitur gemacht hätte. »Hat bei uns ja auch gelangt! Wahrscheinlich wird sie eh bald heiraten«, fand Klaus. Das hat sie dann auch früh getan. Und direkt Kinder bekommen.

»Ich wollte nicht so eine alte Mutter wie du sein!«, hat sie Jutta spitz gesagt. Als wäre das bei ihr eine bewusste Entscheidung gewesen. Außerdem: Alt ist zweiunddreißig nun nicht gerade. Heutzutage schon gar nicht mehr.

Sophia hat kurz nach ihrer Lehre Heiner geheiratet, einen Polizisten, den sie in der Tanzschule kennengelernt hat. Heiner arbeitet auf dem Revier im Bahnhofsviertel in Frankfurt. Spannend findet er es. Oft ernüchternd, aber immer spannend. Sophia will unbedingt, dass Heiner sich nach all den Dienstjahren endlich als Revierleiter bewirbt, aber Heiner hat wenig Ambitionen. Schreibtisch ist nix für mich, lautet sein Argument. Sophia arbeitet wegen der Kinder nur noch halbtags. Die beiden leben in Fulda, und Heiner pendelt täglich mit dem Zug nach Frankfurt. Eine Stunde hin, eine zurück. Zum Leidwesen von Sophia. Nie habe Heiner Zeit. Alles bliebe an ihr hängen. Der Garten, der Haushalt und die Mädchen. Aber in der Stadt oder dem unmittelbar angrenzenden Speckgürtel könnten sie sich ein eigenes Haus nicht leisten. Wäre Heiner endlich Revierleiter oder zumindest Stellvertreter, sähe das, ihrer Meinung nach, anders aus. All das ein Grund für ihre latente Unzufriedenheit. Für ihr Quengeln und Drängeln. Aber Heiner, sonst nicht sehr konsequent und willensstark, zeigt bei diesem Thema, dass er auch anders kann. Er will nicht. Und das ist ein ständiges Thema und Ärgernis zwischen den beiden. »Wenn du Karriere willst, mach doch selbst eine!«, argumentiert Heiner. »Waschlappen!«, hat ihn Sophia beim letzten gemeinsamen Grillen im Reihenhäuschen der beiden genannt. Angst vor der Verantwortung hat sie ihm unterstellt. Und das alles vor Jutta. Ihr war das unangenehm. Klaus und sie haben solche Dinge unter sich ausgemacht. Außerdem: Sie mag Heiner. Aber es ist ihr peinlich, wenn der sich so gar nicht wehrt.

Sophia kennt, einmal in Rage gekommen, wenige Grenzen. Und Heiner hält die Klappe. Lässt sich das gefallen. Sitzt es einfach aus. Mit ihren Töchtern ist Sophia anders. Weniger rabiat, liebevoller und fast schon auf eine seltsame Art devot. Sie will ihren Kindern gefallen. Jutta will das auch, aber nicht um jeden Preis. Kinder sind Kinder, und Eltern sind Eltern, denkt sie. Sie und Klaus hätten gar nicht die Zeit gehabt, den Kindern diesen immensen Raum zuzugestehen. Bei ihnen musste jeder funktionieren. Sie waren strenge Eltern, schon weil das Zusammenleben damit einen klaren Rahmen hatte. Die Strenge nicht als bewusste Entscheidung, eher als Notwendigkeit. Es war nun mal so.

Laura und Lisa, ihre Enkelinnen, sind inzwischen zehn und dreizehn und anstrengend präpubertär und pubertär. Hübsche kleine Diven, die ihren Eltern ganz schön auf der Nase rumtanzen. Jutta mag die Ältere, Lisa, lieber. Irgendwie hat sie einen besseren Draht zu ihr. Vielleicht weil sie sich in den ersten Jahren viel um sie gekümmert hat. Um ihre Tochter zu entlasten. Obwohl sie voll berufstätig war, hat sie an ihren freien Tagen und an vielen Abenden Lisa bespaßt. Klaus war das manchmal zu viel. Er wollte, nach dem Arbeiten, kein Baby um sich haben. »Ich brauche Ruhe, habe den ganzen Tag auf den Baustellen genug Remmidemmi.« Aber ihr war es wichtig. Vielleicht eine Art von Wiedergutmachung. Eine Kompensationsleistung. Für Sophia hatte sie immer zu wenig Zeit. Unterschwellig hat sie sicherlich auch gedacht, damit das Verhältnis zu Sophia verbessern zu können. Ein Irrtum. Besonders dankbar hat sich Sophia nie gezeigt.

Mit der Geburt von Laura sind Heiner, Sophia und Lisa dann in die Nähe von Fulda gezogen. In ein kleines Reihenhäuschen, das sie seither abbezahlen. Manchmal hat Jutta das Gefühl, Geschichte wiederholt sich. Dieser unbändige Drang nach dem Eigenheim. Woher kommt der eigentlich? Wäre eine bezahlbare Wohnung zur Miete, nah an Heiners Arbeitsplatz, nicht die viel bessere Lösung? Familienfreundlicher? Für Sophia, ihre Tochter, nicht vorstellbar. Ein Haus ist ein Haus. Drunter tut sie es nicht. In einer Wohnung zu leben, ist für sie ein Synonym für die, die es nicht geschafft haben.

Sie hatte Jutta und Klaus vorgeschlagen, die Häuser zu tauschen, später, wenn die in Rente gehen. Klaus war nicht abgeneigt. »Für uns ist es doch egal, wo wir im Alter leben!«, hatte er gesagt. Aber Jutta war alles andere als begeistert. Was soll sie in der Peripherie von Fulda? Ihr Haus ist so nah an Frankfurt, dass man wunderbar mit der S-Bahn in die Stadt fahren kann. Vielleicht sogar mal in die Oper oder auch in eine Ausstellung. Einfach etwas zum puren Vergnügen tun. Oder zumindest die Möglichkeit haben. Direkt abgesagt haben sie Sophia allerdings nie. »Wir werden sehen, wenn wir Rentner sind, entscheiden wir!«, haben sie sich um eine klare Antwort gedrückt und das Thema so gut es ging vermieden.

Als Sophia kurz nach dem Tod ihres Vaters den Haustausch erneut mit Vehemenz angesprochen hat, hat sie abgelehnt. In einem kühnen, mutigen Moment. Sie will den Häusertausch jetzt noch weniger als vorher. Ohne Klaus wäre sie sehr allein da draußen. Hier kennt und mag sie die Nachbarn, und ihre paar Freunde leben in der Nähe. Sophia war enttäuscht und hat damit nicht hinterm Berg gehalten. »Du könntest in eine kleine Wohnung ziehen, du brauchst all den Platz doch gar nicht. Und du könntest echt auch mal an mich und deine Enkelinnen denken.«

Jutta hat jahrzehntelang an alle außer sich selbst gedacht und fühlt sich trotzdem ertappt von Sophias Vorwürfen. Sie hat mit dem Platzargument natürlich recht. Sie braucht kein Haus mit vier Schlafzimmern. Aber sie mag ihr Haus. Klaus und sie haben geschuftet für ihr Haus. Sie liebt den kleinen Garten, will ihn nicht tauschen gegen die kiesige Steinwüste mit Schaukel und Sandkiste bei ihrer Tochter, und vor allem will sie sich dafür nicht ständig rechtfertigen. Mit welchem Recht erwartet Sophia, dass sie ihr Leben dem ihrer Tochter unterordnet? Das bisschen Leben, das ihr noch bleibt.

Nach dem Tod von Klaus hat sie zunächst weitergemacht wie bisher. Nicht mal eine Woche hatte sie sich freigenommen. Nur den Todestag, den Tag danach und den Tag der Beerdigung. Die Arbeit hatte sie abgelenkt. Aber nicht nur das. Es war die Struktur, die sie brauchte. Die Kollegen und Kolleginnen waren erstaunt gewesen, und selbst Fred, ihr Chef, der normalerweise nicht zur Großzügigkeit neigte, hatte ihr mehrfach vorgeschlagen, es geruhsam wieder anzugehen. »Nimm dir halt ein paar Tage frei, Jutta!«, hatte er gesagt. »Du hast doch noch Urlaub über!« Aber einfach so weiterzumachen, kam ihr am natürlichsten vor. Einfach zur Arbeit zu gehen. Zu Hause zu hocken, hieße, ständig zu denken, dass etwas nicht stimme. Beim Arbeiten war kaum Zeit nachzudenken. Jedenfalls nicht über Klaus. Ihr bisschen Urlaub zu vergeuden, um daheim Trübsal zu blasen, kam ihr abwegig vor. Um zu trauern, brauche ich keinen Urlaub, hatte sie nur gedacht. Das kann ich nebenher erledigen.

Außerdem war es ja so: Sie als stellvertretende Filialleiterin von Fred hatte jede Menge Aufgaben. Und dazu Personalverantwortung. Angefangen hat sie mal als Kassiererin. Ein Job, den sie immer gemocht hat. Kassiererin zu sein, ist anspruchsvoller, als Menschen denken. Es heißt schnell sein, aufmerksam sein und dazu im besten Falle noch freundlich. Nach einigen Monaten an der

Kasse ahnt man, was in Familien vorgeht. Man weiß, wer zu viel trinkt, raucht oder nie Obst isst. Wer gerade Diät macht, wer klamm ist und jedes Mal ängstlich auf die Gesamtsumme schaut oder wer sich nie was gönnt. Weil es gerade nicht geht oder weil es eben nie geht. Und auch nie gehen wird. Das ist ja oft das Schlimmste. Zu wissen, dass Einschränkungen keine zeitliche Sache sind, sondern der Dauerzustand. Einer, aus dem es keinen Weg hinaus gibt.

In ihrem Discounter kaufen aber nicht nur Menschen, die nicht anders können. Es gibt auch welche, die sehr wohl genüsslich an kleinen Marktständen oder anderweitig hochpreisiger einkaufen könnten. Die legen dann acht Flaschen des hauseigenen Champagners auf das Band. Eine der Kundinnen, die mit der immer perfekt geföhnten blonden Mähne wie aus den Achtzigern, hat ihr bei jedem Einkauf zugezwinkert und beteuert, dass der fast wie Markenchampagner schmecke. »Den müssen Sie mal probieren! Der ist wirklich gut. Und das bei dem Preis!« Sie hatte immer nett geguckt und genickt. Champagner! Wozu brauchte sie Champagner? Klaus hätte nur mit dem Kopf geschüttelt. 11,99 für einen Rosé-Champagner! Für Klaus war Alkohol etwas, um sich ein wenig zu beduseln. Ein Bier war ihm immer das Liebste. Bier ist was Reelles, hatte er immer gesagt. Bei Feiern auch mal ein Glas Wein oder für besondere Anlässe ein Gläschen Sekt. Champagner ist nicht für Leute wie uns, fand Klaus. Warum mehr Geld ausgeben, wenn gar nicht mehr Prickel drin ist? Jutta hatte gelegentlich überlegt, ob sie eine Flasche mitnehmen soll. Zu seiner Beerdigung hat sie sich eine geholt und sie, nachdem alle weg waren, alleine getrunken. Hatte auf ihren Klaus angestoßen. Und dabei nur gedacht: In unserem Leben war zu wenig Champagner, und die Kundin hat recht. Er ist gut, der 11,99-Rosé-Champagner.

Alles auf die Zeit der Rente zu verschieben war dumm. Das weiß sie jetzt. Hinterher ist man immer schlauer. Klaus hat auf die Rente hingefiebert. Und hat sie nie erlebt. Das zumindest hat sie durch seinen Tod gelernt: dass dieses Aufschieben bedeuten kann, dass etwas nie stattfindet. Aufgeschoben heißt nicht aufgehoben, sagt der Volksmund. Von wegen.

Seit seinem Tod gibt es deshalb jeden Monat eine Flasche Champagner. Auch ohne erkennbaren Anlass. Einfach nur, weil sie noch lebt. Als sie in Rente gegangen ist, hat sie fünf Kisten davon gekauft. Sicher ist sicher. Nicht, dass Lidl eines Tages entscheidet, den Champagner aus dem Sortiment zu nehmen.

Auf dem Weg zum Grab, zehn Jahre nach seinem Tod. Seinem sehr stillen Abgang. Sie hat die Kinder gefragt, ob sie sich mit ihr auf dem Friedhof treffen wollen. Und danach vielleicht gemeinsam was essen gehen und ein Glas auf Papa trinken. »Ich kann mir dafür nicht freinehmen!«, hat Sophia nur geantwortet, und sie hat nichts entgegnet, nur gedacht: Wieso eigentlich nicht? Einen Tag für deine Mutter und indirekt für deinen Vater. Ist das wirklich zu viel erwartet? Auch die Zwillinge haben direkt verneint und irgendwas von einem wichtigen Termin erzählt.

Sophia hat, auch ohne dass sie etwas gesagt hat, immerhin gemerkt, dass sie ihre Mutter gekränkt hat. »Vielleicht schaffen wir es, am Wochenende vorbeizuschauen!«, hat sie versucht, mit einem kleinen Köder gut Wetter zu machen. »Das wäre schön!«, hat sie geantwortet und sich trotzdem still geärgert. Warum nur ist immer alles wichtiger als sie? »Papa ist es sicherlich egal, ob wir pünktlich am Jahrestag hinkommen!«, hat Pelle noch gesagt. Aber mir nicht, hätte sie sagen sollen. Ihre Bedürfnisse klar zu formulieren, macht ihr Probleme. Vielleicht, weil ihre Bedürfnisse nie eine Rolle gespielt haben. Sie muss ihre Ansprüche deutlicher machen. Sie weiß das und schafft es trotzdem nicht. Harmonie war ihr immer wichtig. Auch, wenn die auf ihre Kosten ging.

Natürlich könnte sie die Fahrt zum Friedhof verschieben. Auf irgendwann, irgendwann dann, wenn es den

Kindern in den Kram passt. Sie beschließt, nicht darauf zu warten und alleine zu gehen. Der Jahrestag ist nun mal heute und nicht irgendwann.

Es ist ein kühler Morgen, noch ein wenig neblig, fast schon novemberlich, und das im Mai. Damals war es sonnig. Das Grab sieht schlampig aus. Ungepflegt. Und das bei einem Mann, der seinen Garten so geliebt hat. Zum Glück kann er nicht rausgucken, hat Jutta nur gedacht. Er wäre entsetzt, das weiß sie. »Also echt, Jutta, das kleine Stückchen Grün in den Griff zu bekommen, ist doch wohl machbar!«, hätte er gesagt, und es wäre ein kleiner Vorwurf mitgeschwungen. »Ich mache es dir hübscher«, hat sie geflüstert. »Ich pflanze dir was Blühendes. Etwas, was nicht nur praktisch und pflegeleicht ist.«
 Sie spricht sonst nicht mit ihm. Jedenfalls nicht hier. Es kommt ihr komisch vor. Zu jemandem zu sprechen, der in zwei Meter vierzig Tiefe liegt und wahrscheinlich inzwischen mehr Erde als Körper ist. Der ihr niemals mehr antworten wird. Es erscheint ihr albern. Aber heute hat sie erstmals dieses Bedürfnis. Zu reden. Noch lieber würde sie einfach nur ihren Kopf in seine Armbeuge legen. Vor dem Einschlafen hat sie das oft gemacht. Und sich dabei auf eine Art doll beschützt gefühlt. Sie hat die starken Arme von Klaus sehr geliebt. Und seinen Geruch.
 »Ach, Klaus, das hätte doch echt nicht sein müssen! Dieses Scheißsterben«, sagt sie und schaut auf den Grabstein. Marmor. Ein Fast-Geschenk von Manni, einem Handwerkerkollegen von Klaus. »Kriegst du zum Einkaufspreis, Jutta!«, hatte der gesagt. Und den kitschigen, eingravierten Engel gab's als Gratisüberraschung dazu. Gefallen hat der ihr nie, aber sie hat sich nicht getraut, ihm das zu sagen, und irgendwie war es ja auch egal.

Am meisten verstört hat sie der weitere Platz auf dem Stein. Der, wie Manni ihr erklärt hat, für ihren Namen gedacht war. Eine Leerstelle, die sie schon bei der Beerdigung lautlos angeschrien hat. Noch nicht genug gelebt, aber schon einen Platz auf dem Friedhof! Nur noch einziehen muss sie, um die Leerstelle auf dem Grabstein zu füllen.

»Ich wollte nicht mehr, als mein Mann gestorben ist, am liebsten wäre ich mitgestorben! Hinterhergesprungen in die Grube.« Das hat sie schon einige Male von anderen Frauen gehört. Ist das die große wahre Liebe, wenn man sich ein Weiterleben ohne den Ehemann gar nicht vorstellen kann und will? Manchmal hat sie sich ein bisschen geschämt, dass ihr dieser Gedanke nie gekommen ist. Ihr Wille zum Leben ist durch den Tod von Klaus geradezu neu entflammt worden. Der Tod bringt neben der Trauer auch die Frage mit sich, wie Leben sein sollte. Die Endgültigkeit, diese Radikalität des Todes, verlangt die nicht automatisch dieselbe Radikalität des Lebens? Muss man richtig leben, um das Leben zu schätzen? Und was heißt das mit dem richtig Leben? Wie geht richtig leben? Diese Frage hat sie sich in den Wochen nach Klaus' Tod häufig gestellt. Noch heute – zehn Jahre danach – ist sie unsicher, wie das mit dem richtig Leben geht. Mehr Risiko und mehr Egoismus? Mehr auf die »innere Stimme« hören? Aber sie hört da nichts in sich.

Sie hat lange überlegt, wer in ihrem Umfeld »richtig« lebt? Gibt es ein »richtig« für alle, oder ist »richtig« für die eine noch lange nicht richtig für die nächste Person? Wo und wie ist mein richtig? Ist richtig leben zunächst eine Entscheidung und dann ein Weg? Schritt für Schritt hat sie für sich entschieden, radikale schnelle Umbrüche sind und waren nie ihr Ding. Da wäre das Scheitern vorprogrammiert. So wie man ja beim ersten Joggingversuch auch nicht direkt bei einem Marathon antritt.

Während sie den hässlichen, leicht verdorrten Bodendecker rausreißt, fragt sie leise Richtung Grab: »Was mache ich bloß mit den Kindern? Sie sind erwachsen, aber ich habe das Gefühl, sie kriegen es irgendwie nicht auf die Reihe.« Es ist, in jeder Hinsicht, eine rhetorische Frage. Nicht nur, weil aus dem Grab sicherlich keine Antwort kommt, sondern auch weil sie ahnt, nein, genau weiß, was ihr Klaus antworten würde. »Lass sie ihr Leben leben, Jutta. Misch dich nicht ein.«

Klaus war nie ein Mann, der die Auseinandersetzung gesucht hat. Im Gegenteil. Er hat sie gemieden. »Bringt nichts, außer Ärger!«, war seine Meinung. Diskutieren, schön und gut, aber wozu? Streiten hat Klaus fast schon Angst gemacht. Er war noch harmoniesüchtiger als sie. »Ruhe an der Front«, hat er es genannt. »Jedem Tierchen sein Pläsierchen, Hauptsache, wir wissen, was und wohin wir wollen. Andere können uns egal sein.« In Klaus' Leben war viel egal und wenig Haltung. Einmischen fand er übergriffig und unnötig. »Ich will auch nicht, dass mir jemand sagt, wie ich mein Leben zu leben habe, also halte ich mich aus anderen Leben raus.« Zugegeben, eine stringente Linie. Trotzdem hatte Jutta oft ein Problem damit. Sich raushalten ist immer eine Form der kleinen Feigheit. Und so ganz stimmte es eben auch nicht. Klaus hat sehr wohl seine Meinung durchgesetzt. Er hat einfach bestimmt, subtil entschieden, wo es langgeht. Ohne groß zu fragen. Wer nicht fragt, bekommt auch keine Antwort, die ihm nicht gefällt. Sie war die Frau, die sich gefügt hat. Für den lieben Frieden oder das, was sie dafür gehalten hat, denkt sie. Hätte sie mehr streiten müssen? Mehr kämpfen, für das, was sie insgeheim wollte? Braucht eine

Gemeinschaft jeder Form genau solche Leute, Menschen wie sie, um zu funktionieren? Könnten zwei Bestimmer überhaupt entspannt zusammenleben? Oder braucht es immer den gefügigen Gegenpol?

»Du würdest dich wundern, Klaus, noch merkt man es kaum, aber in mir brodelt es«, sagt sie, und während sie es ausspricht, in die Leere und Stille des Friedhofs hinein, hat sie das Gefühl, dass es tatsächlich wahr ist. »Da staunst du, gell?«, legt sie nach. Noch nach zehn Jahren weiß sie genau, wie er jetzt gucken würde. Überrascht und einen Hauch ungläubig. Hat er ihr je viel zugetraut? Oder hat das mit Zutrauen gar nicht viel zu tun? Er fand sie fleißig, das weiß sie mit Sicherheit. Und er hat sie geliebt. Auch da ist sie sich sicher. Sein Bild von Liebe war immer auf eine Art genügsamer als das ihre. Zusammenhalten, gemeinsame Ziele haben und natürlich durchhalten. Als wäre eine Familie eine Firma. Romantik, rasende Leidenschaft und das ganze Rosa waren nie seins. »Man muss nur wollen und machen!«, hat er oft gesagt. Sie hat gewollt und sie hat gemacht. Auszubrechen aus diesem Hamsterrad war nie eine Option für sie gewesen. Das machte man nicht. Sie hat sich eingepasst in sein Schema. Und nein, es war wirklich nicht alles schlecht. Sie will sich nicht rückblickend beschweren. Sie hat durch ihr Nichtstun ja auch Zustimmung signalisiert. Das muss ich mir vorwerfen, denkt sie. Und es wird Zeit zu überlegen, wohin es für mich geht. Vor allem was ich wirklich will. »Frauen sind mir ein Rätsel!«, hätte er jetzt nur gebrummt. Sie will ihr Rätsel lösen.

Auf der Heimfahrt im Bus ist sie seltsam beschwingt. Fast so, als hätte sie ein Glas von diesem 11,99-Euro-Rosé-Schampus intus.

Dieses Gefühl ist mit einem Schlag weg, als sie zu Hause ankommt. Sie hat den Hausschlüssel vergessen. Verdammt. Es ist das zweite Mal in dieser Woche. Beim letzten Mal hat ihr Gerda aus der Bredouille geholfen. Gerda, ihre Nachbarin, hat einen Ersatzschlüssel. Aber hat sie ihn ihr wiedergegeben? Sie kann sich nicht erinnern. Noch mal verdammt. Was ist nur mit ihrem Kopf los? Neulich hat sie im Keller gestanden und nicht mehr gewusst, was sie dort wollte. So was ist ihr früher nie passiert.

Gerda hat keinen Schlüssel. »Den hast du vor einer Woche geholt und ihn mir noch nicht zurückgegeben!«, erklärt sie Jutta. Peinlich, denkt die nur. »Ich war nicht mehr sicher, ob ich ihn dir gegeben habe!«, sagt sie.

»Hat nicht deine Tochter auch einen?«, fragt Gerda dann. Stimmt, denkt sie. Aber Sophia lebt nicht um die Ecke, und es ist ihr unangenehm, sie anzurufen, aber manchmal hat man keine Wahl.

»Mama, das kann doch nicht sein, das ist doch schon das zweite Mal in kurzer Zeit«, kommt ihr Sophia direkt mit einem Vorwurf. Sie wäre, wie Jutta ja wohl wisse, beim Arbeiten, und danach müsse sie die Kleine zum Voltigieren fahren. Mit anderen Worten, sie habe für die Schusslichkeit ihrer Mutter eigentlich keine Zeit. Der Reitstall, in dem Laura, die jüngere ihrer Enkelinnen, Unterricht nimmt, liegt zehn Minuten von Sophias Haus entfernt.

»Kann Laura nicht mal das Fahrrad nehmen, und du kommst eben schnell vorbei?«, wagt Jutta einen kleinen Einspruch.

»Schnell vorbeikommen!«, zischt Sophia. »Du wirst dich wohl erinnern, dass wir nicht um die Ecke wohnen. Das fehlt mir echt noch heute. Eine Stunde Fahrt hin, eine zurück.« Wie oft sie schon für ganz andere Dinge hin- und hergefahren ist. Aber das jetzt anzuführen, bringt nichts, wenn Sophia nicht selbst darauf kommt. »Gut, ich komme!«, stöhnt Sophia. »Aber erst mal muss ich heim und sammle Laura ein, und wenn ich sie im Reitstall abgeladen habe, komme ich. So lange musst du dich leider gedulden.«

Auf den Fahrradvorschlag ist ihre Tochter mit keinem Wort eingegangen. Hätte Jutta auch gewundert. Sophia ist das, was man heutzutage eine Helikoptermutter nennt. Früher hieß es einfach Glucke. Sie hat ihre Kinder nie zum Sport gefahren. Wie auch? Sie hat ja dauernd gearbeitet. Wer Sport machen wollte, durfte das selbstverständlich, aber es gab keinen Lieferservice. »Ihr habt Fahrräder, und es gibt einen Bus!«, hat Klaus immer gesagt, und keiner hat das je infrage gestellt. Andere Zeiten waren das.

Als sie mit Sophia mal darüber gesprochen hat, hat die nur geschnaubt. »Schon deshalb fahre ich meine Kinder. Nicht nur, weil es gefährlich ist, sie allein loszuschicken, sondern auch, weil ich mich für sie interessiere.« Als hätte das eine mit dem anderen zu tun. »Wir konnten nicht, selbst wenn wir gewollt hätten!«, hat sich Jutta versucht zu verteidigen. »Ihr habt aber nicht gewollt, und ich will«, hat Sophia nur geantwortet, und es hat traurig geklungen. Haben sie da einen Fehler gemacht? Hätten sie den Fokus mehr auf die Kinder legen sollen? Hätten sie weniger arbeiten sollen? Wieder dieses verdammte »hätten«. »Wenn ich nicht gearbeitet hätte, dann hätten wir uns sehr einschränken müssen, Papa war damals noch angestellt, und das Gehalt eines Elektrikers allein hätte nicht für unser Haus gereicht«, hat Jutta erneut nach Verständnis bei ihrer Tochter gesucht. »Wir kriegen es ja auch hin!«, hat Sophia geantwortet, und Jutta war still. Wer nicht verstehen will, wird auch nicht verstehen. Egal, wie viel man erklärt. Das immerhin hat Jutta verstanden.

»Kommst du bis heute Nachmittag irgendwo unter?«, fragt Sophia und zeigt wenigstens ein bisschen Interesse und Anteilnahme.

»Kein Problem, das ist sehr lieb von dir, dass du fragst und dass du den Weg auf dich nimmst!«, beteuert Jutta schnell. Nicht, dass es sich Sophia noch anders überlegt. »Bring doch die Kinder mit, und wir essen gemeinsam Abendbrot?«, ergänzt sie.

»Mama, wir müssen noch für die Mathearbeit lernen, und die Kinder haben jede Menge Hausaufgaben.« *Wir* müssen für die Mathearbeit lernen! Meine Güte, wie Jutta das nervt. Sophia muss doch nicht lernen. Sie hat ihren Schulabschluss. Einmal hat sie es gewagt, darüber eine Art Witz zu machen. Sophia hatte nicht gelacht. Sondern ihr, im Gegenteil, eine lange Ansprache gehalten, wie wichtig es ist, sich zu kümmern.

Sie ärgert sich über sich selbst. Eigentlich die schlimmste Form von Ärger. Man kann niemanden haftbar machen. Jetzt muss sie die Zeit totschlagen, bis Sophia ihr den Schlüssel bringt. Warum nur ist sie in letzter Zeit so dusselig? Natürlich könnte sie Gerda fragen, ob sie die Stunden bei ihr im Haus oder Garten warten kann. Aber die Vorstellung, über Stunden angestrengt Konversation zu machen, schreckt sie. Gerda ist eine nette Frau, mehr allerdings auch nicht. Sie sind Nachbarn, waren aber nie Freunde. Nicht die Art von Nachbarn, die gemeinsam grillen, sich gegenseitig einladen. Freundlich selbstverständlich, aber auf eine eher distanzierte Weise. »Zu viel Nähe schlägt schnell um, und dann hat man das

Malheur!«, hatte Klaus gemeint. Da waren sie sich einig gewesen. Sich ein Ei leihen, den Schlüssel der anderen verwahren und mal im Urlaub nach dem Rechten sehen, das haben sie immer getan. Aber zu einer Freundschaft hat sich das nie ausgewachsen. Weil sie und Klaus auf die Bremse getreten sind. Gerda hat sich immer wieder bemüht, aber selbst nach dem Tod von Klaus hat Jutta sehr zögerlich auf die Annäherungsversuche reagiert. »Wenn du dich allein fühlst, kannst du gerne jederzeit vorbeikommen!«, hatte ihr Gerda auf der Beerdigung zugeraunt und ihr dabei sanft über den Rücken gestreichelt. Irgendwas hat Jutta davon abgehalten. Obwohl sie sich sehr oft alleine gefühlt hat. Manchmal war sie in Gedanken schon an Gerdas Haustür, hat sich dann aber doch letztlich immer dagegen entschieden. Gerda ist ihr zu direkt. Fragt immer die eine Frage zu viel. Ein Gespräch mit Gerda hat etwas von einem freundlichen Verhör. Gerda ist eine Frau, die nachfragt, die nichts einfach so im Raum stehen lässt. Keine Frau, die sich mit einem lapidaren »Danke, mir geht's gut« abspeisen lässt. An sich findet Jutta das gut. In der Theorie. Schließlich zeugt es von Interesse. Doch die vielen Fragen werfen auch in Jutta Fragen auf. Und das wollte sie lange Zeit nicht. Sich Fragen stellen und damit die gesamte Situation infrage stellen.

Nach Klaus' Tod hat es sich schmerzlich bemerkbar gemacht, dass sie ihre sozialen Kontakte nie wirklich gepflegt haben. Klaus war kein besonders geselliger Mann. Abendessen mit Freunden waren rar. Wenn Klaus von den diversen Baustellen nach Hause kam, wollte er nur eins: seine Ruhe. Einmal im Monat hat er mit Manni, dem Steinmetz, und zwei anderen Kumpels Karten gespielt. Reihum, mal bei dem einen, mal bei dem anderen.

Kamen die Männer zu ihnen, hat Jutta ein bisschen was hergerichtet. Einen Kartoffelsalat, ein paar belegte Brote oder einen schönen Nudelauflauf. Einmal einen Quinoa-Salat, aber der war kein Erfolg. Während die Männer gespielt haben, hat sie sich ins Schlafzimmer zurückgezogen und ein wenig ferngesehen.

Wenn sie Klaus gefragt hat, ob sie mal ins Kino gehen wollen oder in ein Konzert, hat er zumeist abgewunken: »Geh du ruhig, für mich ist das nichts! Ich muss ja morgens früh raus.« Ab und an hat sie sich nach der Arbeit mit einer Freundin getroffen. Für ein, zwei Stündchen in einem Lokal. Aber auch sie war eigentlich jahrelang nur müde gewesen. Zu müde für irgendwas. Ihr Leben war anstrengend gewesen. Jeden Morgen die Kinder fertig machen, dann zur Arbeit hetzen und danach die Kinder wieder einsammeln. Haushalt, Kinder und Arbeit, das lässt das Interesse an zusätzlichen Aktivitäten enorm schrumpfen. Die dauernde Müdigkeit lässt alles in den Hintergrund rücken. Schon morgens mal länger als bis 6.15 Uhr zu schlafen, hat sich angefühlt wie unglaublicher Luxus. Es gab viele Morgen, an denen sie einfach nur wieder die Augen zumachen wollte und weiterschlafen. Sich damit ausblenden aus ihrem Leben. Aus ihren Verpflichtungen. Aber sie kannte es nicht anders. Bei ihr zu Hause war es ja noch schlimmer gewesen.

»Ist das jetzt unser Leben?«, hatte sie Klaus mal sehr ernüchtert nach einer harten Woche gefragt.

»Bist du unzufrieden damit?«, hatte er erwidert und beleidigt gewirkt. Dabei war es doch gar kein Vorwurf an ihn, sondern eher eine generelle Frage.

Sie hatte schnell den Kopf geschüttelt und den Mund gehalten. War sich vorgekommen wie eine dieser Frauen, die nach Selbstverwirklichung streben. Für Klaus ein

Synonym für Menschen, die nichts zu tun haben. »Was für Sperenzchen!«, hatte er oft gesagt, wenn im Fernsehen jemand das Wort aussprach.

Jetzt kann sie jederzeit ausschlafen und kann es trotzdem nicht. Ihr Körper ist aufs frühe Aufstehen programmiert. Ihr Körper ist ein Soldat. Manchmal bleibt sie trotzdem einfach liegen. Weil sie es kann. Dann trinkt sie ein oder zwei Kaffee im Bett und fühlt sich dekadent.

Sie beschließt, in die Stadt zu fahren und einfach ein bisschen zu bummeln. Ziellos rumzuschlendern und damit die Zeit totzuschlagen, bis Sophia sich die Ehre gibt. Was hat sie erwartet? Dass ihre Tochter vom Schreibtisch aufspringt und direkt losfährt? Ist die Entscheidung Sophias, erst nachmittags zu kommen, nach dem Arbeiten und dem Kutschieren der Kinder, ein Zeichen von mangelnder Liebe? Natürlich nicht. Das weiß sie. Auch Sophia ist gefangen in all ihren Verpflichtungen. Sie sollte mit ihr darüber reden. Vielleicht kann Sophia noch etwas verändern. Sie will, dass ihre Tochter glücklich ist. Reden sie je über Glück? Hat sie sie jemals danach gefragt? Wäre das nicht ihre Aufgabe als Mutter? Vielleicht haben sie heute mal die Gelegenheit. Oder ist alleine die Frage übergriffig? Klaus hätte Ja gesagt. »Wer ständig nach dem großen Glück sucht, kann nur bitter enttäuscht werden«, hat er ihr gesagt, als sie ihn gefragt hat, ob er glücklich ist. »Man lebt und macht das Beste draus!«, war seine Einstellung. Haben sie das Beste draus gemacht? Macht Sophia das Beste draus? Sie hat, seit dem Tod von Klaus, jede Menge Zeit gehabt, um über all diese Fragen nachzudenken, hat sich aber erfolgreich davor gedrückt. Sie weiß, dass dieses Nachdenken sie im Zweifel nicht glücklicher macht. Rückwirkend kann man nun mal nichts ändern, nur hadern. Bedauern. Hätten sie es zu zweit geschafft, etwas zu ändern? Sie hat da ihre Zweifel. Obwohl auch Klaus Pläne für die Zeit danach hatte. Die Zeit nach dem Arbeiten. Ihr Leben war schon ein bisschen entspannter gewesen in den letzten Jahren, seit die Kinder aus dem Haus waren.

Sie kauft sich ein Sommerkleid für hundertfünfundzwanzig Euro. In einer richtigen Boutique, einem Laden, in den sie sich früher niemals reingetraut hätte. Nicht, weil es ihr an Selbstbewusstsein gefehlt hätte. Selbstbewusst zu sein hat sie gelernt, immerhin war sie stellvertretende Filialleiterin. Da musste man ein gewisses Auftreten haben. Im Beruf war sie ehrgeizig gewesen. Und gut. Das weiß sie. Aber sie konnte dieses Selbstbewusstsein nie mit aus der Filiale nehmen. Mit ihrem blauen Kittel und dem Namensschild hat sie sich es zum Dienstbeginn übergestreift, und in dem Moment, in dem sie den Kittel in ihren Spind gehängt hat, hat sie das Selbstbewusstsein mit abgestreift. Im Laden gelassen. Kann sie Klaus dafür die Schuld geben? Oder war sie es, die sich über Jahrzehnte mehr oder weniger klaglos in ihre Rolle gefügt hat?

Sie zahlt bar und freut sich über das Kleid. Tiefer Ausschnitt und jede Menge Blumen. Kein typisches Jutta-Kleid. Zu viel Farbe. »Man kann sich in jedem Alter neu erfinden!«, hat sie mal gelesen. In einer Frauenzeitschrift im Wartezimmer bei ihrem Gynäkologen. Sie hat sich nie Zeitschriften gekauft. Manchmal, in ruhigen Momenten im Laden, hat sie schnell mal reingeblättert. Oder sich, gegen die Vorschrift, eine mit in den Pausenraum genommen und sie mit solcher Vorsicht gelesen, dass man nichts gemerkt hat.

Sie zieht das Kleid noch im Laden an und lässt sich ihre

Hose und das T-Shirt einpacken. Und das, obwohl es kein Frühlingstag ist, der seinem Namen Ehre macht.

Als sie nach Hause kommt, klingelt sie bei Gerda. »Wie hübsch du aussiehst!«, begrüßt die Nachbarin sie. Jutta freut sich über das Kompliment. »Wie ist dein Leben ohne Klaus?«, fragt Gerda unvermittelt, und Jutta schluckt. Zehn Jahre nach Klaus' Tod eine solche Frage. Fast automatisch will sie »alles gut« sagen. Aber das hat Gerda nicht verdient. Echtes Interesse verdient eine echte, eine ehrliche Antwort. Davon mal abgesehen, welche Fassade will sie hier eigentlich aufrechterhalten?

»Ich habe mich daran gewöhnt, dass er nicht mehr da ist. Ich gucke morgens nicht mehr nach links im Bett. Aber ich taste manchmal noch im Halbschlaf nach ihm. Ich vermisse seinen Körper.« Gerda guckt fragend. »Nein, nicht den Sex, eher seine Anwesenheit. Das Haus ist so leer und so still«, versucht sich Jutta an einer Erklärung. Der Sex zwischen ihr und Klaus war nie ein Problem, aber auch nie wirklich wichtig. Sie haben ihn erledigt, so wie den Wocheneinkauf. Sie mochten den Sex. Beide. Sonderlich variantenreich war er nie, aber immer in Ordnung. In Schulnoten eine glatte Drei. Befriedigend. Noch zwei Tage vor seinem Tod hatten sie Sex. Da war alles wie immer gewesen. »Manchmal fühle ich mich mitschuldig an seinem Tod«, redet sie weiter, »ich hätte doch merken müssen, dass etwas nicht stimmt. Vielleicht hätte man etwas tun können?«

»Welche Rolle spielt das jetzt noch?«, fragt Gerda behutsam. »Ist es nicht wichtiger, zu schauen, wie du es dir schön machen kannst?«

»Ich bin nicht geübt darin, es mir schön zu machen!«, gibt sie zu und merkt, dass da der Knackpunkt liegen könnte.

»Man kann alles lernen!«, lacht Gerda. »Man muss nur einfach mal anfangen.«

Sie schaut auf ihr Kleid und denkt: Ja.

Als Sophia bei Gerda klingelt, schaut sie sie an wie ein Kind, das sein Pausenbrot nicht gegessen hat. Sie wirkt abgehetzt und genervt. »Hier ist dein Schlüssel, Mama, aber das ist echt kein Zustand.«

Jutta umarmt ihre Tochter und dankt Gerda. »Du kannst ruhig auch mal klingeln, wenn du einfach reden willst. Ich freue mich. Dafür musst du keinen Schlüssel verschlampen«, verabschiedet die sich von ihr.

Sie nickt und wendet sich ihrer Tochter zu: »Lass uns rübergehen und die seltene Gelegenheit nutzen, dass wir mal nur zu zweit sind. Keine Kinder, kein Heiner. Lieb, dass du extra gekommen bist. Ich kann mir das selbst nicht erklären, dass mir das jetzt schon wieder passiert ist. Überlege schon, mir wie ein Schlüsselkind ein Band zu kaufen und den Schlüssel um den Hals zu tragen.«

»Vielleicht solltest du das tun«, antwortet Sophia, »und direkt noch einen Brustbeutel dazu anschaffen! Sicher ist sicher!«

Manchmal hat sie doch Witz.

Ihr Schlüssel hängt genau da, wo er hingehört. Am Schlüsselbrett. Das erstaunt sie und gibt ihr ein wenig zu denken. Wieso hat sie ihn da übersehen?

»Trinkst du einen Kaffee oder ein Glas Champagner mit mir?«, fragt Jutta ihre Tochter, aber Sophia lehnt ab. »Ich würde gerne, aber ich muss zum Reitstall und Lisa abholen. Die muss da jetzt eh schon warten. Und dann wartet noch die Mathearbeit, und heute Abend kommt

Marisa vorbei. Da muss ich eine Kleinigkeit zum Essen machen. Du siehst, volles Programm.«

»Wer ist denn Marisa?«, fragt sie neugierig.

Ihre Tochter schaut sie mit großen Augen an. »Ist das ernst gemeint, Mama?«, will sie wissen.

Da zeigt man Interesse, und es ist auch nicht recht. »Natürlich ist das ernst gemeint!«, entgegnet sie. »Also, wer ist Marisa?«

»Du kennst Marisa. Heiners Cousine, die mit dem Bein!«, seufzt Sophia. Eine Cousine von Heiner mit Bein? Keine besonders akkurate Beschreibung. Mal davon abgesehen, dass Heiner eine Riesensippe hat. Da taucht so gar nichts vor ihrem inneren Auge auf. »Weißt du jetzt, wen ich meine?«, fragt Sophia nach, und sie nickt, obwohl sie keine Ahnung hat. Sie rast in Gedanken durch ihr Gehirn. Sucht.

Da ist keine Marisa. In keinem Winkel. »Du siehst nicht aus, als wüsstest du es«, sagt ihre Tochter. Auf ihr »Doch, doch, klar« hakt sie nach: »Was ist dann das Besondere an Marisa?« Sie fühlt sich wie eine Unwissende, die vorn an der Tafel, vor allen, einen vertrackten Bruch auflösen soll und schon auf den paar Metern zur Tafel weiß, dass das in einem Desaster enden wird. »Wie geht es denn den Mädchen?«, versucht sie abzulenken.

»Marisa, Mama!«, ermahnt sie ihre Tochter.

»Ehrlich, Sophia, ich habe keinen Schimmer, wer das sein soll, ich kenne die nicht, es ist Heiners Cousine, nicht meine.« Man kann sich ja nicht alles merken. Und Heiner hat eine verdammt große Sippe, die sie nie besonders interessiert hat.

»Du hast sie sogar kennengelernt!«, steigert sich Sophia in das Marisa-Thema rein.

Jetzt ist sie so langsam genervt. Was ist das hier?, denkt sie. Was interessiert mich diese Marisa? Sollten wir nicht das winzige bisschen Zeit, das wir ausnahmsweise mal haben, für andere Gesprächsthemen nutzen? »Sie scheint keinen nachhaltigen Eindruck auf mich gemacht zu haben, deine ominöse Marisa!«, kontert sie.

»Die mit dem Bein, Mama, erinnere dich!«

Seit wann ist ein Bein eine Besonderheit, denkt sie, reagiert aber einfach nicht.

»Sie hinkt, und wir haben nach der Hochzeit darüber gesprochen. Dass es schade ist, weil sie eine so hübsche Frau ist.«

Jetzt dämmert es ihr. Auf der Hochzeit von Sophia und Heiner war eine junge Frau, die gehinkt hat. »Ich hab's, ich sehe sie vor mir.«

Sophia sieht nicht aus, als ob sie ihr glaubt. Gleich wird sie noch eine Phantomzeichnung von ihr verlangen. Um ihre Aussage zu verifizieren. Aber nichts dergleichen. »Na dann. Das hat ja gedauert«, beendet sie das Gespräch und erhebt sich. »Ich muss los, Mama, tut mir leid. Aber du weißt ja, wie das ist.«

In der Tat, sie weiß es und sie weiß inzwischen, dass es ein Fehler ist. Dieses ewige Hasten. Immer verbunden mit dem Gefühl, nicht genug zu tun. Und im Gepäck das schlechte Gewissen. Sie zieht Sophia in ihre Arme: »Gönn dir mehr Zeit. Für dich. Die Kinder schaffen einiges auch gut alleine. Wirklich. Ich weiß, wovon ich rede. Noch kannst du was ändern.« Sie löst sich aus ihrer Umarmung und zieht die Schultern hoch. Aber es kommt keine von Sophias üblichen Bemerkungen. Sie sieht getroffen aus. Das wollte Jutta nicht. Ein Denkanstoß, mehr sollte das nicht sein.

»Mal sehen!«, sagt Sophia und: »Tschüs, Mama! Schönes Kleid, neu?«

»Danke, freut mich, war ganz billig«, antwortet Jutta reflexartig. Das Kleid ist vieles, aber billig war es nicht. »Sehen wir uns am Wochenende mal, wir alle, deine Brüder, du, Heiner und die Kinder?«, will Jutta noch schnell wissen.

»Ich guck mal und sage dir dann Bescheid«, antwortet ihre Tochter.

»Ich muss auch planen, also meldet euch bald!«, ruft ihr Jutta hinterher. Es stimmt nicht. Sie hat, mal wieder, so gar nichts vor. Aber das muss sie den Kindern ja nicht auf die Nase binden. Es ist ihr peinlich und wirkt so bedürftig. Sie sollte sich endlich ein Hobby zulegen. Vielleicht sogar regelmäßig Sport treiben. Für manche ist Sport ein Hobby. Etwas, was man leidenschaftlich betreibt. Gerdas Mann ist Triathlet. Er hat Klaus ein paarmal gefragt, ob er nicht Lust hat, mal mit Fahrrad zu fahren oder morgens ins Schwimmbad zu gehen. Klaus hat immer abgewunken. Dabei ist Klaus nie ein unsportlicher Mann gewesen. Früher hat er Handball gespielt. Seit er seinen kleinen eigenen Betrieb hatte, ist mit jeglicher sportlichen Betätigung Schluss gewesen. »Die Zeit muss man erst mal haben«, hat er mit Blick auf Micha, den Mann von Gerda, nur geschnaubt. Ab und an hat sie widersprochen und ihn daran erinnert, dass der Micha auch einer regelmäßigen Arbeit nachgeht. »Sesselpupser, Bürohocker, das ist doch gar nicht vergleichbar mit einem Handwerker«, hat Klaus nur entgegnet, »ich habe meinen Sport erledigt, wenn ich Feierabend mache! Turnstunde auf dem Bau!«

Jutta selbst war nie sportlich gewesen. War ja auch nie jemand da, der ihr Interesse geweckt hat. Einmal hat sie die Eltern gefragt, ob sie Eiskunstlauf machen darf. An deren verdutztes Gesicht erinnert sie sich noch heute. Die haben geschaut, als hätte sie gefragt, ob sie zum Mond fliegen darf. Zugegeben, die Eissporthalle war ein gutes Stück weg, etwa zwanzig Kilometer, aber Jutta hatte schon Buspläne gewälzt und sich die Trainingszeiten rausgesucht. »Hin komme ich perfekt, zurück müsste mich jemand holen, oder ich fahre im Sommer mit dem Rad!« Die Mutter hatte nur den Kopf geschüttelt: »Wie stellst du dir das vor, du weißt, wir gehen früh schlafen. Dein Vater braucht seinen Schlaf. Und du weißt, dass ich nicht gerne Auto fahre. Das wird nichts, Jutta. Ist eh eine Schnapsidee. Geh doch zur Leichtathletik, hier im Ort. Oder zum Schwimmen wie deine Brüder. Das wäre praktisch. Es muss kein Eiskunstlauf sein. Du hast nicht mal Schlittschuhe.« Aber Jutta wollte nicht zum Leichtathletiktraining, und zum Schwimmen schon gar nicht. Sie hatte weder für das eine noch für das andere Talent. Und mal davon abgesehen, es machte ihr auch keinerlei Spaß. Über das Eis gleiten stellte sie sich fantastisch vor. Wie leicht sich das anfühlen musste. Und es wäre was wirklich Besonderes. Niemand ging zum Eiskunstlauf. Aber es war ein kurzer Traum, der jäh zerstört wurde. Als sie ein paar Tage lang weiter gequengelt hatte, kam ein klares: »Jutta, es kommt nicht infrage. Ein für alle Mal. Nein.«

Jutta wusste, nicht zuletzt durch ihre großen Brüder, sehr gut, wann man verloren hat und besser aufgibt. Nie ist sie zum Schlittschuhlaufen gegangen. Vielleicht sollte sie es jetzt mal versuchen. Mach dich nicht lächerlich, schilt sie sich selbst, mit achtundsechzig Jahren! Für manche Träume ist es irgendwann dann doch zu spät. Schwimmen wäre immer noch praktisch. Das Schwimmbad ist gerade mal drei Straßen weiter, die Kinder haben früher ganze Sommer nach der Schule dort verbracht.

Ihre Söhne sind, wie schon ihre Brüder, geschwommen. Im Verein. Gar nicht mal schlecht waren die zwei. »Die liegen gut im Wasser, das ist die halbe Miete!«, hatte der Trainer ihr gesagt, als sie Pelle und Mads mal ausnahmsweise abgeholt hat. Er wollte, dass die zwei mehr trainieren, um in die erste Mannschaft aufzusteigen. »Sie haben das Zeug dazu!«, hatte er behauptet. Klaus hat der Gedanke gefallen, er hätte herrlich mit »seinen« Jungs angeben können. Aber Mads und Pelle fehlte die Motivation. Man könnte auch sagen der Fleiß. Klaus hat alles versucht und sogar, gegen Juttas Willen, ein Mofa in Aussicht gestellt. »Für jeden eins?«, hatte Pelle gefragt. Er war schon immer der, der die Verhandlungen mit den Eltern geführt hat. Das war selbst Klaus zu viel. »Eins für euch zusammen! Das muss ja wohl reichen. Und es ist weg, wenn ihr mit dem Schwimmen aufhört!«

Die beiden haben sich, was sie nicht überrascht hat, mit einem Mofa nicht ködern lassen und im Sommer danach ihre Schwimmlaufbahn, bevor sie überhaupt richtig begonnen hatte, beendet. Sie strengen sich nicht gerne wirklich an. Das ist eine Art roter Faden, der sich durch ihr Leben zieht. Sie weiß, das hat Klaus enttäuscht. Aber er hat nicht viel gesagt. »Ist ihre Entscheidung!«, war sein Kommentar. Ihre Körper haben vom Training profitiert. Sie sind breiter geworden, muskulöser. Und ein Mofa haben sie ein Jahr später dann auch bekommen. Trotz allem. Bei seinen Kindern konnte Klaus weich werden. Keine Küche für seine Frau, aber ein Mokick für die Jungs. »Wollte ich auch immer haben!«, war seine Begründung. Sophia hat das damals sehr geärgert. »Nur weil sie Kerle sind, kriegen sie alles!«, hatte sie wütend gesagt, und im Stillen musste Jutta ihr recht geben. Sophias Ansinnen damals hatte er mit dem Argument »ist viel zu gefährlich« abgelehnt. »Wir haben dir den Führerschein finanziert, vergiss das nicht, mein Fräulein!«, hatte Klaus entgegnet, aber sie hatte ihm angesehen, dass er ein schlechtes Gewissen hatte.

In all der Zeit hat sie, neben Familie und Beruf, nichts gemacht. Um ein Hobby – was auch immer das sein könnte – zu pflegen, braucht es Zeit und Muße. Von beidem hatte Jutta nie genug. Manchmal sind sie am Wochenende rausgefahren, Richtung Taunus, und ein Stück spazieren gegangen. Nicht, weil irgendjemand von ihnen das besonders mochte, eher, weil man es so macht. Am Wochenende geht man an die Luft. Aber ein Hobby konnte man das Spazierengehen nun wirklich nicht nennen. Vielleicht war das mit der Zeit auch immer eine Entschuldigung. Vor sich selbst. Um sich zu engagieren, worin auch immer, braucht es Interesse. Sie kann bis heute nicht sagen, was sie wirklich interessiert. Ich kenne mich nicht, denkt sie, und der Gedanke ist nicht schön. Muss man das lernen, seine Bedürfnisse zu entdecken? Kann man das noch mit achtundsechzig? Oder ist der Zug abgefahren?

Die Zeitausrede gilt jedenfalls nicht mehr, denkt Jutta. Seit sie in Rente ist, hat sie mehr Zeit, als sie braucht. Jetzt muss sie nur noch herausfinden, was sie wirklich mag. Sport würde ihr definitiv guttun.

Sie geht in ihr Schlafzimmer und kramt ihren Badeanzug heraus. Warum nicht jetzt sofort, denkt sie, als sie den dunkelblauen Einteiler betrachtet. Einfach mal machen und nicht nur denken: Man sollte. Man müsste. »Man« ist sie selbst. Ist es der erste Schritt, das »man« zu streichen und durch ein »ich« zu ersetzen? Wann war sie das letzte Mal in einem Schwimmbad? Es muss Jahrzehnte her sein. Seit dem Tod von Klaus war sie kaum unterwegs. Einmal ist sie, zwei Jahre nach seinem Tod, in ihrem Urlaub weggefahren. Nicht nach Dänemark, sondern eine Woche rund um die Kanaren geschippert. Auf einem Kreuzfahrtschiff. Das hat sie sich geleistet. Tausendfünfhundert Euro, in einer Kabine mit kleinem Balkon. Ganz allein ist sie aufs Schiff. Es war eine herbe Enttäuschung. Sie hat schnell verstanden, dass man auch inmitten vieler Menschen sehr allein sein kann. Die Einsamkeit war ihr in dieser Woche präsenter als in der Zeit zu Hause. Zu sehen, wie andere Gemeinsamkeit zelebrieren, und selbst stille Betrachterin zu sein, die den Zutritt zur Gruppe nicht schafft, hat wehgetan. Sie und Klaus waren immer aufeinander und die Familie fixiert. Sie hat keine Übung darin, Freundschaften zu schließen. »Wir haben uns!«, hatte Klaus immer betont. Und dann war er weg. Nur auf die Familienkarte zu setzen, war ein Fehler, den sie jetzt bereut. Aber kann sie Klaus die alleinige Schuld dafür zuschieben? Macht sie es sich damit nicht zu bequem?

Sie packt ihre Tasche fürs Schwimmbad und zögert. Was soll diese erzwungene Betriebsamkeit? Als würde so ein Schwimmbadbesuch eine Wende in ihrem Leben bringen. Nicht nachdenken, machen, beschließt sie.

An der Kasse des Hallenbads kommt sie sich blöd vor. Aber sie zahlt, und als sie ins Wasser taucht, ist sie stolz auf sich. Sie hat noch immer kein Talent fürs Schwimmen. Mehr als das klassische Brustschwimmen hat sie nicht drauf. Schon nach wenigen Bahnen tut ihr der Nacken weh. Ist das der Lohn für ihre Überwindung? Sie hält am Beckenrand und massiert sich die Schulter und dreht den Kopf hin und her. Die Bademeisterin spricht sie an: »Wenn Sie beim Schwimmen den Kopf ins Wasser tauchen, ihn einfach ablegen und ihn nicht wie eine Ente krampfhaft rausstrecken, geht es sehr viel leichter! Das, was Sie da machen, nennen wir unter uns Hausfrauenschwimmen. Ist nicht böse gemeint.« Jutta nickt. Fühlt sich gerügt. Wie peinlich. Da geht sie einmal schwimmen und fällt sofort auf. Am liebsten würde sie direkt raus aus dem Wasser und ab nach Hause. Mit eingezogenem Kopf wie eine Schildkröte.

Während sie genau darüber nachdenkt, kommt die Bademeisterin wieder. »Probieren Sie es mal damit, das macht die Sache sehr viel angenehmer«, sagt sie und reicht Jutta eine Schwimmbrille. Sie scheint ihr Zögern zu bemerken. »Aufsetzen und dann noch mal versuchen!«, ermuntert die Frau sie. Jutta will »nein danke« antworten, aber was hat sie schon groß zu verlieren? Die Fachfrau schaut sie freundlich an, und Jutta hat das

Gefühl, alle im Hallenbad schauen auf sie. Sie mag es gar nicht, im Zentrum der Aufmerksamkeit zu stehen. »Aller Anfang ist schwer, das schaffen Sie!«, bleibt die Bademeisterin hartnäckig. »Wenn Sie jetzt aufhören, sehe ich Sie garantiert nicht wieder!«, ergänzt sie noch.

Jutta weiß, dass die Frau recht hat, und davon mal abgesehen, ist es auch nett von ihr. Sie probiert es. Lässt sich korrigieren und ist sehr stolz, als sie eine ganze Bahn schafft. »Lieber würde ich kraulen, so wie der Mann da!«, sagt sie zu der Bademeisterin und deutet auf die Bahn neben sich. Es sieht elegant und so entspannt aus, wie der Bahnnachbar durchs Wasser gleitet.

Die Bademeisterin lächelt. »Dann lernen Sie es doch!«, schlägt sie vor.

Jutta muss grinsen. »Ich und kraulen? Ich kann nicht mal gescheit brustschwimmen«, sagt sie.

»Das haben schon ganz andere gelernt. Üben heißt das Zauberwort! Kraulen ist eine weniger komplexe Bewegungsfolge als brustschwimmen«, antwortet die Fachkraft, »und heute ist Ihr Glückstag, denn ich bin auch Schwimmtrainerin und gebe Unterricht. Wenn Sie wirklich wollen, können Sie in einem Monat mindestens eine Bahn am Stück kraulen. Ich bin übrigens die Fritzi!«

Kraulunterricht. Was für eine verrückte Idee. Aber warum eigentlich nicht? Was man nicht versucht, kann nicht gelingen. »Was kostet das denn?«, will sie wissen. Sie bekommt den inneren Klaus nicht aus dem Kopf. Nicht mal zehn Jahre nach seinem Tod. Immer erst mal nach dem Preis fragen. So teuer kann das ja nicht sein, und davon abgesehen: Vielleicht würde es Spaß machen. Für Spaß zu bezahlen, wäre auch ein Schritt in eine neue Richtung. So wie der Blümchenkleidkauf. »Das ist bezahlbar, wir können auf Stundenbasis abrechnen, oder Sie buchen einen

Kurs. Oder wir machen was auf Erfolgsbasis!«, erklärt ihr Fritzi. Jutta zögert noch immer. »Wie wäre es damit: Sie machen eine kostenlose Probestunde und entscheiden dann?«, unterbreitet ihr Fritzi ein weiteres Angebot.

»Ich bin die Jutta und ich bin dabei!«, sagt sie und ist über sich selbst erstaunt. Hat sie das gerade gesagt?

»Erste Stunde morgen um sieben, gleich in der Früh oder um neunzehn Uhr?«, macht Fritzi direkt Nägel mit Köpfen.

»Ich bin eher der frühe Vogel, also um sieben morgen früh«, antwortet Jutta.

Als sie zu Hause ist, fragt sie sich, ob ihr das Chlor das Hirn vernebelt hat. Was für ein aberwitziges Vorhaben. Glaubt sie wirklich ernsthaft, dass sie kraulen lernen kann?

Und wofür sollte das dann gut sein? Was ändert sich in ihrem Leben, wenn sie kraulen kann? Wenn sie es tatsächlich lernen sollte? Es schadet nicht, und sie kann ja nach der Probestunde immer noch Nein sagen, entscheidet sie. Ihr gefällt die Euphorie, auch wenn sie unter vernünftigen Gesichtspunkten keinerlei Bestand hat.

Sie hat gut geschlafen und ist schon vor dem Weckerklingeln wach. Etwas vorzuhaben, was nichts mit Haushalt oder den Kindern zu tun hat, ist aufregend. Und ungewöhnlich.

Fritzi freut sich sichtlich, sie zu sehen. »Ich war nicht sicher, ob Sie kommen würden!«, begrüßt sie Jutta. Sie reicht ihr die Schwimmbrille. »Sie müssen sich eine besorgen. Und 'ne Badekappe. Heute geht es noch mal so.«

Mit Kraulen hat das, was Jutta in ihrer ersten Unterrichtsstunde machen muss, nur sehr am Rande zu tun. Sie liegt im Wasser. Mit dem Kopf unter Wasser. »Du legst ihn einfach nur ab«, sagt Fritzi, »ganz entspannt. Nicht zu viel denken.« Sie lobt Jutta. Und die genießt es. Meine erste Unterrichtsstunde seit der Schule, denkt sie. Sie mag Fritzi und mag es, wie die sich nur um sie kümmert. Das Gefühl, einfach bäuchlings wie eine Leiche im Wasser zu treiben, ist erstaunlich angenehm. »Du sollst dich wohlfühlen. Es darf nicht anstrengend sein«, sagt Fritzi, »das mit dem anstrengend kommt später. Erst mal nur mit dem Wasser vertraut werden. Kontakt aufnehmen. Wohlfühlen.« Sie duzen sich schnell, die Fritzi und sie. Als sie nach der Stunde aus dem Wasser steigt, ist sie beseelt. Sie, die das Schwimmen nie mochte, hat aufgeweichte Finger und Kontakt mit dem Wasser aufgenommen.

»Und, kommst du wieder?«, fragt Fritzi und grinst, weil ihr die Antwort längst klar ist.

»Kann es kaum erwarten!«, grinst Jutta zurück.

Fritzi verlangt zwanzig Euro die Stunde. Jutta verhandelt nicht, fragt nicht, wie lange es dauern wird, bis sie das Kraulen kann. Sie wird sich diese Stunden gönnen. Egal, wie viele sie brauchen wird. Und sie wird sie genießen.

Direkt nach ihrer ersten Schwimmstunde fährt sie in die Stadt, um sich eine Badekappe und eine Schwimmbrille zu kaufen. Sie leistet sich noch einen extra Badeanzug, damit bei ihren Versuchen alles an seinem Platz bleibt, und als sie mit ihrer Beute nach Hause fährt, fühlt sie sich nachgerade beschwingt und dazu ungewohnt sportlich. Fritzi und sie sind in zwei Tagen wieder verabredet. Jutta hätte am liebsten direkt morgen weitergemacht. »Gib deinem Körper Zeit, wir wollen es nicht übertreiben. Das sind ungewohnte Bewegungen«, hat Fritzi nur gesagt, und Jutta hat eingewilligt. Fritzi ist vom Fach, sie wird wissen, was sie tut.

Die Kinder kommen am Wochenende. Sonntagnachmittag – alle drei. Und das ohne Anhang. Heiner hat Dienst, und Laura und Lisa gehen zu Freundinnen. Reden wollen sie mit ihr, die Kinder. Jutta ist es egal, warum sie kommen, sie freut sich einfach, alle drei mal wieder um sich zu haben. Sie backt zwei Kuchen, obwohl sie nur zu viert sein werden. Käsekuchen für Sophia und den klassischen Marmorkuchen für ihre Jungs. Soll sich ja niemand benachteiligt fühlen.

Sie spürt das Schwimmen, auch wenn man ihre Versuche nur sehr wohlwollend als schwimmen bezeichnen kann. Ihre Schultern fühlen sich verspannt an. Zu merken, dass man etwas getan hat, ist angenehm. Sie schaut sich Kraulvideos auf YouTube an, bis die Kinder kommen. Es sieht mühelos aus. Bald werde ich so durchs Wasser ziehen, denkt sie, und der Gedanke macht sie glücklich.

Sophia ist zuerst da. Kein Wunder. Die Zwillinge neigen nicht zur Pünktlichkeit. Als sie das mal angemahnt hat, haben sie nur gegrinst. »Du bist doch eh da, da kommt es auf ein Viertelstündchen nicht an!«, haben sie nur lapidar bemerkt, und das hat sie geärgert, obwohl es gestimmt hat. Eine kleine Entschuldigung wäre passender gewesen. Zu spät kommen, ist für sie eine Form der Respektlosigkeit.

»Wie geht es dir denn heute so?«, fragt Sophia bei der Begrüßung, und es klingt, als wäre sie auf Krankenbesuch. Fast hätte sie direkt von ihrer neuen Leidenschaft, ihrem Kraulkurs und Fritzi erzählt, aber sie bremst sich. Will erst mal abwarten, was daraus wird. Ob sie es tatsächlich durchhält. Der Gedanke, in ein paar Monaten mit Sophia und den Kindern schwimmen zu gehen und dann majestätisch durchs Becken zu kraulen, gefällt ihr. Sie mag Überraschungen. Stellt sich schon jetzt die verdutzten Gesichter vor. »Mama, ich habe gefragt, wie es dir geht! Du guckst ganz abwesend«, beklagt sich Sophia.

»In Gedanken bin ich geschwommen«, platzt es aus ihr heraus.

»Aha!«, ist alles, was Sophia antwortet. Die Jungs klingeln kurz nach Sophia. Es geschehen noch Zeichen und Wunder, denkt Jutta, bevor sie die beiden umarmt.

»Und Mutter, wie isses so?«, begrüßt Pelle sie.

»Gut Pelle, aber kommt doch erst mal rein, ich habe draußen gedeckt«, antwortet sie.

»Ich bin Mads, seit wann kannst du uns nicht mehr unterscheiden?«, beschwert sich der Zwilling, den sie eben für Pelle gehalten hat und der demzufolge Mads sein muss.

Sie erschrickt. Das ist ihr wirklich noch nie passiert. In all den Jahren. Klaus hatte manchmal Probleme, aber sie, nie. »Mutterinstinkt«, hat Klaus es genannt. »Ich sehe euch so selten, da bin ich aus der Übung!«, versucht sie sich zu rechtfertigen. Die beiden könnten auch mal aufhören, die gleichen Klamotten zu tragen, das würde es leichter machen, sie zu unterscheiden. Sie hat die beiden bewusst nie gleich angezogen.

»Was macht das Leben?«, fragt sie die drei, als sie auf der Terrasse sitzen. »Alles wie immer«, antwortet ihre Tochter und schaut reichlich frustriert. Bevor sie nachfragen kann, meldet sich Mads oder vielleicht auch Pelle. Sie ist durch ihre Eingangsverunsicherung richtiggehend aus der Spur. Was geht da in ihrem Kopf vor? Wie kann da eine Fähigkeit weg sein, die sie eben noch hatte? Seltsam und ein wenig schockierend. »Bei uns geht es richtig voran. Es fehlen ein paar Geldgeber, aber dann können wir mit unserem neuen Start-up an den Start.« Start-up. Wie oft sie das von ihren Söhnen schon gehört hat. Beim ersten Mal war es veganes Hundefutter. Was für eine Idee von zwei Jungs, die nie einen Hund hatten und von denen sich einer, Pelle, auch noch vor Hunden fürchtet und keiner der beiden irgendeine Ernährungskompetenz hat. »Was ist es denn dieses Mal?«, fragt sie, und Mads, sie ist sich jetzt sicher, dass es Mads ist, schnaubt vernehmlich. »Ich höre deinen Unterton durchaus, du könntest uns schon mal vertrauen. Nur weil der Markt noch nicht reif für das vegane Hundefutter war. Wir haben eine todsichere Idee und ein sehr gutes Gefühl.«

Dass Gefühle leider trügen können, weiß sie nur zu gut. Das bringt das Alter mit sich. Aber sie will nicht immer die sein, die Bedenken hat. Die desillusioniert. Jetzt mischt sich Pelle ein. »Wir planen, in *Die Höhle der Löwen* zu gehen, und dann wird das Ding abgehen.«

»Eine Fernsehsendung bei RTL, Mama«, erklärt ihr Sophia, die an ihrem Gesicht sicherlich gemerkt hat, dass sie keinen Schimmer hat, wovon Pelle geredet hat.

»Jetzt bin ich aber gespannt, worum es geht!«, versucht sie, Interesse zu zeigen, und unterdrückt ihre Skepsis.

»Keto ist das Zauberwort«, antwortet Mads. »Ketogene Ernährung ist der Trend, Mutter«, ergänzt Pelle.

Sie hat das schon mal irgendwo gehört, kann sich aber nicht wirklich erinnern. »Könnt ihr es mir erklären?«, fragt sie freundlich.

»Keine Kohlenhydrate, nur Fett und Eiweiß. Du verbrennst jede Menge Fett, wenn du keine Kohlenhydrate isst.«

Jutta denkt sofort an Kartoffeln und Brot und Nudeln. Und guckt auf den Kuchen vor sich. »Darf man auch keinen Kuchen essen?«, fragt sie ihre Söhne.

»Auf keinen Fall!«, antworten sie fast im Duett und schauen entsetzt auf ihren bis dato geliebten Marmorkuchen. Fast so als wäre er des Teufels. »Wir essen seit drei Wochen Keto, und es wirkt total. Vor allem gegen viszerales Bauchfett.«

»Aber ihr hattet doch nie Bauchfett«, wundert sich Jutta.

»Aber wenn, wäre es jetzt weg!«, argumentiert Mads. Er zieht zwei Avocados aus der Tasche: »Das essen wir statt Kuchen. Und man darf auch jede Menge Butter essen. Und wir machen Bratkartoffeln aus Petersilienwurzeln.«

Avocado statt Kuchen. Das klingt für sie nicht nach einem sehr attraktiven Tausch. »Butter ohne Brot?«, fragt sie nach und weiß schon jetzt, dass diese Form der Ernährung nichts für sie ist.

»Es gibt Ketobrot, und außerdem kannst du dir die Butter überall draufschmieren. Auf Fisch oder aufs Gemüse«, bemüht sich Pelle, ihr dieses Keto nahezubringen. »Wollt ihr jetzt kein Stück Kuchen – ich habe extra Marmorkuchen für euch gebacken! Da könnt ihr doch mal keto sein lassen«, versucht sie, die Zwillinge zu überreden.

Die schütteln unisono den Kopf und bitten um Messer und Olivenöl für ihre mitgebrachten Avocados. Spaßbremsen, hätte Klaus gesagt und sich aufgeregt über das neumodische Gedöns. Sie will offen sein, aber irgendwas in ihr sträubt sich. »Und was genau bietet ihr dann an in eurem Start-up?«, fragt sie und guckt so freundlich, wie es geht.

»Wir haben es dir mitgebracht!«, strahlt Pelle sie an und zieht ein Tütchen aus der Tasche.

»Was ist das? Ein Beutel Reis?«, fragt sie nur. »Oder

grobes Koks?« Sie grinst. Findet sich richtiggehend witzig. Dabei hat sie keine Ahnung, wie Kokain aussieht. Woher auch?

»Das ist geschredderter Blumenkohl, der perfekte Reisersatz!«, kommt die Erklärung.

Aha. Geschredderter Blumenkohl im Tütchen. »Wer soll das denn kaufen?«, will sie wissen. »Kann man den denn nicht selbst reiben?« Mads grinst. »Kann man, aber die Menschen sind faul, die kaufen auch geschälte Ananas im Plastikbecher.« Da muss sie ihm recht geben. Aber Blumenkohl? »Du brätst ihn, und dann würzt du ihn, und er ist eine Eins-a-Beilage nahezu ohne Kohlenhydrate«, schwärmt Pelle. Sie kann sich gar nicht erinnern, dass die Zwillinge je heiß auf Blumenkohl waren. Ganz im Gegenteil.

»Seit wann mögt ihr denn Gemüse, vor allem Blumenkohl?«, fragt sie.

»Wir haben dazugelernt!«, antwortet Pelle stolz. »Natürlich ist die Herstellung bei uns in der Wohnung ein Problem, du kennst ja unsere Miniküche, das wird ein Problem werden«, jammert Mads, und sie ahnt sofort, worauf die beiden hinauswollen.

Einfach nicht reagieren, entscheidet sie. »Ich werde es mal ausprobieren euer Mitbringsel, bin gespannt, wie es schmeckt!«, sagt sie deshalb nur und wendet sich an ihre Tochter. »Wie läuft es denn bei dir so, Sophia, geht es dir gut?« Die startet sofort ihre übliche Litanei über Heiner. Heiner, der nicht so will, wie sie will. Heiner, der Grund, warum sie in der Pampa leben müssen und nicht so wie Jutta, herrlich stadtnah. Die will nicht nur meine Küche, sondern gleich mein ganzes Haus, schießt es ihr durch den Kopf, und sie lenkt zurück auf den Blumenkohl. »Was soll denn euer Beutelchen geschredderter

Blumenkohl kosten?«, fragt sie ihre Söhne und hofft, das Gespräch auf diese Weise von den diversen Hausbegehrlichkeiten wegzuführen.

»Drei Euro neunundneunzig etwa, aber da sind wir noch nicht so klar.«

Jutta zuckt zusammen. Sie weiß, was Blumenkohl, jedenfalls die ungeriebene Originalvariante, kostet. Jahrzehntelange Arbeit im Discounter, da sind ihr die meisten Preise noch sehr geläufig. Sie vergisst Namen, aber die Preise könnte sie größtenteils weiterhin im Schlaf aufsagen. Erstaunlich, was ihr Gehirn für wichtig hält. Damals hatte sie nahezu alle im Kopf und war auch stolz darauf. Blumenkohl ist preislich saisonabhängig, immer so rund um einen Euro hat er bei ihnen gekostet. Fast drei Euro mehr zu bezahlen, weil er gerieben ist, kommt ihr nachgerade lächerlich vor. Wer würde so was bezahlen? Wie lange kann es dauern, einen Blumenkohl zu reiben? Fünf Minuten? Sind Menschen heute so knapp an Zeit oder schlichtweg so irre faul? Wie beschränkt wir alle geworden sind, denkt sie. Das ist mehr als abgehoben. »Glaubt ihr, Menschen werden das bezahlen? Für Blumenkohl?« Sie kann nicht einfach mal die Klappe halten, versucht es aber nett zu formulieren.

»Du mit deinem Discounter-Billigkram im Kopf hältst das natürlich für abwegig, aber das ist ja nun echt nicht der Maßstab«, fährt ihr Pelle (oder ist es doch Mads?) nicht eben freundlich über den Mund.

»Die meisten Leute haben sicherlich nicht das Geld für einen solchen Schnickschnack«, wird Jutta für ihre Verhältnisse fast schon forsch.

»Du wirst schon sehen!«, beendet Mads das Thema.

Bisher läuft der Nachmittag irgendwie nicht so wie erhofft. Es herrscht eine Anspannung, die greifbar ist.

»Warum wolltet ihr mich eigentlich sprechen?«, will sie schließlich wissen. »Wir machen uns ein bisschen, na ja, also Sorgen!«, antwortet Sophia, während die Zwillinge leicht verlegen zu Boden gucken.

Jutta ist verwundert. Seit wann sorgen sich die Kinder denn um sie? Das ist ja was ganz Neues. Es fühlt sich fast wie kümmern an. Ein schönes Gefühl. »Das ist nett, aber ich wüsste gar nicht, warum ihr euch sorgen solltet«, antwortet sie und freut sich trotzdem. Man sorgt sich nicht um Menschen, die einem egal sind.

»Na ja – könnt ihr auch mal was sagen!«, beginnt Sophia und schaut ihre Brüder Hilfe suchend an. Mads räuspert sich: »Du bist komisch geworden. Und kannst nicht mal mehr uns auseinanderhalten. Und deine Schlüsselvergesslichkeit. Und das mit dieser Cousine da, der Dings, vom Heiner, da wusstest du nicht mehr, wie sie heißt, hat Sophia uns erzählt. Das sind doch alles Zeichen, dass da was schiefläuft.«

Sie glaubt, nicht richtig zu hören. Weiß nicht, ob sie lachen oder sich ereifern soll. Sie versucht es mit dem Lachen. Es klingt ein wenig krampfig. Das können ihre Kinder nicht ernst meinen? »Du hast doch selbst gerade nicht gewusst, wie diese Cousine heißt!«, entfährt es ihr.

»Du weißt es schon wieder nicht, Mama!«, sagt Sophia und macht eine wirklich sorgenvolle Miene.

»Doch«, versucht sie sich zu rechtfertigen, »die mit dem Bein halt. Irgendwie spanisch. Sie war, bis auf das Bein, jetzt nicht wahnsinnig eindrucksvoll.« Ihr reicht es allmählich. Sie kommt sich vor wie auf der Anklagebank. Wie vor dem Kindertribunal. Wegen irgendeiner Cousine von Heiner wird sie hier dargestellt, als wäre sie kurz vor der Demenz.

»Marisa heißt sie, ich habe es dir gerade neulich gesagt. Und dann deine Schlüsselschusseligkeit, und ehrlich, du kommst mir auch heute vor, als wärst du gar nicht hier«, legt Sophia noch mal nach.

Am liebsten würde Jutta sagen: raus. Sie fühlt sich zu Unrecht beschuldigt. Sie will sich nicht rechtfertigen. Was bilden sich die Kinder ein? »Wer bin ich denn jetzt, Mads oder Pelle?«, fragt einer ihrer Söhne. Sie wundert sich selbst, dass sie nicht zu hundert Prozent sicher ist. »Das solltest du selbst doch am besten wissen«, traut sie sich zu antworten. Jutta ist eine ausgesprochen friedfertige Frau, aber wenn man sie zu lange stichelt, kann sie auch anders. Das hat sie im Laden gelernt. Sonst hätte sie es nie geschafft, zur stellvertretenden Filialleiterin aufzusteigen. Wer um alles in der Welt ist sie, dass sie sich das gefallen lassen muss? Soll sie hier beweisen, dass sie nicht mehr alle Tassen im Schrank hat? Muss sie gleich eine Uhr malen? Oder das Datum sagen?

Mads oder Pelle, wer auch immer von den beiden, guckt sie mit halb offenem Mund an. Sophia übernimmt, sie war schon immer mutiger als die Jungs: »Du weichst aus, Mama, weil du es nicht weißt. Taktisch nicht ungeschickt, aber es ist ein Ausweichen. Wir machen uns doch bloß Sorgen. Als Nächstes lässt du den Herd an oder so.« Oder so könnte durchaus passieren, ihr Herd allerdings schaltet sich eigenständig ab. Sophia schaut derart alarmiert, als würde die Küche bereits lichterloh brennen.

»Das ist ein albernes Gespräch und auch unnötig, mir geht es ganz wunderbar. Und damit ist das Thema beendet«, sagt Jutta mit möglichst resoluter Stimme, aber sie merkt selbst, dass sich ein kleines Zittern eingeschlichen hat. Sie fühlt sich frontal angegriffen und fragt sich, warum sie sich diese Lächerlichkeiten so zu Herzen nimmt? Ist an den Vorwürfen was dran? Hat sie sich selbst nicht auch in den letzten Tagen immer mal wieder gefragt, ob sie Gedächtnisprobleme hat? Es herrscht Schweigen am Tisch. Das hatte sie sich anders vorgestellt, dieses gemeinsame Kaffeetrinken. Fröhlicher, freundlicher und entspannter. Wie sollen sie jetzt die Kurve in diese Richtung bekommen? »Noch jemand Kuchen?«, sagt sie in die Runde. Allgemeines Kopfschütteln.

»Ich muss bald mal los«, antwortet Sophia, »du weißt ja, die Kinder und so.« Nach genau einer Stunde muss ihre Tochter »bald mal los«. Sie kann es ihr nicht mal verdenken. Wahrscheinlich hat sie das, was sie sagen wollte, gesagt. Auftrag erledigt und Stimmung auf dem Nullpunkt. »Wir wollten doch das mit den Petersilienwurzeln probieren!«, sagt dann einer der Zwillinge und der andere scheint sichtlich erleichtert, dass dem Bruder auf die Schnelle eine feine Ausrede eingefallen ist. »Dann können wir ja gemeinsam aufbrechen!«, schlägt Sophia vor, und sie hat den Satz noch nicht ausgesprochen, da erheben sich die drei.

»Magst du Kuchen für die Kinder mitnehmen? Jetzt wo deine Brüder keine Kohlenhydrate mehr essen.« Der Marmorkuchen ist noch unberührt. Sophia hat nur von ihrem heiß geliebten Käsekuchen gegessen. »Ja, gerne«, antwortet die. »Kannst du auch gut einfrieren!«, erklärt ihr Jutta. Fünf Minuten später sind die drei und mit ihnen der Marmorkuchen verschwunden. Jutta steht mit dem Beutelchen voller Schredder-Blumenkohl im Flur und fragt sich, was das für ein merkwürdiger Besuch war. Haben die drei etwa recht? Hat sie sich verändert? Hat sie nicht selbst neulich gedacht, sie sei verwirrt?

Und selbst wenn es so wäre, was wäre die Konsequenz?

»Du hast Salz statt Zucker an den Kuchen gemacht, der ist ungenießbar«, informiert ihre Tochter sie, als sie zwei Stunden später anruft.

»Das ist mir ja noch nie passiert, ach du je!«, antwortet Jutta ihrer Tochter und ärgert sich. Das ist ihr wirklich noch nie passiert. In all den Jahrzehnten der Marmorkuchenbackerei. »Ich habe umgeräumt, da habe ich wohl danebengegriffen, verliebt bin ich jedenfalls nicht, leider«, versucht sie sich an einer Erklärung.

»Aha, bist du vielleicht wieder in Gedanken geschwommen oder irgendwas in der Art?«, kommt es spitz von Sophia.

Jutta muss lachen und versucht, ihre Tochter in die Schranken zu verweisen: »Jetzt mach mal halblang, war ja keine Absicht und kann mal passieren. Ich backe den Kuchen so automatisch, und Zucker sieht Salz nun mal ähnlich, da habe ich anscheinend nicht richtig aufgepasst. Wirf ihn halt weg.«

»Mama, das ist inzwischen bedenklich! Das fügt sich nahtlos ins Bild. Und ja, ich habe ihn längst weggeworfen. Essen konnte man ihn wirklich nicht.«

Jutta legt auf. Das erste Mal in ihrem Leben. Sie mag nicht mehr reden. Sie mag diese Lappalie nicht aufpusten. Verdammt noch mal, es geht um einen Marmorkuchen. Sie hat kein Kind fallen lassen. Es handelt sich nicht um das letzte Nahrungsmittel auf Erden, und niemand im Haushalt ihrer Tochter wird deshalb Hunger leiden. Sie ahnt genau, was Sophia jetzt tun wird. Sie wird ihre Brüder anrufen und ein Riesending aus dem Salzmarmorkuchen machen. Kaum hat sie aufgelegt, kommt eine WhatsApp ihrer Tochter. »Du legst auf? Du? Mama, was ist denn bloß los mit dir? Warum bist du so wütend? Wir wollten doch nur mal mit dir reden!«

Es hat sich für Jutta eher wie eine von langer Hand geplante Entmündigungskampagne angefühlt, aber jetzt schämt sie sich fürs Auflegen. Sie mag vergesslicher sein als früher, aber das ist eben der Lauf der Dinge. Frischer werden die wenigsten im Alter. Aber was heißt schon *Alter?* Sie ist achtundsechzig, da umsegeln andere die Welt oder bewerben sich als Bundeskanzler. Und garantiert werden die auch mal ihren Hausschlüssel vergessen. Das tun auch junge Leute, aber bei denen ist es halt nur ein Vergessen und nicht gleich der Beginn von grässlicher Demenz. Sollte es wirklich so sein, wäre sie früh dran. Der Gedanke, dement zu werden, abzugleiten in eine Welt ohne Erinnerung, ist für Jutta ein Horrorszenario. Sie erinnert sich, mal mit Klaus darüber gesprochen zu haben. Sein Vater war am Ende mehr als verwirrt. »Das droht mir auch!«, hat Klaus damals nur gesagt. Aber Angst hatte er keine. »Ich kann es eh nicht ändern!«, meinte er nur. Jutta macht der Gedanke hingegen sehr viel Angst. Schon deshalb hat sie sich nie wirklich der Frage »was wäre, wenn« gestellt. Sie ist sich sicher, dass keines ihrer Kinder sie aufnehmen würde. Und eigentlich wäre das keine Option. Sie will im Alter nicht bei ihren Kindern wohnen. Allein der Gedanke. Dieser immer leicht schroffe Ton von Sophia, das Gezeter mit Heiner, dieses Chaos bei den Zwillingen. Mal ganz von der Platzfrage abgesehen. Sie muss sich, das weiß sie, Demenz hin oder her, Gedanken über die nächsten Jahre machen. Wie will sie leben?

Am liebsten wäre sie gemütlich gemeinsam mit Klaus alt geworden. Hier im Haus. Aber Klaus ist keine Option mehr. Ein neuer alter Mann? Sich noch mal verlieben? Etwa fünf Jahre nach dem Tod von Klaus hat sie das mal ins Auge gefasst. Aber eher halbherzig. Sie hat sich umgeschaut. Im Laden und in ihrem Umfeld. Ist da einer, von dem sie sich vorstellen kann, sich in ihn zu verlieben? Schnell war die Antwort klar: nein. Nicht zu dem Preis, den es kostet. Wieder täglich kochen, Unterhosen waschen und sich einem Menschen anpassen. Nur damit der da ist. An ihrer Seite. Die Männer dieser Generation erwarten zu viel Dienstleistung. Wollen für das bisschen abendliche Gesellschaft auf der Couch beim Fernsehgucken eine Form der Komplettversorgung. Und den Kindern wäre es mit Sicherheit auch nicht recht gewesen. Als sie mal erwähnt hat, dass sie sich vielleicht noch mal verlieben wolle, war die Bestürzung groß. »Wie lange soll ich in Trauer sein, wann darf ich wieder zumindest daran denken, ob es je einen neuen Mann in meinem Leben geben könnte?«, hat sie gefragt und gemerkt, dass das Thema den Kindern unangenehm war. »Aber der Papa!«, hat Sophia direkt geschluchzt. »Papa ist tot. Und ich lebe noch!«, hatte sie erwidert. »Du hast doch deine Liebe gehabt!«, hat Mads erwidert. »Irgendwann ist man damit durch.«

Dieses Gefühl der Jugend, dass man ab einem gewissen Alter, spätestens jedoch mit sechzig Jahren, durch ist mit allem, ist ein Gefühl, an das sie sich aus ihrer eigenen Jugend erinnert. Man kann sich nicht vorstellen, alt zu sein, wenn man jung ist. Man kann nicht glauben, dass da noch irgendwas sein könnte, was relevant ist. »Soll ich hier liegen und aufs Ende warten?«, hatte sie provokant gefragt. »Das verlangt ja niemand«, hatte Sophia entgegnet, »aber was würde Papa sagen? Ihr wart so lange ein Ehepaar. Und ich meine ja nur, jetzt in deinem Alter?«

Sie hat das Thema daraufhin nie mehr erwähnt, schon weil ihre Sehnsucht nach einem Mann an ihrer Seite nie wirklich groß war. Es war eher ein hypothetischer Gedanke. Sie hat mal kurz bei Parship geguckt, aber nach zwei verkorksten Dates die Sache schnell wieder beendet. Keiner der beiden Männer wäre eine Option gewesen. Arrogant und selbstverliebt, das braucht sie nicht. Allein der herablassende Blick, als sie erwähnt hat, dass sie mal stellvertretende Filialleiterin war. Als wäre das ein Grund, sich zu schämen. Von der Optik der Herren gar nicht zu reden. Jutta ist alt genug, um zu wissen, dass gutes Aussehen nicht abendfüllend ist, aber einen Fünfundsiebzigjährigen mit dreißig Kilo Übergewicht will sie nun auch nicht. Ein bisschen mehr darf auch sie erwarten. Sie ist keine Frau fürs Internet, dieses Schreiben, Gucken und die anschließende Enttäuschung beim Aufeinandertreffen haben sie ernüchtert. Es gibt, das hat sie im Fernsehen gesehen, herrliche Erfolgsgeschichten vom sogenannten Onlinedating. Geduld brauche man, Langmut und Flexibilität. Offen müsse man sein. Und vor allem: kompromissbereit. Vielleicht fehlt es ihr an all dem. Sie glaubt, sie hat ihr Kompromisskontingent fürs Leben aufgebraucht. Sie will sich nicht mehr fügen, anpassen. Sie kann alleine fernsehen. Das, was sie will. Und wenn sie keine Lust hat zu kochen, macht sie sich ein Brot. Sie mag und genießt es, weniger Verpflichtungen zu haben.

Auch in ihrem Umfeld sieht sie eine ähnliche Entwicklung. Marianne, eine Freundin aus ihrer Arbeitszeit, hat schon am Tag nach der Beerdigung ihres Mannes gesagt: nie mehr. Jedenfalls nicht stationär. Wenn, dann nur jemand, der eine eigene Wohnung hat. Für das bisschen Sex lohne sich der Aufwand nicht. Und mal davon abgesehen: Der Sex mit Männern in dieser Altersklasse sei eh eine Seltenheit. Da sei ja häufiger Weihnachten. Und ansonsten sei sie eh lieber mit ihren Freundinnen zusammen. Denen müsse sie auch nicht die Wäsche machen und das Bad putzen. So oder zumindest so ähnlich sieht es auch Jutta. Kurz hatte sie Gefallen an der Idee einer neuen Liebe gefunden. Aber allein der Gedanke, dass da jemand neben ihr liegt, der eben nicht Klaus ist, hat sie erschreckt. Auch wenn die Ehe vielleicht frei von Ekstase und überbordender Romantik war, sie waren sich vertraut. Haben sich vertraut. Diesen Zustand wird sie mit einem anderen Mann nie mehr erreichen können. Zweiundvierzig Jahre Beziehung, da weiß man, was der Partner als Nächstes sagen wird. Da weiß man, was er denkt. Was er mag. Was ihm auf den Wecker geht. Da weiß man, wie er aussieht, wenn er schläft. Wenn er schnarcht. Wenn er sich nicht gut fühlt. Bei allen Diskrepanzen, die sie hatten, das ist es, was ihr fehlt. Das Vertraute. Das Vertrauen. Zu wissen, da ist ein Mensch, auf den man sich verlassen kann. Klaus war immer klar. Kein Mann, der mehr verspricht, als er bieten kann. Sie hat Dinge vermisst, aber sie wusste, woran sie war. Klaus war keine Mogelpackung. War sie seine große Liebe? Seine Seelenverwandte, wie man heute gerne sagt? Mit Sicherheit nicht. Aber Klaus war ein Mann, der zu seinem Wort stand. Er hat Ja gesagt, geheiratet, und das hätte er nie in Zweifel gezogen. Glaubt sie jedenfalls. Ausgesprochen hat sie es nie. Über so was haben sie nicht geredet. Wozu auch? Was man nicht anspricht, ist kein Thema. Man muss nichts ans Licht zerren, was man nicht sehen will. Liegt etwas erst mal auf dem Tisch, wird es schwer, es zu ignorieren. Eine Trennung wäre auch für Jutta niemals infrage gekommen. Latente Unzufriedenheit findet sie nicht wirklich gravierend. Da gibt es weiß Gott Schlimmeres. Diese Sehnsucht nach mehr hat, so glaubt sie zumindest, doch jeder. So oder so, sie hätte ihr Alter gerne mit Klaus verbracht. Wenn einer von ihnen dement geworden wäre, hätte sich der oder die andere eben gekümmert. Klaus hätte sie nie im Stich gelassen. Ohne Klaus fühlt sich das Altwerden sehr viel riskanter an. Unbeherrschbarer.

Apropos Beherrschung, sie schämt sich ein bisschen, dass sie ihre verloren hat und das Telefonat mit auflegen beendet hat. Das passt nicht zu ihr. Es ist gar nicht ihre Art. Vor allem wirkt es so, als wäre an den Vorwürfen was dran. Sie wird sich entschuldigen müssen. Sie weiß es, und es stinkt ihr.

Sie ruft direkt an. Besser Unangenehmes sofort erledigen, sonst versaut es einem den ganzen Tag, weiß sie. Unangenehme Dinge, die auf der To-do-Liste stehen und die man vor sich herschiebt, verschwinden ja nicht wie von Zauberhand, sondern spuken beständig im Kopf rum. Lassen einen nicht in Ruhe. Sind eine Form von mentaler Belästigung.

Sophia nimmt ihre Entschuldigung gnädig an. Und indem sie sich zu erklären versucht, tritt sie dann doch noch nach. »Du musst dich an den Gedanken gewöhnen, dass du vielleicht bald nicht mehr allein leben kannst.«

»Wollt ihr mich einweisen lassen? In ein Heim abschieben? Mit Ende sechzig?«, faucht Jutta und will eigentlich am liebsten sofort wieder auflegen.

»Wir wollen, dass du dich mal umschaust, Mads und Pelle haben auch schon mal geguckt. Nur für den Fall, dass es abrupt schlimmer wird.«

Es.

»So, was habt ihr mir denn Schönes ausgesucht, um betreut auf den Tod zu warten?«, erwidert sie und weiß, dass man die Verbitterung aus ihrer Stimme heraushören kann. Aber es ihr egal. Sie fühlt sich bevormundet.

»Da gibt es zum Beispiel was ganz Hübsches in Tschechien, direkt an der Grenze nahezu, ganz idyllisch gelegen. Mit eigenen Apartments. Und du wolltest doch immer mal mehr von der Welt sehen! Mal rauskommen. Über den Tellerrand schauen«, versucht ihr Sophia direkt irgendeinen Altersitz schmackhaft zu machen. Auch noch am Arsch der Welt. Das Ganze ist so absurd, dass es fast schon wieder lustig ist.

»Ihr wollt mich irgendwohin in die Pampa abschieben?«, fragt sie und schwankt zwischen Lachen und Weinen. Was fällt denen bloß ein? Sind die völlig verrückt geworden.

»Wir wollen doch nur, dass du, solange du noch in der Lage bist, dich kümmerst und dich umschaust. Dir aussuchst, wie du leben willst. Wir wollen ja nicht, irgendwann mal, über deinen Kopf hinweg entscheiden. Und dann bliebe uns nichts anderes übrig. Wir machen nur Angebote. Sammeln Ideen.«

Das klingt nett, ist aber genau betrachtet unverschämt. Übergriffig. Jutta verspürt den Drang, ihre Tochter anzuschreien. »Ihr wollt einfach nur mein Haus und mich möglichst günstig entsorgen, glaubst du, ich merke das nicht? Für wie blöd haltet ihr mich eigentlich?«, sagt sie und kann ihre Wut kaum unterdrücken.

»Denk einfach mal darüber nach, wir wollen genau das Gegenteil, dich einbeziehen und nicht bevormunden. Du wolltest immer, dass wir uns mehr kümmern, und jetzt tun wir es, und es ist dir auch nicht recht. Man kann es dir einfach nicht recht machen. Wir machen uns Arbeit, und statt das wertzuschätzen, rastest du aus«, wird nun auch Sophia sauer.

Hätte sie bloß nicht noch mal angerufen. Jetzt ist die Lage sehr viel verkorkster als zuvor. »Tausend Dank für eure Bemühungen!«, versucht sie es mit Ironie, wohl wissend, dass ihre Tochter dafür keinerlei Antennen hat.

»Hab noch einen schönen Abend!«, beschließt sie das Gespräch und denkt: Ihr könnt mich alle mal.

Sie ruft ihre alte Freundin Marianne an und schildert ihr die Misere. »Undankbares Pack!«, befindet die. Marianne ist, was Kinder angeht, vielleicht nicht die beste Ratgeberin. Sie hat keine, wollte nie welche und gehört auch nicht zu den Frauen, die ihre Entscheidung gegen Kinder bereuen. Im Gegenteil. »Man zieht sie groß, füttert sie, geht auf Elternabende, sie kosten Unsummen, und dann schieben sie dich ins Heim ab!«, regt sich ihre Freundin auf. Jutta will sich sofort für ihre Kinder in die Bresche werfen. So einfach kann man das ja auch nicht sehen, oder? Greift jemand ihre Kinder an, hat sie sofort den Reflex, sie zu verteidigen. Egal, wie wütend sie selbst ist. Sie hat Marianne angerufen, um Bestätigung zu bekommen, und genau das hat Marianne in Perfektion erledigt. Und jetzt ist ihr genau das unangenehm. Sie hat das Bedürfnis zurückzurudern. Sie darf sich über ihre Kinder beschweren, aber wenn das jemand anderes tut, wird sie sauer. Wer ihre Kinder angreift, greift sie selbst an. Marianne hat keine Ahnung, davon zeugt ihr strenges Urteil. Jutta liebt ihre Kinder sehr, aber genau diese große Liebe sorgt auch für die ebenso große Enttäuschung. Wäre nicht so viel Emotion im Spiel, würde sie über all das einfach nur lachen. Aber so steckt ihr das Lachen im Hals fest. »Lass dir das nicht bieten, denen musst du es zeigen!«, empfiehlt ihr Marianne. »Werde ich«, sagt sie nur und fragt sich im Stillen: nur wie?

Vielleicht sollte sie die Bedenken der Kinder ernst nehmen. Sich mal selbst von außen betrachten. Ihr ist klar, dass in den nächsten Jahren, spätestens in zehn Jahren, eine Entscheidung getroffen werden muss, wie sie ihren Lebensabend verbringen will. Dann geht sie stramm auf die achtzig zu. Allein der Gedanke lässt sie erschaudern. Lebensabend. Was für ein Wort. Klingt erst mal gar nicht so schlecht. Der Abend ist die Zeit der Entspannung. Aber sie ist entspannt und wird dafür nicht den Rest ihres Lebens brauchen. Lebensabend hört sich auch nach Müdigkeit an. Nach Ruhe. Nach dem letzten Abschnitt, den letzten Metern, bevor die Lebensnacht kommt. Das ist dann wohl der Tod. In ihrem Leben ist genug Ruhe und Entspannung, sie könnte eher mal ein wenig Aufregung gebrauchen. Positive Aufregung. Spannung. Auf den Lebensabend zu warten, kann nicht der Sinn von Leben sein.

Sie beschließt, sich einfach mal unverbindlich umzuschauen. Googelt »Altersheim«. Sieht sich schon mit dem Rollator über erbsgrüne Gänge gehen. Hat den Geruch im Kopf. Ein bisschen abgestandene Luft mit einer Prise Urin. Der Geruch des Alters. Muffig.

Es graust sie. Sie muss sich Parfüm aufsprühen, um den nicht vorhandenen Geruch aus ihrem Hirn zu vertreiben. Sie ist empfindlich, was Gerüche angeht. Schon immer. Klaus hat sie dafür belächelt. Die Turnschuhe der Jungs haben sie wahnsinnig gemacht. Hat sich eines der Kinder übergeben, hat es sie gewürgt. Sie kann viel sehen, aber ihr Geruchssinn scheint extrem ausgeprägt.

Reiß dich zusammen, das sind Horrorszenarien, ermahnt sie sich selbst. Sich am Riemen reißen ist etwas, was sie kann. Da ist sie geübt. Außerdem: Die Bilder im Netz sehen eigentlich ganz hübsch aus. Freundliche Farben, keine Spur von Erbsgrün und fröhliche ältere Menschen. Literaturabende, Sportstunden und sogar Vollwertessen. Hat sie zu viele Vorurteile? Sind das heute nicht eher Hotels mit Animation?

Sie beschließt, in einem Altersstift in ihrer Nähe anzurufen und einen Besichtigungstermin zu vereinbaren.

Stift hört sich auf jeden Fall besser an als Heim. Das kann sie dann den Kindern erzählen, um zu demonstrieren, dass sie durchaus willig ist. Es ist ein komisches Gefühl, sich in einem Altersstift vorzustellen. Schon der Gedanke. Man weiß, dass es sehr wahrscheinlich die letzte Adresse im Leben sein wird. Endstation. Wie fühlt man sich, in diesem Wissen umzusiedeln? Sollte man es sich dann nicht ganz besonders schön machen? Oder ist eine Endstation einfach per se nicht schön? Ende. Schluss. Der nächste Umzug geht Richtung Friedhof. Altersheim ist die Stufe davor.

Allein die Beschäftigung mit dem Thema Alterswohnsitz hat viel Deprimierendes. Sie macht eine Flasche ihres gehorteten Champagners auf, und je mehr sie davon wegpichelt, umso mehr denkt sie: »Erst mal gucken, dann mal sehen!« Noch entscheide ich, wo ich ende.

Am nächsten Morgen ruft sie direkt im Altersstift »Sonnenstift« an. »Wie vernünftig von Ihnen, sich früh zu kümmern, wirklich klug, die Plätze sind rar und die Wartelisten lang!«, erklärt ihr die stellvertretende Leiterin. Eine Frau Sodermann-Kügel. Jutta fragt sich, ob irgendeiner der Insassen sich diesen Namen noch merken kann. »Der frühe Vogel fängt den Wurm!« Jutta fühlt sich unverhofft gelobt. Muss bei Wurm allerdings direkt wieder an nasse Erde und Friedhof denken.

»Wann kann ich denn vorbeikommen und mich mal ein wenig umgucken?«, will sie wissen.

»Nächste Woche Dienstag gegen fünfzehn Uhr, passt das?«, fragt die Altersstiftfrau.

»Ginge es auch jetzt gleich?«, erkundigt sich Jutta.

»Nein, nein, das ist jetzt ungünstig«, entgegnet Frau Sodermann-Kügel. Jutta fragt sich im Stillen, wieso. Frau

Sodermann Dingsbums ist da, und sie will sich ja nur mal umschauen. Müssen die erst aufräumen, durchlüften oder die schweren Fälle wegsperren, damit potenzielle Interessentinnen (es sind ja zumeist Frauen) nicht direkt die Flucht ergreifen? »Ich habe schon Besichtigungen heute!«, erklärt sich Frau Sodermann.

»Ich kann mich gerne anschließen, ich brauche keine Exklusivführung, und für mich müssen Sie auch nicht extra großreinemachen!«, versucht es Jutta erneut, diesmal mit einem kleinen Scherz. Jetzt, wo sie aktiv geworden ist, würde sie die ganze Chose am liebsten direkt erledigen.

»Die meisten wollen eine gewisse Diskretion«, geht Frau Doppelname gar nicht erst auf ihre Aufräumbemerkung ein. Irgendwie verdächtig, findet Jutta, aber vielleicht ist sie zu misstrauisch. »Ich kann mich auch alleine erst mal ein wenig umschauen. Ich meine, es ist ja eh unverbindlich«, hakt Jutta für ihre Verhältnisse relativ hartnäckig nach.

Das scheint Frau Sodermann nicht zu gefallen. »Ich sagte doch, Dienstag, fünfzehn Uhr, da hätte ich noch was frei. Am besten, Sie entscheiden gleich, so zeitnah habe ich nur was, weil ein Interessent abgesagt hat.«

Jutta fühlt sich ein wenig unter Druck gesetzt, irgendetwas mag sie an dem Ton von Frau Sodermann nicht. Immerhin ist sie die potenzielle Bewohnerin und keine Schülerin, die von ihrer Lehrerin gerüffelt wird. Aber was hat sie zu verlieren? Es wird sie keiner direkt dabehalten. »Gut, Dienstag, fünfzehn Uhr. Ich danke Ihnen«, verabschiedet sich Jutta und ist unsicher, was sie von diesem Gespräch halten soll.

Bei ihrer dritten Schwimmstunde erzählt sie Fritzi von ihren Besichtigungsplänen. »Bist du fünfundachtzig und hast dich extrem gut gehalten, oder was um alles in der Welt willst du da?«, fragt die nur und guckt erstaunt. Jutta freut sich über das Lob und fängt an zu erzählen. Von ihrer latenten Vergesslichkeit, den Sorgen der Kinder. Sie schönt ihre Darstellung, will nicht, dass jemand, der die drei nicht kennt, schlecht von ihnen denkt. Vielleicht ist das alles ja auch nur ihre eigene Unsicherheit. Vielleicht tut sie ihren Kindern unrecht. Sie hat sich in den letzten Tagen ein wenig entspannt, was ihre Altersheimabschiebeangst angeht. Sie ist eine mündige Person, und solange sie noch halbwegs klar denken kann, wird sie nirgends landen, wo sie nicht hinwill. Fritzi ist augenscheinlich verwundert. »Lass uns doch diese Woche mal was trinken gehen, da haben wir mehr Zeit. Jetzt wird gekrault, schließlich zahlst du mich nicht fürs Zuhören und irgendwelche Ratschläge, sondern für den Schwimmunterricht.«

Das Kraulen ist schwerer, als Jutta dachte. In der Theorie hat sie einiges verstanden, aber sobald sie im Wasser liegt, sieht die Sache schon ganz anders aus. Das Atmen macht ihr die meisten Probleme. Dieses entspannte Kopfrausdrehen und Luftholen gelingt ihr nicht. Sie schnappt jedes Mal nach Luft, als hätte man sie minutenlang unter Wasser gedrückt.

»Alle Luft muss unter Wasser raus, und dann ganz genüsslich einatmen!«, wiederholt Fritzi immer wieder.

»Entspannung ist das Zauberwort. Du musst dich wohlfühlen, es soll nicht anstrengend, sondern spielerisch leicht sein.« Von diesem Zustand ist Jutta weit entfernt. Aber Fritzi macht ihr immer wieder Mut. »Das geht den meisten so, aber irgendwann macht es klick, und du wirst durchs Wasser gleiten wie ein Delfin. Versprochen.« Jutta versteht nicht, wie sie sich mit einer so simplen Aufgabe dermaßen schwertun kann. Es ärgert sie. »Du darfst nicht zu viel denken, nicht zu viel auf einmal wollen, nicht zu ehrgeizig sein, einfach schwimmen!«, ermutigt sie Fritzi.

Die Schwimmlehrerin ist ihr in der kurzen Zeit schon richtig ans Herz gewachsen, auch wenn sie nach jeder Stunde das Gefühl hat, dass ihr die Arme abfallen werden.

Jutta ist, wie immer, auf die Minute pünktlich im Altersstift. Es wirkt auf den ersten Blick wie ein Hotel. Nicht, dass Jutta besonders hotelerfahren wäre, aber im Eingangsbereich steht groß »Rezeption«, und hinter dem Schalter begrüßt sie eine junge Frau. »Was kann ich für Sie tun?«, fragt sie Jutta freundlich. Jutta fühlt sich willkommen, ein gutes Zeichen. Frau Sodermann-Irgendwas lässt sie allerdings warten. Geschlagene zwanzig Minuten. Ein weniger gutes Zeichen. Was, wenn sie, sollte sie sehr gebrechlich sein und hier wohnen, mal zur Toilette muss und alleine nicht mehr kann? Wartet man da dann auch zwanzig Minuten?

Jutta hat den Gedanken noch nicht zu Ende gedacht, da taucht Frau Sodermann, nicht irgendwas, sondern Kügel, wie ihr Namensschild verrät, auf. Sie wirkt ein bisschen wie der Typ strenge Gouvernante. Kostüm, bordeauxfarben, wadenlanger Rock, hochgeschlossene Bluse und dazu ein Paar Pumps – Typ praktisch, mit bequemem Absatz. Ihre schmalen Lippen (bordeauxfarbener Lippenstift, der perfekt zum Kostüm passt) verziehen sich zu einem Lächeln. »Entschuldigen Sie die kleine Verspätung, jetzt gehören die nächsten dreißig Minuten ganz Ihnen!« Kleine Verspätung! Zwanzig Minuten! Jutta erspart sich eine Bemerkung. Sie hat das dumpfe Gefühl, eine Frau wie Frau Sodermann-Kügel lässt sich nicht gern zurechtweisen. Und aus irgendeinem seltsamen Grund will sie ihr gefallen. Sicher ist sicher. Sollte sie hier leben, wäre es sicherlich ungünstig, es sich mit der Herrscherin des Altenuniversums gleich zu Beginn zu verscherzen. »Ich gebe Ihnen zunächst mal eine kleine Führung. Dann haben wir Zeit für Fragen«, erklärt ihr die stellvertretende Leiterin. Steht auch auf ihrem Namensschild. »Es gibt Doppelzimmer, Einzelzimmer und sogar kleine Zweizimmerapartments.« All das weiß Jutta schon von der Homepage des Stifts. »Hier im Erdgeschoss sind die Bibliothek und der Speisesaal. Und unser Aufenthaltsraum.«

Sie öffnet eine Tür und präsentiert »die Bibliothek«. Ein kleines dunkles Zimmer mit drei Regalen und zwei Sesseln. Und niemandem drin. Das sah im Netz anders aus. Gut fotografiert eben. Würde sie gerne hier sitzen? Dann schon lieber im Speisesaal. Der ist hell und groß und wirkt ganz hübsch. Zartgelb gestrichen, Holztische, Gardinen an den Fenstern und eine lange Theke ähnlich wie in einer Kantine. »Unser Essen ist hervorragend, wird eigentlich von fast allen gelobt!«, präsentiert Frau Sodermann-Kügel die Räumlichkeiten. »Wir kochen selbst und lassen nicht liefern. Diese Woche ist italienische Woche. Wir haben manchmal sogar asiatisches Essen, aber in der Regel gibt es Hausmannskost, Rouladen, Hackbraten, Gulasch und Ähnliches. Das mögen die

Bewohner einfach am liebsten. Vor allem die Männer. Apropos Männer: Wollen Sie alleine einziehen oder mit dem Gatten?«

»Mein Mann ist tot, also alleine«, gibt Jutta brav Auskunft.

»Langt Ihnen ein Einzelzimmer?«, will Frau Sodermann-Kügel wissen.

Bei dem Gedanken aus ihrem Haus in ein Einzelzimmer umzusiedeln, zieht sich in Juttas Magen alles zusammen. Nicht nur, weil sie sich von jeder Menge Möbel und Kram trennen müsste. Schlafen und wohnen in einem Raum? Ohne auch nur ein Zimmer gesehen zu haben, weiß Jutta, dass das nicht ihrer Vorstellung vom Leben im Alter entspricht. »Ich denke, nein!«, antwortet sie.

»Das denken alle und merken dann, dass es gar nicht viel braucht, wenn man allein ist. Der Vorteil: Ein Zimmer macht ja auch kaum Arbeit. Und die meisten unserer Bewohner sind tagsüber im Aufenthaltsraum.« Mit diesen Worten deutet sie auf einen großen Raum mit Sofas, Tischen und einer Tischtennisplatte. Und einer Terrasse davor. Es sieht aus wie in einer Art Studentenwohnheim, und es ist der erste Raum, in dem tatsächlich Menschen sitzen. Die Einrichtung ist zweckmäßig, wirkt aber gemütlich. Aber alle sind alt!, fährt es Jutta durch den Kopf. Mindestens um die achtzig. Nun, vielleicht ist ihre Wahrnehmung auch verzerrt. Sie kennt das ja von Klassentreffen. Man sieht die ehemaligen Schulkameraden und Kameradinnen und denkt: Oh, Gott, sind die alt geworden. Und im Zweifelsfall denken die genau dasselbe, wenn sie Jutta sehen. Trügt sie ihr Eindruck? Kann sie sich vorstellen, hier im Kreise dieser Greise zu sitzen?

Alle schauen sie neugierig an. »Sind Sie die neue Musiktante?«, ruft eine winzig kleine Frau mit graulilafarbenen

Haaren und Löckchen. Sie erinnert Jutta an die Mutter von Klaus. Das ist eine andere Generation, die hier lebt. Sie fühlt sich wie ein Fremdkörper. Mit wem soll sie hier reden? Mit wem lachen? Sie schüttelt den Kopf in Richtung Graulöckchen: »Nein, da wären Sie schlecht bedient, ich bin verdammt unmusikalisch.«

»Das war die andere auch! Schlimmer kann es kaum werden«, antwortet die kleine Frau, und Jutta sieht, wie sich das Gesicht von Frau Sodermann-Kügel verzieht.

»Frau Kramer, das ist hier jetzt nicht Thema!«, rügt sie die alte Dame.

»Aber es stimmt, und ich zahle für was, was es nicht gibt. Genau wie Yoga«, traut sich die Seniorenrevoluzzerin, noch einen draufzulegen. Der Rest der Anwesenden klatscht. Scheint die Rädelsführerin zu sein, die inzwischen vor Frau Sodermann steht.

»Wir reden später drüber, Frau Kramer, außerdem gibt es gleich Essen.« Man merkt, dass Frau Sodermann erzürnt ist, aber versucht, ein freundliches Gesicht zu bewahren. Sie guckt, als gäbe es bei einem weiteren Widerwort von Frau Kramer Hausarrest. Beim Stichwort Essen kommt Bewegung in den Raum. »Hoffentlich nicht wieder Reisbrei oder Grießbrei, wir sind ja keine fünf Jahre mehr alt«, zischt Frau Kramer und schließt sich dann dem Strom an, der Richtung Speisesaal will. »Entschuldigen Sie bitte, Frau Kramer hat wahrscheinlich wieder ihre Medikamente nicht genommen, sie ist leicht dement und schnell sehr aufgeregt.«

Dement hat die kleine Frau nicht auf mich gewirkt, aber ich bin nicht vom Fach und habe sie gerade mal fünf Minuten erlebt. »Wie ist der Altersschnitt hier?«, frage ich. »Zwischen fünfundsechzig und achtundneunzig haben wir alles hier!«, antwortet Frau Sodermann.

»Und im Schnitt?«, hakt Jutta nach.

»Na ja, das kann ich gar nicht genau sagen, müsste ich nachschauen, Mitte siebzig vielleicht!«, kommt es zögerlich von der stellvertretenden Stiftsleiterin.

»Ich habe das Gefühl, ich bin ein bisschen früh dran, wenn ich mich hier umschaue!«, sagt Jutta und schaut Frau Sodermann an.

»Man kann gar nicht zu früh sein, selbst ich bin schon angemeldet. Je früher man dran ist, umso besser gewöhnt man sich ein. Es geht manchmal schneller, als man denkt. Ruckzuck kommt die Demenz oder die Pflegebedürftigkeit, und dann muss man nehmen, was man kriegt. Und natürlich bevorzugen wir bei der Aufnahme die, die sich rechtzeitig angemeldet haben. Sie müssen ja nicht direkt einziehen. Wir haben Wartelisten! Sich ein Zimmer zu sichern, ist überaus sinnvoll. Gerade in den heutigen Zeiten. Es gibt einfach sehr viel Alte. Ich weiß, wovon ich rede!«, weist sie Frau Sodermann zurecht.

Baut die gerade einen gewissen Druck auf?, denkt Jutta. Ist ein potenzieller Platz hier eine Art Schnäppchenangebot, das nur für eine bestimmte Zeit gilt?

»Natürlich wirkt das erst mal fremd, und man fühlt sich immer zu jung, aber immer daran denken: Die Zeit rast«, versucht Frau Sodermann Verständnis zu zeigen.

Jutta fühlt sich, als wäre sie in einem Verkaufsgespräch. »Was kostet es denn hier? Also wenn ich was reservieren würde?«, fragt sie.

»Lassen Sie uns zunächst mal die Zimmer anschauen, und dann gebe ich Ihnen Informationsmaterial mit«, schlägt ihre Gesprächspartnerin vor und schaut demonstrativ auf die Uhr. Sind die eingeplanten dreißig Minuten schon rum? »Wir müssen uns ein wenig sputen, ich habe noch einen Anschlusstermin, auch mit einer weiteren Interessentin«, schürt Frau Sodermann die Konkurrenzsituation.

Etwas, was andere ebenfalls gerne hätten, wird direkt attraktiver. Jutta kennt das Phänomen aus ihrer Discounter-Zeit. Hatten sie ein Sonderangebot, das begrenzt war, waren die Kundinnen manchmal kurz davor, sich um eine Bratpfanne oder einen Bettbezug zu prügeln. Verknappung lässt Begehrlichkeiten wachsen. Anscheinend auch bei Heimplätzen.

Frau Sodermann besteigt einen Aufzug, und Jutta eilt hinterher. »Wir fahren hoch in den ersten Stock, da haben wir Einzelzimmer und ein paar Apartments. Im zweiten sind die Doppelzimmer, die sind natürlich deutlich günstiger.«

Jutta schüttelt den Kopf. Für zwei Wochen Krankenhausaufenthalt kann sie sich vorstellen, mit einer anderen Person, einer fremden Person, das Zimmer zu teilen, aber bei aller Bescheidenheit, ein bisschen Intimsphäre hätte sie auch gerne im Alter. Was für eine Horrorvorstellung! Allein die Geräusche. Von den Gerüchen mal ganz abgesehen. »Doppelzimmer kommt nicht infrage, danke!«, entscheidet sie fix, und Frau Sodermann nickt verständnisvoll: »Das können sich die meisten nicht vorstellen, aber wenn sie dann mal drin sind, mögen es manche sehr, man hat dann halt auch immer Gesellschaft. Gerade wenn man pflegebedürftig ist und nur wenig Besuch bekommt.« Nie mal allein sein zu können, schon der Gedanke gruselt Jutta. Sie kann sich eine solche Situation nicht mal mit einer geliebten Person oder einer Freundin vorstellen. »Nein!«, sagt sie nur. »So dement kann ich gar nicht werden, dass das infrage kommt!« Das war heftiger als beabsichtigt.

»Sag niemals nie!«, säuselt Frau Sodermann und

schließt ein Zimmer auf. Ihr riesiger Schlüsselbund erinnert Jutta an eine Serie, die sie mal gesehen hat. Eine Gefängnisserie.

»Haben Sie Schlüssel für alle Zimmer?«, fragt sie.

»Selbstverständlich!«, antwortet Frau Sodermann-Kügel. »Es kann immer mal was sein. Außerdem verlegen oder vergessen die Bewohner ihre Schlüssel häufiger. Alterstypisch eben. Wenn wir da keine hätten, würde das ganz schön teuer auf Dauer.«

Alterstypisch. Jutta fühlt sich erwischt. Es ist ein Einzelzimmer von etwa zwanzig Quadratmetern, das ihr Frau Sodermann präsentiert. Ein leeres.

»Ist letzte Woche frei geworden, und übermorgen zieht eine neue Bewohnerin ein. Das geht Schlag auf Schlag hier. Aber wir haben auch Bewohnerinnen, die schon fünfzehn Jahre hier sind.«

Fünfzehn Jahre in einem solchen Zimmer. Da könnte der Tod wirklich eine Erlösung sein. Sei nicht so snobistisch, rügt sich Jutta selbst. Manche leben immer so. Und wieder andere wären froh, so leben zu dürfen. Das Einzelzimmer hat einen kleinen Balkon und ein angrenzendes Bad.

»Das kann man sich sehr hübsch herrichten!«, preist Frau Sodermann den Raum an.

»Und verlaufen kann man sich auch nicht!«, grinst Jutta. Jahrzehntelang fürs Eigenheim sparen, um dann, wenn man die meiste Zeit zu Hause verbringt, in diesem Zimmer zu landen. Klar kann man es sich hier sicherlich hübsch machen, aber größer wird es davon auch nicht. Frau Sodermann scheint Gedanken lesen zu können. »Sie müssen bedenken, dass ja die Gemeinschaftsräume dazukommen, die meisten schlafen nur in ihren Zimmern oder empfangen Besuch. Ansonsten sind sie im Sportraum oder, wie eben gesehen, im Gemeinschaftsraum oder in der Bibliothek. Im Sommer auch auf der Terrasse und im Garten.«

In Juttas Kopf sieht sie sich in diesem Zimmer auf und ab gehen. Das haben anscheinend schon andere vor ihr gemacht. Der Teppich hat Spuren. »Kann ich auch noch mal ein Apartment sehen?«, bittet sie. Dieses Zimmer macht ihr Platzangst. Bedrückt sie. Hier kann ich nicht sein, denkt sie. Und vor allem *will* sie hier nicht sein.

»Apartment ist aktuell keins frei, aber wir können mal klopfen und gucken, ob uns jemand freundlicherweise sein Apartment zeigt!«, schlägt Frau Sodermann vor. Wieder schaut sie auf die Uhr. Die dreißig Minuten, die sie ihr eingangs eingeräumt hat, sind längst rum. Jutta fragt, um höflich zu sein: »Halte ich Sie auf?« Frau Sodermann zuckt mit den Schultern, schließt das Zimmer und klopft zwei Türen weiter. »Ja, bitte«, erschallt es von drinnen. Eine alte Dame öffnet. Eine sehr schicke alte Dame. Grauer Jogginganzug aus Wolle mit zweifarbigen Turnschuhen. »Hallo, wie kann ich helfen, Frau Sodermann?«, will sie wissen. »Wir würden uns gerne mal eben Ihr Apartment anschauen, es ist ja gerade keins frei. Nur damit sich die Bewerberin einen Eindruck verschaffen kann.«

»Gerne, wenn es schnell geht, ich bin auf dem Sprung. Wir treffen uns gleich unten zum Bridge.« Es piept aus dem Kostüm von Frau Sodermann: »Ich muss runter, das war mein Pieper, kommen Sie beide zurecht?«, fragt sie und schaut mich und die Apartmentbewohnerin an.

»Klar!«, antwortet Jutta und ist froh, ihre Aufpasserin für ein paar Minuten loszusein. »Hallo«, begrüßt sie die alte Dame, und bevor sie sich vorstellen kann, wird sie von ihr unterbrochen. »Haben Sie ein Zuhause? Eine

Wohnung, ein Haus? Dann bleiben Sie dort. Solange Sie können. Nur ein Tipp selbstverständlich. Ich habe mich überreden lassen. Und jetzt sitze ich hier fest. Mit der Aussicht, irgendwann in absehbarer Zeit ein Stockwerk hochzuziehen. Zu den Bekloppten. So geht es hier mehr oder weniger allen. Da war die Sodermann sicherlich nicht mit Ihnen. Da ist es dann mit dem letzten bisschen Spaß vorbei. Und der ist hier auch überschaubar. Gehen Sie heim, solange Sie noch können!« Jutta ist sprachlos. Da hat sich aber ordentlich was aufgestaut in der alten Dame. »Das, was sie zeigen, ist nicht das, was man kriegt. Glauben Sie mir. Trostlosigkeit hat einen Namen: Sonnenstift.« Sie schnauft.

Jutta ist schockiert. Wird sie gleich sagen: Holen Sie mich hier raus, bitte! »Misshandelt man Sie?«, fragt sie und hat Angst vor der Antwort.

Die alte Dame guckt sie mit großen Augen an. »Nein, natürlich nicht. Aber ich werde mich wahrscheinlich zu Tode langweilen. Aber so lautet ja auch das Klassenziel: Tod. Wir warten hier gemeinsam auf den Tod. Ist eine kleine Stimmungsbremse. Kommen Sie mich noch mal in Ruhe besuchen, dann zeige ich Ihnen ganz genau, was hier auf Sie wartet. Auch oben, da, wo die Bekloppten wohnen. Das zeigen sie bei den Führungen nämlich nicht.«

Bevor Jutta antworten kann, steht Frau Sodermann wieder neben ihr. »Und, haben Sie zwei sich nett unterhalten?«, säuselt sie.

»Es war durchaus erkenntnisreich!«, antwortet Jutta und schaut Frau Sodermann so freundlich wie möglich an. Ihre Tippgeberin macht sich vom Acker und entschwindet zum Bridge.

»Schauen Sie sich ruhig noch um!«, ruft sie, fast schon am Aufzug.

»Ich dachte, das hätten Sie schon!«, bemerkt Frau Sodermann-Kügel.

»Wir haben ein bisschen geschwätzt und darüber die Besichtigung ganz vergessen«, sage ich nur.

»Nicht alles zu ernst nehmen, was die liebe Frau Wallner sagt, da geht schon einiges durcheinander in der letzten Zeit.« Sie seufzt und deutet auf ihren Kopf. »Leider, leider. Der Lauf der Zeit.«

Jutta hatte nicht den Eindruck, dass Frau Wallner auch nur einen Hauch verwirrt war. Eher im Gegenteil, die alte Dame hat einen ziemlich aufgeweckten Eindruck gemacht. Ihr Apartment ist hübsch. Ein Balkon und zwei Zimmer, ein Wohn-, ein Schlafzimmer, eine kleine Küche und ein Bad. Wenn man, wie sie, die anderen Räume zuerst gesehen hat, kommt einem das Apartment riesig vor. Luxuriös. Natürlich ist das genug Platz für eine Person, denkt Jutta. Ein cleverer Schachzug von Frau Sodermann. Wer das Apartment sieht, will sicherlich kein enges Doppelzimmer mehr.

»Das sind einundvierzig Quadratmeter«, erklärt Frau Sodermann-Kügel und strahlt, »mehr kann man nun wirklich nicht erwarten. Da würde sogar ich sofort einziehen! Bei uns gibt es sechs Stück davon, und in dreien davon wohnen Ehepaare. Alle fühlen sich sehr, sehr wohl.«

Das klang eben bei Frau Wallner ein wenig anders. Aber Frau Sodermann muss das hier ja alles verkaufen. »Und wenn ich mal auf Pflege angewiesen wäre oder ein Demenzproblem hätte, könnte ich dann hierbleiben?«, fragt Jutta und denkt an die Etage über sich. Die, von der Frau Wallner gesprochen hat. »Hier bei uns im Sonnenstift darf man bleiben, egal, wie es um die Gesundheit bestellt ist, das ist für uns eine Selbstverständlichkeit. Wir betreuen jeden und jede, egal, in welchem Zustand«, versucht sie, Jutta zu beruhigen.

»Hier im Apartment?«, bohrt Jutta nach.

»Zumeist schon«, beantwortet Frau Sodermann-Kügel die Frage eher sehr vage.

Jutta beschließt auf jeden Fall, noch mal in Ruhe mit Frau Wallner zu sprechen. Nicht, dass sie einem riesigen Fake aufsitzt. Nach dem Motto: außen hui – innen pfui. Geködert mit einem Apartment und dann abgeschoben in ein geheimes Stockwerk.

Frau Sodermann-Kügel preist auf dem Weg zur Rezeption erneut die Herrlichkeiten im Sonnenstift an. »Je früher Sie einziehen, umso schneller gewöhnen Sie sich an alles. Die Umstellung geht schnell, und Sie werden die Vorzüge genießen. Nicht mehr kochen, immer Gesellschaft und dazu unsere herrlichen Außenanlagen.«

»Was kostet mich denn dieses sorglose Leben im Monat?«, will Jutta wissen.

»Das geht von zweitausendachthundertfünfzig bis zu viertausendneunhundert im Monat. Je nachdem, was Sie für ein Paket haben wollen. Wir bieten auch Putzdienst etc. an. Hier zu wohnen ist wie ein »All inclusive«-Urlaub. Sie leben und genießen, wir machen.« Hört sich ein bisschen an wie die Werbung für eine teure Versicherung, für Jutta kein Synonym für Vertrauen.

»Ich denke darüber nach und schaue mir alles genau an!«, verabschiedet sich Jutta und dankt höflich für die Führung. Bis viertausendneunhundert Euro. Netto. Das hat sie in ihren besten Zeiten nicht mal brutto verdient.

»Denken Sie nicht zu lange nach, Sie wissen, es gibt eine enorm lange Warteliste«, gibt ihr die stellvertretende Stiftsleitung noch mit auf den Weg.

Dafür, dass der Andrang angeblich so groß ist, macht

Frau SK ganz ordentlich Druck. Jutta ist erleichtert, als die Glastür des Stifts hinter ihr zufällt. So richtig kann sie sich selbst hier nicht vorstellen. Nicht zu putzen und nicht zu kochen, ist das Einzige, was ihr an der Idee gefallen könnte. Ihr Koch- und Putzbedarf ist nach all den Jahren mehr als gedeckt. Aber ehrlich gesagt hat sie genug Zeit, um ihren Kram in Ordnung zu halten, und verhungert ist sie bisher auch nicht. Außerdem kann sie so selbst entscheiden, was sie wann isst. Wenn sie drei Tage hintereinander Milchreis essen will, tut sie es.

Essen, was auf den Tisch kommt, hat was, was sie an ihre Kindheit erinnert. Eine unschöne Erinnerung. In ihrem Elternhaus durfte man nicht aufstehen, bevor der Teller leer war. Einmal hat sie sich geweigert. Es gab Erbsen. Jutta hat Erbsen auf Anhieb gehasst und sie einfach nicht runterbekommen. Es ging schlicht nicht. Dieses leicht Mehlige. Der Geschmack. Das Ende vom Erbsendrama: Sie wurde mitsamt der Erbsen auf dem Teller in den Keller gesperrt. Es war dunkel, feuchtnass und dazu die Erbsen. Dreiundzwanzig Stück. Sie hat sie gezählt. Im Dunkeln. Noch heute weiß sie ganz genau, wie gruselig das war. Aber sie hat die Erbsen nicht gegessen, sondern zerdrückt und hinter dem Regal an die Wand geschmiert. Zum Glück ist es nicht rausgekommen. Dieses Ereignis hat sie ihren Eltern nie verziehen, und es hat dazu geführt, dass sie bei ihren Kindern nicht darauf bestanden hat, dass sie den Teller leer essen müssen.

Was, wenn ihr das Essen im Stift nicht schmeckt? Ihr die Essenszeiten nicht passen? Allein die Idee, so fremdbestimmt zu leben, lässt sie erschaudern. Da kocht sie lieber selbst. Dann weiß sie auch, was auf ihrem Teller landet. Sie hat schlicht noch nicht das Gefühl, hilflos zu sein. Rund um die Uhr versorgt werden zu müssen.

Trotzdem könnte sie sich natürlich auf eine Warteliste setzen lassen, einfach aus prophylaktischen Gründen. Und wenn sie dann nicht will, gibt sie den Platz einfach frei. Mit der Anmeldung wären die Kinder ruhiggestellt und sie auf der sicheren Seite. Aber bevor sie das macht, wird sie noch mal bei Frau Wallner, der Apartmentbewohnerin, vorbeischauen.

Jetzt aber freut sie sich auf den Abend. Auf den Wein mit Fritzi, ihrer Schwimmtrainerin. Mal hören, was die dazu sagt.

»Du spinnst!«, lautet Fritzis Kommentar. Das ist deutlich. »Wenn man da erst mal landet, dann ist es gelaufen. Ich weiß das von Wanda, die war früher jeden Morgen bei uns schwimmen. Topfit. Mit einundachtzig! Dann ist sie in so ein Heim, und weg war sie. Ich habe sie zweimal besucht. Beim dritten Mal war sie tot.« Das klingt gruselig. »Wanda wollte nicht ins Heim. Hat sich mit allem gewehrt, was ihr zur Verfügung stand. Und als sie dann doch da war, hat sie aufgegeben. Sich in ihr Schicksal ergeben. Das war richtig traurig.« Schön hört es sich wirklich nicht an. »Die ist ganz, ganz schnell ganz klapprig geworden. Da war nichts mehr von der fitten Wanda, die ihre Bahnen zieht.«

Das sind ja wahre Horrorszenarien. »Fritzi, du machst mir Angst!«, unterbricht Jutta den Redeschwall ihrer Schwimmtrainerin.

»Ehrlich gesagt, war genau das meine Absicht!«, lacht sie.

Jutta erzählt ihr die ganze Geschichte. Von ihrer latenten Angst davor, wirklich so langsam ein wenig wirr zu sein, und von ihren Kindern und deren »Sorgen«.

»Ich vergesse zweimal im Monat meine Schlüssel irgendwo, und ich bin neununddreißig!«, kichert Fritzi.

Neununddreißig. Was für ein wunderbares Alter! Sie hätte sie jünger geschätzt.

Fritzi erzählt. Sie sei Single, habe viele Freunde, nette Kollegen im Schwimmbad und eine riesige Familie. »Bei mir sorgen sie sich, ob ich je noch mal einen abkriege. Dabei fühle ich mich sauwohl, so wie es ist. Ich höre keine Uhr ticken. Mein Leben ist schön. So wie es ist. Ich wünsche mir kein anderes, aber andere wünschen mir eins. Das nervt mich ab und an.« Sie sind inzwischen beim dritten Glas Wein.

»Dass du dich mit einer alten Frau wie mir abgibst, wundert mich!«, gesteht Jutta.

»Hör doch mit diesem ständigen Altersgerede auf! Das ist ja furchtbar. Irgendwann fühlt man sich tatsächlich so. Man kann nämlich Dinge auch herbeireden!«, wird Fritzi streng. »Ich treffe mich mit Menschen, die ich mag. Ob die neunzehn Jahre alt sind oder fünfundsiebzig ist mir egal. Spielt doch gar keine große Rolle. Und dich mag ich!«

Jutta freut sich. Es ist schön, wenn jemand einen solchen Gedanken auch ausspricht. Sie sind keine Familie, in der das üblich ist. Zuneigung zu artikulieren, ist ungewohnt für sie. Man backt einen Kuchen oder hilft beim Umzug, Taten statt Worte. Das musste immer reichen. »Meine Kinder überlegen, ob ich, weil meine Rente ja nicht riesig ist, vielleicht meinen Alterssitz ins Ausland verlegen sollte«, sagt sie Fritzi.

»Oh«, staunt die, »Alterssitz ist ein bedeutend hübscheres Wort als Heim. Hört sich nach Finca auf Mallorca oder Wohnung an der Costa Brava an.«

»Die denken eher an betreutes Wohnen in Tschechien, nah an der deutschen Grenze. Zwanzig Kilometer von Dresden entfernt. Das ist sehr viel günstiger als ein Heim hier bei uns. Das könnte ich mir locker leisten. Ich habe es schon mal gegoogelt.«

Fritzi wirkt überrascht. »Kommt das für dich denn überhaupt infrage?«, erkundigt sie sich.

Jutta zuckt mit den Schultern. »Keine Ahnung, aber ich überlege, einfach mal hinzufahren und zu gucken. Zeit habe ich ja genug. Vielleicht mache ich einfach eine Altersheimtour.«

»Das ist doch eine Megaidee. Du kommst raus, guckst dich um, und dann sagst du den Kindern: nein, danke!« Sie lachen, was allerdings weniger am Thema als am vierten Glas Wein liegen könnte. »Aber wenn du schon unterwegs bist, dann schau dir auch anderes an. Es gibt tolle Alters-WGs und Mehrgenerationen-Wohnhäuser. Das finde ich irgendwie aufregender. Und ist sicherlich nicht teurer, ganz im Gegenteil.«

Bis eben hat Jutta nur so dahergeredet, jetzt findet sie die Idee einer Altersheimtour richtig gut. Eine Art Info-Urlaub. Eine Reise mit Mission. Unter dem Motto: Wohin mit Mutter?

»Ich habe nächste Woche frei und will nach Dresden zu meiner Schwester. Sollen wir gemeinsam fahren? Das könnte doch lustig werden!«, schlägt Fritzi vor.

Jutta ist Jutta und lehnt schon deshalb sofort ab: »Das war nur so eine unüberlegte Idee, das kann ich dir nicht zumuten, und wir kennen uns doch gar nicht richtig.« Spontanität ist keine ihrer Kernkompetenzen. Wegfahren ist schon ein Wagnis, aber mit einer Fast-Fremden?

»Wovor hast du Angst?«, fragt Fritzi und sieht ein wenig enttäuscht aus. Jutta fühlt sich erwischt. Es stimmt, sie findet die Idee aufregend, aber auch Furcht einflößend. Was, wenn sie sich nicht verstehen? Wenn Fritzi eine Verrückte ist? Allein der Vorschlag spricht ja dafür.

»Du guckst, als hätte ich gesagt, ich will dich auf der Stelle vernaschen! Oder als würdest du fürchten, dass ich dich unterwegs ausraube!«, kichert Fritzi. Jutta läuft rot an. Beide Varianten kommen ihren Gedanken erstaunlich nah. »Keine Panik, war nur eine Idee, außerdem bin ich hetero und stehe nicht auf Frauen, und wenn ich jemanden berauben wollte, wärst du ehrlich gesagt nicht meine erste Wahl.«

Jutta ist perplex, weiß nicht, wie sie reagieren soll. Sie entscheidet sich, wahrscheinlich unterstützt vom Alkoholpegel, für die Wahrheit. »Ich war nie spontan. Und immer sehr zögerlich, wenn andere etwas angeboten haben. Klaus, also mein verstorbener Mann, hat oft genug gesagt: Niemand macht was umsonst. Das hat sich in meinem Kopf eingenistet.«

Ihre Schwimmlehrerin packt sie an den Schultern und schüttelt sie sanft: »Dein Klaus ist tot, und die Welt ist nicht nur schlecht. Und vielleicht ist mein Angebot gar nicht so uneigennützig. Wir könnten uns beim Fahren abwechseln und vielleicht danach ein paar Tage an die Ostsee. Ich habe solche Sehnsucht nach dem Meer. Aber allein ist es mir zu langweilig. Ich würde mich über Gesellschaft einfach freuen. Und wenn man sich noch nicht lange kennt, hat man sich auch jede Menge zu erzählen, das ist doch spannend. Ich liebe es, in andere Leben reinzuhören.«

Jutta wundert sich. So hätte sie die Sache niemals betrachtet. Dass jemand es spannend finden könnte, ihr zuzuhören. Dass sie gute Gesellschaft sein könnte. Sie selbst findet sich kein Stück spannend. Wenn sie sich selbst charakterisieren müsste, würde sie sagen, sie ist freundlich. Sie kann zupacken. Und zuhören. Sie ist definitiv fleißig. Das sind die positiven Seiten. Ihr fallen mehr

Eigenschaften ein, die sie nicht hat. Sie ist nicht besonders aufgeschlossen. Neues lockt sie nicht, macht ihr eher Angst. Überhaupt Angst. Angst war schon immer ein heimliches Thema in ihrem Leben. Sie fürchtet sich schnell. Vor allem, was neu und unbekannt ist. Sie mag es, wenn alles in geregelten Bahnen verläuft. Dafür nimmt sie die Langeweile, die Geregeltes nun mal im Gepäck hat, gerne in Kauf. Sie springt nicht gerne über ihren Schatten, und sie ist nicht besonders neugierig. Neugier bezogen aufs Leben, nicht nur auf andere Menschen. Marianne hat sie mal als spröde bezeichnet, und damals war sie entsetzt und auch beleidigt. Aber vielleicht ist das ihre Form der Bremse, damit andere gar nicht erst zu nah an sie rankommen. Jutta weiß, dass sie kein emotionaler Typ ist. Aber dieses ganze Getue ums Fühlen hat sie immer auch ein bisschen lächerlich gefunden. »Die Zeit muss man erst mal haben für all die Befindlichkeiten!«, hat Klaus oft gesagt. In sich reinhören, Gefühle aussprechen, das kam ihr immer sehr egoistisch vor.

»Jetzt nimm halt den Stock aus dem Arsch und entspann dich. War nur nett gemeint, mein Angebot. Du musst dich ja nicht gleich heute entscheiden, ich fahre Anfang nächster Woche. Sag mir einfach innerhalb der nächsten drei Tage Bescheid. Und noch mal, ich fänd's super«, unterbricht Fritzi ihre Gedanken.

Stock im Arsch! So sieht sich Jutta, bei aller Selbstkritik, dann doch nicht. »Ich denke drüber nach! Aber das wäre dann schon sehr bald!«, antwortet sie.

»Hast du so einen vollen Terminkalender?«, erkundigt sich Fritzi, und man kann die Ironie deutlich heraushören.

Jetzt muss Jutta lachen. Auch über sich selbst. »Nee, aber ich gehöre zu den Menschen, die alles sehr genau planen. Unsere Urlaube haben wir ein Jahr im Voraus gebucht. Spontan war bei uns höchstens mal ein Spaziergang. Ich bin einfach ungeübt, aber einen Stock im Arsch habe ich nun echt nicht.«

Fritzi nickt. »Das war frech von mir, entschuldige. Kann ich ja gar nicht beurteilen, aber ein kleiner Ast könnte es schon sein! Sag halt Bescheid, wenn du drüber nachgedacht hast!«

Das macht Jutta. Einen Tag lang überlegt sie. Wälzt in ihrem Kopf »Was wäre wenn«-Gedanken. Sie wollen ja nicht in den Dschungel. Es geht um einen kleinen Trip durch Deutschland. Leisten kann sie es sich. Sie gibt nicht viel Geld aus und hat ein Polster auf dem Konto. Etwas, was sie zutiefst beruhigt. Sie hat nicht mal einen Dispokredit. Schulden, außer für ein Haus, etwa für ein Sofa oder einen Urlaub, hätten Klaus und sie niemals gemacht. So was wie das Blümchenkleid oder der Badeanzug sind Ausnahmen. Im Normalfall überweist sie den Kindern ab und an was. Dass sie sich was außer der Reihe gönnt, ist selten. Sie wüsste auch gar nicht genau, was.

Wenn sie sich nicht verstehen, könnte sich Jutta in den Zug setzen und würde auch ohne Fritzi leicht wieder nach Hause kommen. Sie ist seit der Erfahrung mit ihrer Reise auf dem Kreuzfahrtschiff nie mehr alleine weggefahren. Sie weiß, dass es albern ist, sich um einen klitzekleinen Deutschlandtrip solche Gedanken zu machen. Aber trotzdem rumort es in ihrem Kopf. »Du bist eine richtige Bedenkenträgerin!«, sagt sie sich selbst. Und dann, aus einem plötzlichen Impuls heraus, schickt sie Fritzi eine Nachricht. »Wann geht's los? Ich bin dabei!« Kaum hat sie auf Senden gedrückt, fühlt sie sich gut. Stark und mutig. Ich kann auch anders, denkt sie, und der Ast ist raus.

Ich bin dann mal weg«, informiert sie, zwei Tage vor ihrer Abreise, inspiriert von Hape Kerkeling, den sie schon immer mochte, die Kinder. Mit ihrer Tochter fängt sie an.

»Wie *mal weg?* Was soll das heißen?«, fragt Sophia fassungslos am Telefon.

»Ich fahre nach Tschechien, in dieses Heim, das ihr mir vorgeschlagen habt, und wohne Probe. Und dann schaue ich mir gleich noch ein paar andere Möglichkeiten an.«

»Ganz allein?« Sophia klingt entgeistert.

Sie kennt ihre Mutter, denkt Jutta. »Nein, nein, allein traue ich mich doch nicht, ich fahre mit einer Freundin! Die muss eh in die Gegend und nimmt mich mit.«

»Welche Freundin?«, hakt Sophia nach.

»Kennst du nicht, ist eine neue Freundin«, klärt sie ihre Tochter auf.

»Du kannst nicht mit einer wildfremden Person durch die Gegend fahren. Da kann viel zu viel passieren.« Sophia ist eindeutig Juttas Tochter. Eine ebensolche Bedenkenträgerin, die mit allen Widrigkeiten rechnet.

»Ich bin froh, nicht allein rumzufahren, und entführen wird sie mich schon nicht. Und wenn doch, viel Lösegeld wird bei dir und den Zwillingen nicht zu holen sein«, wagt sie einen Scherz.

»Du bist ja gar nicht mehr du selbst, Mama, man hat den Eindruck, als hätte jemand einen Schalter bei dir umgelegt.«

So könnte man es sagen, geht es Jutta durch den Kopf. Nur hat der Jemand einen Namen. Jutta. Vielleicht ist es weniger der Mut oder plötzliche Stärke als eine Form des milden Trotzes. Ein aufbäumendes Ihr-werdet-schon-sehen! Das Erstaunen ihrer Tochter macht Jutta sogar Spaß. Wie wenig ihr Sophia zutraut.

»Willst du mir diese Freundin vielleicht vorher mal vorstellen, nur zur Sicherheit?«, bietet ihr Sophia an.

»Nein danke, ich glaube, so viel Urteilskraft habe ich selbst noch!«, lehnt Jutta ab.

»Na, dann eben nicht. Mehr als anbieten kann ich es nicht!«, reagiert Sophia beleidigt.

Bevor sie anfangen zu streiten, beendet Jutta das Gespräch: »Ich melde mich mal von unterwegs, sag bitte deinen Brüdern Bescheid. Danke und bis bald.«

Eine halbe Stunde später klingelt das Telefon. Mads ist dran. Wahrscheinlich haben sie gewürfelt, wer den unangenehmen Mutter-Anruf durchführen muss. »Mutter, ich habe mit Sophia gesprochen«, begrüßt ihr älterer Zwillingssohn sie.

»Schön, dass ihr durch mich so viel Kontakt habt«, erwidert sie leicht süffisant.

»Äh … ja, das ist echt gut.«

»Ich wollte das immer, herrlich, dass ihr euch so austauscht«, bleibt Jutta am Thema und weiß genau, wie ihr Sohn sich jetzt windet.

»Also, das ist nicht der Grund meines Anrufs«, räuspert sich Mads. »Also, die Sophia hat uns erzählt, dass du wegfährst«, kommt er aufs eigentliche Thema.

»Prima, dann wisst ihr ja auch Bescheid, es geht übermorgen los, und ich muss packen und habe noch einen Termin beim Friseur. Ich melde mich von unterwegs! Wünsch mir eine gute Reise!«

»Ja klar, also gute Reise, aber eigentlich ...«, startet Mads erneut, aber sie würgt ihn ab: »Grüß Pelle, wir hören uns!«, beendet Jutta das Gespräch. Sie würde gerne erfahren, was er jetzt Pelle und seiner großen Schwester erzählt.

Schon eine Stunde vor dem Abholtermin ist Jutta bereit. Ihre Reisetasche hat sie mehrfach gecheckt, umgepackt und jetzt endlich final den Reißverschluss zugemacht. Sie trägt ihr Blümchenkleid und freut sich über ihre neue Frisur, einen kinnlangen Bob mit Wellen. Hundertzwanzig Euro hat sie bezahlt. Das erste Mal Farbe vom Profi. Seit Jahren überfärbt sie ihr Grau selbst und trägt meistens einen Pferdeschwanz. Nicht, weil er ihr so gut steht, sondern weil er praktisch ist. Unaufwendig. Damit ist es jetzt vorbei, die Haare sind nicht mehr lang genug, um in einem Zopf zu enden. In sich selbst hat sie bisher eher selten investiert. Die Spitzen hat sie sich schneiden lassen. Von einer Bekannten. Zu Hause. Für fünfzehn Euro auf die Hand. Sie war im ganzen Leben noch nie bei einer Kosmetikerin. Klaus hat immer beteuert, dass sie »so was« nicht nötig habe. »Mir gefällst du, wie du bist«, war sein Standardsatz. Ob der Spruch seiner Sparsamkeit geschuldet war oder ob er es tatsächlich so gemeint hat, weiß sie nicht so genau.

Fritzi kommt auf die Minute pünktlich. »Bereit für unseren kleinen Roadtrip?«, begrüßt sie Jutta.

»Alle Äste sind raus, und jetzt freue ich mich einfach nur noch!«, antwortet die.

»Ab in den wilden Osten! Rein ins Auto mit dir! Ich freue mich auch. Jetzt kann's losgehen! Schicke Frisur übrigens«, strahlt Fritzi. Fritzi ist groß, bestimmt einen Meter achtundsiebzig, vielleicht sogar einen Meter achtzig, sehr schlank, fast schon hager, ungeschminkt und kein Püppchentyp. Außer im Badeanzug hat Jutta sie bisher nur in Jeans und T-Shirt oder Sweatshirt gesehen. Trotzdem wirkt Fritzi erstaunlicherweise sehr weiblich. Wahrscheinlich sind es ihre hellblonden Haare, die sie wie eine Schwedin aussehen lassen. Oder eine amerikanische Studentin, die im Beachvolleyballteam ist. Sie ist hübsch, obwohl alles an ihr einen Tick zu groß ist. Ihr Mund vor allem. Auch ihre Nase kann man schwerlich als zierlich bezeichnen. Dazu die ellenlangen Beine und das relativ breite Kreuz. Alles an ihr ist groß. Bis auf die Brüste. Schwimmerin eben.

»Schwimmsachen dabei? Und den Führerschein?«, fragt ihre Trainerin, bevor sie starten.

Jutta nickt. »Ich war noch nie im Osten, außer mal in Berlin!«, gesteht sie, als sie auf die Autobahn auffahren.

»Das kann man kaum glauben, aber ist ja bei vielen so. Fahren in die Dom Rep und auf die Malediven und kennen Erfurt, Halle und Schwerin nicht. Irgendwie seltsam!«, kommentiert Fritzi. Jutta will sich sofort rechtfertigen, sie war weder auf den Malediven noch in der Dominikanischen Republik. Aber sie hält den Mund. Fritzi hat ja recht.

»Wir haben keine Hetze, wie wäre es, wir halten in Erfurt und essen da zu Mittag?«, schlägt Fritzi vor.

Keinen genauen Reiseplan zu haben, sich einfach treiben zu lassen, ist etwas, was Jutta noch nie gemacht hat. Aufregend.

Wie hübsch Erfurt ist, ein richtig nettes Städtchen. Sie bummeln über die Krämerbrücke und kaufen sich eine Thüringer Rostbratwurst. Fritzi kennt sich aus. »Ich hatte mal einen Kerl hier, Frank, da war ich jedes zweite

Wochenende in Erfurt. War eine schöne Zeit, aber der konnte seinen Penis nicht ruhig halten, in der Zeit, in der ich nicht da war. Ich bin mal überraschend hingefahren, und da lag eine andere mit ihm im Bett. War richtig scheiße, vor allem weil Frank null Schuldbewusstsein hatte. »Ich kann nicht ohne Sex, immer bis zum Wochenende warten, schaffe ich nicht«, hat er nur gesagt. Das war's dann für mich. »Ich habe keinen Bock zu teilen, jedenfalls nicht den Mann, den ich gernhabe! Vielleicht die Spießerin in mir«, erklärt sie. »Ist aber wirklich schade gewesen, ich mochte den Frank. Klug und lustig. Eine Mega-Mischung. Und im Bett, oh, mein Gott, ich sage nur: ein Traum. Da hat der Mythos Ostmann echt gestimmt.« Sie sieht Juttas fragendes Gesicht und redet weiter: »Man sagt, die Ostmänner können es einfach. Sind entspannter mit Nacktheit, durch ihr jahrzehntelanges FKK-Baden, und sie zelebrieren die Erotik. Natürlich sind das alles Klischees, aber in meinem Fall habe ich mit Frank einen Treffer gelandet. Treffer, versenkt. Leider. Seither bin ich, was Fernbeziehungen angeht, eher zögerlich. Wie sieht es denn bei dir aus?«

»Nach Klaus war nix. Na ja fast nix«, gibt Jutta zu. Über das »Fast nix« hat sie noch nie mit jemandem gesprochen. Das hat sie damals sehr schnell verdrängt.

Fritzi ist eine aufmerksame Zuhörerin. »Fast nix?«

»Es ist peinlich!«, antwortet Jutta.

»Das sind die besten Geschichten, vor allem rückblickend!«, lächelt Fritzi erwartungsvoll.

»Dafür brauche ich Wein, ohne Alkohol geht das nicht!«

»Na, dann habe ich ja was, worauf ich mich heute Abend freuen kann!«, gibt Fritzi Ruhe. Sie drängt nicht, bohrt nicht nach. Taktisch schlau.

Sie werden heute bis Dresden fahren, und Fritzi hat ihr netterweise angeboten, mit bei ihrer Schwester zu übernachten. Jutta macht all die Freundlichkeit tief drinnen skeptisch. Aber sie hat beschlossen, einfach mal nicht nachzudenken. Dann geht's übermorgen Richtung Tschechien. Jutta darf im Seniorenheim *Jedlový les*, übersetzt Tannenwald, sogar wohnen. Fritzi wird sie dort absetzen und dann zu ihrer Schwester nach Dresden zurückkehren. »Bleiben Sie zwei, drei, vier Tage und sehen Sie, kostet nix. Probe«, hat ihr ein freundlicher Mann am Telefon angeboten. Warum nicht, hat Jutta nur gedacht. Das ist sicher aussagekräftiger als die gute halbe Stunde mit Frau Sodermann-Kügel. Und preiswerter kann man ja kaum übernachten. Danach wollen sie Richtung Norden. Irgendwohin, wo es hübsch und Wasser in der Nähe ist.

Sie ist noch keine fünf Stunden unterwegs und hat schon drei WhatsApp von ihren Kindern erhalten. Man sieht, wenn sie denn wollen, können sie. Sie hat ein Bild aus Erfurt geschickt und geschrieben, dass sie noch lebt und es ihr gut geht.

Nach dem zweiten Glas Wein kann Fritzi ihre Neugier nicht mehr unterdrücken. »So, jetzt raus mit dem ›Fast nix‹.«

Jutta zuckt zusammen. Tief drinnen war da ein Hauch Hoffnung, Fritzi könnte es vergessen haben. Was soll's. Wem sollte es Fritzi erzählen? »Es war mein zweites – und auch letztes Date über so ein Portal. Ein Datingportal. Bernhard hieß er. Ein schnöseliger Typ, mit zu viel Bauch und zu viel Ego. Er hat mich richtig schick zum Essen ausgeführt. Eigentlich war es ein grässlicher Abend, bis aufs Essen. Das war richtig gut. Er hat am Stück geredet, ich war supernervös und habe ein Glas Wein nach dem anderen getrunken und zugehört. Zwei-, dreimal habe ich versucht, auch was zu sagen, es dann aber aufgegeben. Und mehr getrunken. Der hat mir echt die Ohren abgeschwätzt. Irgendwann hat er meine Hand genommen. Ich war geschmeichelt, dass ein Mann, der nach eigenen Angaben extrem erfolgreich war, sich für mich interessiert hat. Dass sich überhaupt einer interessiert hat. Und die Berührung hat mir auch gefallen. Na ja, um es abzukürzen, 'ne halbe Stunde später saß ich auf seinem Sofa. Ziemlich betrunken. Und noch mal zwanzig Minuten später hatten wir Sex, obwohl das nach mehr klingt, als es war. Eigentlich war es mehr der Versuch, Sex zu haben. Bei ihm ging untenrum nicht viel.«

»Modell Regenwurm?«, fragt Fritzi und lacht.

»So könnte man es nennen. Also kein Erfolg. Und dann hat er auch noch mich dafür haftbar gemacht. So als sei ich schuld daran, dass er …, na ja, du weißt schon.«

»… keinen hochkriegt«, beendet Fritzi den Satz.

Jutta nickt. »Ich bin dann fluchtartig nach Hause, ohne BH, den habe ich nicht gefunden in der Post-Sex-Hektik und hab erst mal eine halbe Stunde geduscht. Bernhard weggeduscht. Der hat sich dann auch nie mehr gemeldet. Und mein BH wohnt immer noch bei ihm. Schade drum. War einer der besseren. Seitdem habe ich genug. Also ein Ostmann ist Bernhard jedenfalls nicht«, beendet Jutta den Bericht von diesem unsäglichen Abend vor gut fünf Jahren. Fritzi ist die Erste, der sie davon erzählt. Dabei ist in der Geschichte ja nicht sie die Idiotin, sondern Bernhard. Nicht wegen des Regenwurms, aber wegen der Reaktion auf den Regenwurm. Aber trotzdem hat sie sich nach dem Abend verantwortlich gefühlt. Ist sie so unsexy, dass er nicht konnte? Stimmt irgendwas mit ihr nicht? Hätte sie sich nur mehr bemühen müssen?

Obwohl sie natürlich weiß, dass es totaler Quatsch ist, sitzt in ihrem Kopf das Bild, dass Sex immer auch eine Form der Dienstleistung am Mann ist. Und wenn der Spaß hat, dann hat man es richtig gemacht. Bei Klaus und ihr war alles eingespielt. Er war ihr erster Mann, und sie haben zu Anfang gemeinsam ausprobiert, was Spaß macht. Das war's dann aber auch. Abwandlungen, neue Choreografien: Fehlanzeige. Sex war standardisiert, aber schlecht war er nie. Vielleicht manchmal ein bisschen öde. Der Sex mit Klaus war wie Klaus: solide und berechenbar. Bisschen hier anfassen, bisschen da – rein, raus und fertig. Bernhards Regenwurmprobleme hatte Klaus zumindest nicht, vielleicht weil er dafür einfach zu früh gestorben ist. Erektionen profitieren nun mal nicht vom Alter. Während Bernhard sie zur Regenwurmanimation aufrief, hat sie sich gefragt, ob sie, in sexueller Hinsicht, einfach keine Ahnung hat. Zu unerfahren ist. Nur weil ihr Klaus zufrieden war, oder sich zumindest nie beschwert hat, heißt das ja nicht, dass ihr sexuelles Repertoire für alle Männer da draußen langt. Braucht es das? Ein Sexrepertoire?

Fritzi unterbricht ihre Gedanken. »Also, die Geschichte ist, wenn überhaupt, nur für einen peinlich. Diesen Bernhard. Da kannst du doch nichts dafür.«

Doch, will Jutta zunächst widersprechen. Sie hat sich selbst überfordert. Jahrelang nur Sex mit dem Immergleichen und dann direkt ein One-Night-Stand, das war vielleicht einfach ein Schritt zu schnell. Ohne all den Wein wäre ihr das mit Sicherheit nicht passiert. Vor allem nicht mit Bernhard, der ihr nicht mal besonders sympathisch war.

»Kommt vor, abhaken und weiter geht's!«, lautet die Empfehlung von Fritzi.

»Abgehakt habe ich es, aber das Thema ist durch«, bemerkt Jutta.

»Du bist doch keine fünfundachtzig, dafür ist Sex zu schön, um ihn komplett einzustellen. Da draußen gibt es mehr als diesen Bernhard«, entgegnet Fritzi.

Aber Fritzi ist eine andere Generation mit ihren neununddreißig Jahren. Jutta vermisst nicht wirklich was. Wenn Sex so endet wie mit Bernhard und sie sich wochenlang dafür schämt, dann kann sie durchaus sehr gut verzichten.

»Augen auf und ausprobieren«, rät Fritzi.

Jutta lässt ihren Blick durchs Lokal schweifen, in dem sie sitzen. Wäre hier einer, mit dem sie auch nur mal einen Kaffee trinken gehen würde? Nein. Fritzi bestellt sich, knapp zwei Stunden nach der Rostbratwurst, Thüringer Klöße. »Die muss man hier essen. Echt. Irgendwie gehen die schon noch rein.« Und sie gehen rein.

Fritzis Schwester ist eine Überraschung. Sie haben keinerlei Ähnlichkeit. Sehen aus wie zwei Wesen von fremden Planeten. Wilma ist kleiner als Jutta, höchstens einen Meter siebenundsechzig, hat kurzes brünettes Haar, und wenn Klaus sie sehen würde, würde er sagen: Die steht gut im Futter. Sie ist drei Jahre älter als Fritzi, aber genauso herzlich und direkt. »Du musst die Jutta sein, deren Kinder sie im Heim aufbewahren wollen!«, lacht sie zur Begrüßung. Wilma hat, genau wie Jutta, ein Reihenhäuschen. Dazu drei Kinder und einen Mann. »Ihr habt Glück, Nobi ist auf Dienstreise in Süddeutschland, da wird es nicht ganz so eng. Ich lasse eins der Kinder bei mir schlafen, und dann habt ihr ein Zimmer für euch.« Nobi, ihr Mann, ist Heizungsmonteur, und die Firma hat einen fetten Auftrag in der Nähe von München.

»Herrlich so ein paar Tage ohne Mann!«, schwärmt Wilma. Man sieht ihrem Haus an, dass hier drei Kinder wohnen. Es ist unglaublich unordentlich und chaotisch.

Wie man da so entspannt Gäste empfangen kann, wundert Jutta. Sie würde nicht mal den Postboten reinlassen, wenn es so bei ihr aussehen würde. Aber sie bewundert es auch. Wilma scheint es komplett egal. Sie entschuldigt sich nicht. Kein »Ach, ich habe es nicht mehr geschafft aufzuräumen« oder Ähnliches. Die Kinder sehen auch aus, als könnten sie mal eine Grundreinigung vertragen. Niedlich sind sie trotzdem. Alle haben lockiges hellblondes Haar und könnten rein optisch eher der Nachwuchs von Fritzi sein. »Ihr dürft fernsehen, wenn ihr eurer Tante und Jutta Hallo gesagt habt.«

Ein kurzes Hallo und das Trio, zwei Jungs und ein Mädchen, entschwindet. »Der günstigste Babysitter der Welt!«, grinst Wilma. »Habt ihr Hunger?« Jutta bereitet allein die Vorstellung, schon wieder zu essen, Magendrücken. Auch Fritzi lehnt ab: »Bratwurst und Thüringer Klöße. Ich kann nicht, sonst platze ich.«

»Umso besser«, freut sich Wilma, »ich habe null Lust auf Kochen. Lasst uns raussetzen, dann kann ich heimlich eine rauchen!«, schlägt sie vor.

Sie setzen sich auf die kleine Terrasse und haben einen richtig lustigen Abend. Wilma könnte als Animateurin arbeiten. Als Jutta ihr das sagt, nickt Wilma. »Ist ja Teil meines Jobs als Mutter. Haushaltshilfe, Köchin, Krankenschwester, Erzieherin und Animateurin. Allerdings ist selbst jede Animateurin besser bezahlt als ich, und auch die kriegen nur einen Hungerlohn. Zum Glück tauschen wir nächstes Jahr, und Nobi bleibt zu Hause. Dann kann er mal sehen, wie das ist, wenn man den ganzen Tag drei Kinder unter acht Jahren bespaßt und es schon genießt, wenigstens zwischendurch drei Minuten auf dem Klo für sich zu sein. Manchmal will ich mich einfach nur verstecken!«

»Aber sind die denn nicht im Kindergarten oder in der Kita oder was auch immer?«, fragt Jutta verwundert.

»Worauf du wetten kannst, sonst wäre ich längst stiften gegangen. Rund um die Uhr kann man das ja nicht aushalten. Aber bis ich die alle morgens da abgegeben habe, bin ich so erledigt, dass ich mich direkt hinlegen könnte. Dabei muss ich in der Zeit einkaufen, kochen und hier drin wenigstens so aufräumen, dass man einen Fuß vor den anderen setzen kann, ohne sich zu verletzen. Und dann muss ich sie schon wieder abholen. Und wenn sie so alt sind wie deine, wird man ins Heim gesteckt. Schöne Aussichten.«

Jutta will reflexartig sofort eine Verteidigungsrede für ihre Kinder starten. Ganz so ist es nun auch nicht. Aber, man könnte es so sehen. Sie bleibt still. Sie hat sich all die Gedanken, die Wilma laut ausspricht, ebenfalls gemacht. Aber sie nie wirklich zugelassen. Auch sie wäre oft gerne geflüchtet. Vor all der Verantwortung und Arbeit. Aber wem hätte sie es erzählen sollen? Das wäre einer Bankrotterklärung gleichgekommen. Man beschwert sich nicht, das hat sie gelernt. Weil man sich damit quasi sein eigenes Versagen eingesteht. Eine Schwäche offenbart. Niemand will die sein, die es im Gegensatz zu allen anderen nicht wuppt. Mütter machen, Mütter beklagen sich nicht. Mütter halten kollektiv die Klappe. Keine möchte den Titel Rabenmutter. Vielleicht sind die Mütter heute anders.

Wilma weiß von einem Wohnprojekt im Norden, irgendwo bei Hamburg. »Habe ich neulich im Fernsehen gesehen. Eine Dokumentation. Zehn Alte – zwischen fünfundsechzig und achtzig, die zusammenwohnen. Gemeinsame Küche und Wohnzimmer. Da scheint es richtig abzugehen. Das hatte so gar nichts von Altenheim.«

Jutta horcht auf. »Hört sich gut an, kannst du rausfinden, wo das ist?«, bittet sie Wilma.

»Mache ich, wenn ich mal mit dem iPad auf dem Klo bin!«, lacht die.

Jutta hat einen dicken Kopf, als sie am nächsten Morgen neben Fritzi aufwacht. Ihre erste Nacht seit Ewigkeiten, die sie an der Seite eines anderen Menschen verbracht hat. Sie hat fest damit gerechnet, dass sie schlecht schlafen kann, neben dieser Frau, die sie kaum kennt. Erstaunlicherweise hat sie, trotz all ihrer Vorbehalte, sehr, sehr gut geschlafen und die Nähe sogar genossen. Selbst die leichten Schnarchgeräusche, eher ein sanftes Röcheln, haben sie nicht gestört. Sie hatten etwas Beruhigendes.

Fritzi schläft noch. Leise schält sie sich unter der Decke hervor und geht Richtung Bad. Heute steht Sightseeing in Dresden auf dem Programm, bevor morgen der Tannenwald ruft.

In der Küche trifft sie auf Wilma und die drei Kinder. Was für ein Geräuschpegel. Alle wollen irgendetwas, und zwischendrin steht Wilma wie die Meisterin des Chaos und lächelt dabei auch noch. Musik läuft. »Kaffee?«, fragt Wilma, während sie Bananen schnippelt, Brotboxen vorbereitet und der Kleinste Cornflakes verschüttet. Jutta hat sofort den Impuls zu wischen. Sie unterdrückt ihn, bietet an, Brote zu schmieren, aber Wilma winkt freundlich ab. »Ich hab alles im Griff, auch wenn es nicht so aussieht.« Das hier ist Chaos, aber eben auch Leben.

Jutta wird fast ein bisschen wehmütig. All ihre herrliche Ruhe zu Hause kommt ihr jetzt noch langweiliger vor als sonst. Ja, sie hat definitiv die sauberere Küche, aber warum nur ist ihr so etwas wichtig? In den letzten Monaten wird ihr mehr und mehr bewusst, dass sie ihre Schwerpunkte vielleicht falsch gesetzt hat. Arbeit, Haus und Geld. Ja, das haben sie vortrefflich auf die Reihe bekommen, Klaus und sie. Aber eine Stimmung wie hier hat bei ihnen ausgesprochen selten geherrscht. Eigentlich schade, findet sie. Und zu spät. Es ist für vieles zu spät, wenn man achtundsechzig ist. Sie kann die Uhr nicht zurückdrehen. Es gab zu wenig Fröhlichkeit bei uns, überlegt sie. Sie tritt in etwas Matschiges. Ein Stück Banane klebt an ihrem Schuh. Man muss sich im Leben entscheiden. Irgendeinen Preis zahlt man immer. Das fast schon Sterile ihrer Küche hat Auswirkungen aufs Innenleben. Auch hier wohnt eine gewisse Sterilität. Alles sauber, alles klar. Was man nicht an sich lässt, kann auch nichts kaputt machen.

Fritzi liefert ihr eine Eins-a-Dresden-Touritour, und Jutta mag die Stadt. Trotzdem ist sie eher eine Vorstadtfrau. Sie mag es kleiner, überschaubarer. Erfurt war weniger spektakulär, aber gemütlicher. Wenn sie wählen müsste, würde sie sich für Erfurt entscheiden.

Außerdem ist sie in Gedanken schon im Tannenwald. Sie ist aufgeregt. »Du musst doch noch gar nichts entscheiden, das ist vollkommen unverbindlich!«, bemerkt Fritzi mehrfach, aber trotzdem rumort es in Jutta, und sie kann ihren Ausflug gar nicht wirklich genießen.

Am nächsten Morgen, nach einem Abend beim Italiener und wieder reichlich Wein, geht es Richtung Tschechien. Jutta trägt ihr Blümchenkleid, für sie inzwischen ein Synonym für Aufbruch. Für Veränderung. Sie hat das Gefühl, in diesem Kleid jemand zu sein, der sie sonst nicht ist. Fast so wie damals mit dem Arbeitskittel.

Es herrscht eine Menge Verkehr Richtung Tschechien. »Viele kaufen da ein, Zigaretten, Lebensmittel, alles ist sehr viel günstiger«, erklärt ihr Fritzi. Sie fahren eine gute halbe Stunde. Die Elbe heißt hier Labe, die Landschaft erscheint weniger hügelig, die Ortschaften sind klein und auf den Einkaufstourismus ausgerichtet. Vom Gartenzwerg bis zum Nagelstudio, es gibt scheinbar alles.

»Wahrscheinlich sind das Kettenraucher in deinem Heim«, scherzt Fritzi, »nicht, dass du auch noch anfängst!«

Jutta spürt, je näher sie ihrem Ziel kommen, ein deutliches Muffensausen. Was hat sie sich nur gedacht? Was will sie da?

»Soll ich mit reinkommen?«, fragt Fritzi, aber Jutta weiß, dass heute Schwimmunterricht mit Wilmas Kindern auf dem Programm steht, und möchte Fritzi keinesfalls aufhalten. »Nein, das schaffe ich allein, aber danke fürs Angebot!«, entgegnet sie und versucht, selbstbewusster zu klingen, als sie sich fühlt. »Fahr wieder, die Kinder freuen sich doch schon auf ihre Tante und das Schwimmen!«

Das Heim oder die Seniorenwohnanlage, wie es im Internet heißt, liegt etwa drei Kilometer vom nächsten Ort entfernt am Rande eines Waldes. Das erklärt den Namen, denkt Jutta. Es sind mehrere Gebäude, alle dreistöckig, gelb gestrichen und U-förmig angeordnet. Gelb scheint das neue Erbsgrün, bemerkt Jutta. Auch im Sonnenstift war vieles gelb. Wahrscheinlich gibt es irgendeine Untersuchung, die besagt, dass Gelb stimmungsaufhellend wirkt. Jutta guckt zunächst nur. Auf die Häuser, den Wald und versucht, sich vorzustellen, hier zu leben. Ohne Auto. Das können die Kinder ihr doch nicht antun. Kann man in ihrem Alter noch Tschechisch lernen? Wie soll sie mit den Menschen hier kommunizieren? Die Hälfte der Bewohner sind Tschechen, hat der nette Mann am Telefon gesagt.

Am liebsten würde sie direkt wieder fahren, aber Fritzi ist längst weg. Und mit Fritzi Juttas Mut. Als hätte sie den im Auto gelassen.

Langsam geht sie mit ihrer Reisetasche auf den Eingang zu. Sie werden dich nicht einsperren und foltern, versucht sie, sich aufzuheitern. Ein kleiner Mann, vielleicht knapp einen Meter siebzig groß und etwa Ende fünfzig, stürmt auf sie zu. »Endlich sind Sie da, wurde wirklich Zeit!«, ruft er ihr entgegen. Sie muss schlucken. Sieht sie, selbst in ihrem Blümchenkleid, aus wie ein dringender Fall?

»Egal, jetzt Sie da, ware schon gewese wenn fruher, aber jetzt da.«

»Ich bin doch nicht zu spät, oder?«, fragt sie und ist tatsächlich ein wenig unsicher. Sie hat schließlich gar keine Uhrzeit ausgemacht.

»Kann man so sehe, aber ist Ihre Entscheidung. Habe hier viel gewartet«, reagiert der Mann.

»Haben wir telefoniert?«, will Jutta wissen.

»Naturlich! Aber jetzt Sie wolle sicherlich sehe!«, nickt der Mann. »Komme Sie! Ist vorbereitet alles.« Er schüttelt seinen Kopf mit den silbrigen Locken und läuft los.

Jutta ist sich keiner Schuld bewusst, geht aber brav hinterher. Vor einem Zimmer fragt der kleine Mann: »Soll mit rein, oder Sie allein erst mal?« Eigentlich hat er ein nettes Gesicht, denkt Jutta. Und sie glaubt, dass es der Mann war, mit dem sie telefoniert hat. »Besser Sie allein fur erste Blick!«, entscheidet Bohdan. Das scheint sein Name zu sein, so steht es jedenfalls auf dem Schild an seinem karierten Hemd.

»Gut, wie Sie meinen!«, sagt Jutta.

»Ich gehe an Empfang, oder brauche mich fur Unterstutzung?«, fragt er.

Jutta schüttelt den Kopf. Um ein Zimmer anzusehen, braucht sie keine Unterstutzung. Ü und andere Umlaute scheinen für Tschechen ein Problem zu sein. Klar wäre es höflich gewesen, jedenfalls in ihren Augen. Andere Länder, andere Sitten. »Wenn Sie fertig, kommen Sie und wir besprechen!«, sagt er noch und lässt Jutta vor einem Raum zurück. Vielleicht ist das hier normal, entscheidet sie und macht die Tür auf.

Der Raum ist ziemlich dunkel, samtrote Vorhänge sind zugezogen. Es brennt eine Kerze. Aber das Gruseligste: In der Mitte des Zimmers steht ein offener Sarg. Ihr erster Impuls ist, sofort hinauszurennen. Aus dem Zimmer, aus dem Gebäude, aus ganz Tschechien. Soll das witzig sein? Soll ihr das zeigen, wo sie endet? Ist der Sarg schon für sie? Hat man die hier bei sich im Zimmer stehen, um sich schon mal dran zu gewöhnen? Sie geht näher an den Sarg heran. Er ist offen und mit dem gleichen Stoff ausgekleidet, aus dem die Vorhänge sind. Aber das Schlimmste: Der Sarg ist nicht leer.

Jutta hat genug, ist inzwischen richtig wütend und rast aus dem Raum. Das ist definitiv nicht ihre Form von Humor. Halten die das für eine Art von Konfrontationstherapie? Der tschechische Weg, um Alten aufzuzeigen, wie hübsch man final liegt?

Bohdan, der kleine Graulockige, steht ein paar Meter entfernt im Flur.

»Schon fertig?«, fragt er freundlich und tritt auf sie zu. Nimmt sie in den Arm. »Jetzt leider zu spat! Besser fruher da sein. Aber besser jetzt, als gar nicht.«

Jutta räuspert sich. Stößt den Kerl von sich. Und dann holt sie aus und macht etwas, was sie noch nie getan hat. Sie knallt Bohdan eine. »Was fällt Ihnen ein? Was soll das? Sind Sie von allen guten Geistern verlassen? Oder schlicht wahnsinnig?«, schreit sie ihn an.

Er reagiert kaum auf die Vorwürfe und will sie groteskerweise wieder umarmen. »Wut uber sich selbst, verstehe«, sagt er. »Arme Papa«, ergänzt er. »War liebe alte Mann, aber keine Besuch. Jetzt naturlich schlimme Gefuhl. Kann verstehe. Aber Gewalt ist nicht die Losung. Besser weine.«

Jutta möchte diesem Bohdan zu gerne ein paar Umlaute kaufen, schnaubt aber nur und schiebt ihn erneut beherzt weg von sich. Obwohl diese feste Umarmung durchaus etwas hat. Mal abgesehen von den Umständen. »Was soll ich in einem Zimmer mit einem toten alten Mann? Was ist das für eine Art, mit Menschen umzugehen?«

Bohdan guckt verdattert: »Sie wollten Papa sehe und Abschied nehme, in schone Rahmen, haben wir uns bemuht. Hat nicht gefallen Dekoration?«

»Ich bin nicht hier, um direkt in die Kiste zu springen, vor allem nicht in eine, die schon besetzt ist, ich wollte mir nur mal alles anschauen. Ist das Ihre Methode, um

Neuankömmlinge abzuschrecken?«, blafft sie Bohdan an.

Er reißt die Augen auf und schaut erschrocken: »Sind nicht Tochter von Herr Muller?«

Jutta schüttelt den Kopf. »Oh, Gott, *hovno, blbost,* ach je!«, entfährt es Bohdan. »Ist nicht dein Papa?«, fragt er vorsichtshalber noch mal nach.

Jutta fängt an zu verstehen. »Nein, ich habe den Mann noch nie gesehen, und mein Vater ist schon lange tot. Sehr lange. Der würde nicht mehr so aussehen. Ich bin die Frau, die heute zum Probewohnen kommen wollte.«

Bohdan ist verlegen, das ist ihm deutlich anzusehen. »Aber Sie sind jung, sehr jung, dachte ich nicht, dass Sie wollen wohnen hier. Dachte ich, muss Tochter von Herr Muller sein. *Prominutí.* Entschuldige sie. *Prominutí.* Ist sehr peinlich Situation.« Ja, das kann man so sehen. Aber es ist auch ein ganz bisschen schmeichelhaft für Jutta. »Sie durfe nicht sagen bitte Frau Helmlos-Kranz. Also ich bitte. Sonst sehr Arger«, schiebt er noch hinterher und blickt sie zerknirscht an. Helmlos-Kranz. Ist ein Doppelname Bedingung, um Herrscherin der Senioren zu werden?

Jutta muss inzwischen grinsen. »Nein, ich verrate Sie nicht. Keine Sorge. Versprochen«, versichert sie dem Graugelockten.

»Nette Frau, ich habe gleich gesehen!«, freut der sich. »Schon gewundert, dass so eine Frau hat kein Herz und lasst Vater hier immer allein. Monate nix Besuch. Nicht schon.« Nein, das ist eindeutig gar nicht schön. Jutta freut sich, dass sie nicht wie eine solche Frau aussieht. »Bohdan, herzlich willkomme im Tannenwald!«, begrüßt er sie nun, fast so, als hätte ihr kleines Vorspiel gar nicht stattgefunden.

»Jutta, Jutta Gross«, erwidert sie und findet ihr Eingangserlebnis rückwirkend schon gar nicht mehr so gruselig.

»Wirklich schlimm«, betont Bohdan wieder und wieder.

»Alles gut, ich bin einfach erleichtert, dass ich nicht in diesem Zimmer schlafen muss!«, grinst Jutta.

Bohdan muss jetzt auch lachen. »Aber was machen Sie hier, in Ihre Alter?«, fragt er dann neugierig. »Suche Sie für Mutti, weil Papi tot?«

»Nein, meine Kinder finden, ich sollte mich mal umschauen, jetzt nicht für sofort, aber für demnächst«, erklärt Jutta dem sympathischen Mann.

»Und Ihr Mann auch tot?«, will er jetzt wissen.

»Ja«, sagt Jutta. »Mein Mann ist tot.« Noch zehn Jahre nach seinem Tod, fällt ihr der Satz schwer.

Bohdan sagt nichts, nimmt sie stattdessen erneut in den Arm. Scheint seine Universallösung für jede Befindlichkeit zu sein. Seltsam, aber wieder ausgesprochen angenehm. Komisch, denkt Jutta. Ich lasse mich gerne von einem fremden kleinen Mann umarmen und schlafe an der Seite einer Bekannten besser denn je. Das sagt einiges. Über sie und ihr Defizit. Ihr Körper scheint sich nach Berührung, nach Nähe zu sehnen. Wann hat sie das letzte Mal jemand in den Arm genommen? Wirklich richtig fest und lange umarmt? Die Kinder bei der Beerdigung. Zur Begrüßung gibt es bei ihnen ein flüchtiges Küsschen rechts und links. Das war es zumeist. Aber es wäre zu einfach, den Kindern den Schwarzen Peter zuzuschieben. Auch sie könnte den ersten Schritt machen. Sie schiebt Bohdan von sich. Sie kann ja schlecht den Rest des Tages so rumstehen.

»Schade, vorbei!«, lächelt er sie an. »Soll ich Zimmer jetzt zeigen?«, fragt er.

Sie nickt und sagt nur: »Danke, das tat gut.«

»Sehr gerne geschehen, war mir Vergnugen!«, strahlt Bohdan sie an. »Machen wir mal Fuhrung durch Haus!«

Bohdan nimmt sich, im Gegensatz zu Frau Sodermann-Kügel, richtig Zeit für ihre Tour. Das Haus ist hell, das ist die gute Seite. Die Einrichtung kann man, mit sehr freundlichem Blick, als zweckmäßig bezeichnen. Altmodisch und funktional. Aber es scheint irgendjemanden zu geben, der einen ausgeprägten Hang zur Deko hat. Jede Menge Trockenblumen, Plastiksträuße und Nippesfigürchen. Kleine Porzellanengelchen, Keramikfrösche, Traumfänger und Väschen. Sehr nüchtern und überladen zugleich, eine seltsame Mischung. »Es leben hundert Gäste hier, halb und halb«, erklärt ihr Bohdan. Halb und halb? Sie stutzt. Was soll das bedeuten? Halb hier, halb zu Hause? »Also, halb Leute von uns und halb Deutsche und auch ein paar aus Osterreich«, beantwortet ihr Bohdan die Frage, bevor sie sie gestellt hat. »Ist gute Stimmung hier«, fügt er noch hinzu. »Also gibt es genug Alkohol?«, wagt Jutta einen Scherz. Bohdan schmunzelt. »Gibt, wenn man will, aber ist auch so gut. Ohne Alkohol.«

»Zeige ich jetzt Zimmer, in dem Sie wohnen für die nachsten Tage, und dann ist Zeit, alles anzugucke. Einfach mitmache und gucke. Dann entscheide.«

Er öffnet ein Zimmer mit Blick ins Grüne. Ihr Handy piept. Eine WhatsApp von Sophia. »Mama, melde dich. Wo steckst du? Geht es dir gut? Lass uns mal telefonieren? Ruf einfach an, wenn es dir passt! Kuss, Sophia.« Da schau einer an! Wie nett Sophia schreiben kann! Vielleicht muss sie sich wirklich rarmachen. Seit sie unterwegs ist, melden sich die Kinder sehr viel häufiger als sonst. Im Alltag ist es sie, die den Kontakt aufrechterhält. Oft dauert es nicht nur Stunden, sondern Tage, bis sie auf ihre Nachrichten eine Reaktion bekommt. Sie steckt das Handy in die Tasche. Soll Sophia doch auch mal warten.

»Hier können Sie wohnen für die Zeit. Kostenlos. Nur fur Essen mussen bezahlen eine kleine Pauschale. Sonst kostet nix. Probewohnen.« Das Zimmer ist nicht besonders groß, Jutta schätzt es auf etwa fünfzehn Quadratmeter. Bett, Nachttisch, schmaler Tisch mit Deckchen und einem kleinen Strauß Trockenblumen drauf und ein Sessel, der seine besten Jahre definitiv hinter sich hat. »Hat eigenes Bad, hier!«, öffnet Bohdan eine weitere Tür. Bad ist ein großer Name für das, was sie sieht. Nasszelle trifft es eher. Alles weiß gekachelt, von oben bis unten, Waschbecken, Dusche mit Hocker und Haltegriff und Toilette mit Haltegriff. Viel zunehmen darf ich hier nicht, sonst passe ich nicht mehr rein, denkt Jutta. Selbst die obligatorischen Trockenblumen fehlen. Für Bewohner mit Platzangst taugt das hier nicht. Ein Fenster hat das »Bad« auch nicht. Viel »nicht« fürs Geld.

»Nicht sehr groß, aber alles da!«, fasst Bohdan die Lage realistisch zusammen.

»Man kommt kaum aufs Klo!«, platzt es aus Jutta heraus.

»Zarte Frau wie Sie kein Problem!«, antwortet Bohdan charmant.

Zart hat Jutta noch nie jemand genannt. Sie ist einigermaßen schlank, mit der Betonung auf einigermaßen. In den letzten Jahren hat sich aller Speck im Bauchbereich angesiedelt. An ihre Taille kann sie sich kaum mehr erinnern. Ihre Beine sind immer noch okay, aber in der Mitte hängt einiges, auf das sie gut verzichten könnte. Sie fühlt sich wie ein Känguru mit eingebauter Bauchtasche. Aber wen kümmert es schon? Sie selbst hat sich daran gewöhnt, und sonst sieht es ja keiner.

»Gefallt Zimmer?«, fragt Bohdan zögerlich. Er hat mit Sicherheit bemerkt, dass sie nicht begeistert ist. »Man kann auch mitbringen eigene Mobel«, versucht er, ihr die Räumlichkeiten schmackhaft zu machen.

»Das würde sicherlich helfen!«, zeigt sich Jutta höflich. »Für die nächsten Tage reicht es auf jeden Fall.« Sie macht ein Foto vom »Bad«, um es später an Sophia zu schicken. Sollen die Kinder ruhig mal sehen, was sie ihrer Mutter zumuten.

Bohdan stellt ihre Reisetasche im Zimmer ab und verabschiedet sich. »Wenn Fragen, einfach zu Empfang kommen, ich bin da. Und heute Abend achtzehn Uhr essen im Speisesaal. Heute Nachmittag viel Programm. Zettel liegt da auf Tisch. Alles klar?«

Jutta nickt. So schwer ist es ja auch nicht. Sie wird sich umschauen, und wenn es grauenvoll ist, spricht nichts dagegen, morgen direkt wieder die Flatter zu machen. Als Bohdan weg ist, schnappt sie sich den Zettel. Heute Morgen war Trockenblumenbinden. Das erklärt einiges. Um 15 Uhr steht Yoga auf dem Programm. 16.30 Bingo. 18 Uhr, wie von Bohdan angekündigt, Abendessen. Heute Bramboračka. In Klammern steht der deutsche Name: Kartoffelsuppe. Hinterher Palačinky und vorneweg Okurkovy'sala't. Palatschinken, also eine Art Crêpes, und Gurkensalat als Vorspeise. Interessante Kombination, wenig zu kauen, aber Jutta mag jede Komponente. Frühstück, erklärt der Tagesplan, immer von 6.30 bis 8.30. Gut, dass sie Frühaufsteherin ist. Außerdem liegt auf dem Tischchen ein weiterer Zettel: *Kleiner Sprachführer* steht oben drauf. Deutsch-Tschechisch. Hilfe. Sie kann die Worte auf Tschechisch noch nicht mal ordentlich lesen. Geschweige denn aussprechen. Und dann die Auswahl. Guten Morgen, guten Abend und gute Nacht. Bitte und danke. Immerhin, danke ist mal ein sehr kurzes Wort. *Dík.* Mit langem i. Ansonsten wimmelt es in den Wörtern nur so von C und Z, und viele Buchstaben sind versehen mit Häkchen und Strichen über den Buchstaben. Entschuldigung ist einfach: *Pardon.* Aber allein guten Tag: *Měj hezký den!* Wie soll sie sich das jemals merken?

Sie beschließt, das Yoga auszuprobieren. Sport ist ja international, und wenn eine vorturnt, muss man es nur nachmachen. Wahrscheinlich ist sie die letzte Frau weltweit, die noch niemals im Leben Yoga gemacht hat. Wenn sie es nicht mag, hat sie zumindest eine Wissenslücke geschlossen.

Vorher schaut sie sich in Ruhe um. Schlendert durch das Haus. Alle, die sie trifft, grüßen freundlich. Jede Menge alte Leute. Sie fühlt sich ein ganz bisschen deplatziert. Aber wahrscheinlich denken das die anderen auch.

Angrenzend an den Speisesaal gibt es ein kleines Café. Es ist gut besucht. Sie beschließt, sich einen Kaffee und ein Stück Kuchen zu gönnen. In einem Anfall von Mut fragt sie zwei Frauen, ob sie sich dazusetzen kann. Beide nicken freundlich.

»Ich bin zu Besuch, also neu, zum Probewohnen quasi, wie ist das Leben hier denn so? Fühlen Sie sich wohl?« Jutta hat Dutzende von Fragen.

Beide zucken mit den Achseln. Euphorisch wirken sie nicht. Aber es liegt, wie Jutta schnell merkt, nicht an ihren Fragen, sondern daran, dass die zwei Frauen sie nicht verstehen.

»*Nerozumi'ne jim*«, sagen sie und schütteln die Köpfe.

Es sind Tschechinnen, mutmaßt Jutta. »*How is life here?*«, probiert sie ihr eingerastetes Schulenglisch.

»*Žádná angličtina*«, antwortet die im bordeauxfarbenen Jogginganzug. Scheint in Altersstiften und Heimen die Standardkleidung zu sein. Hier wird es wohl nichts mit einem netten Plausch.

Jutta bedankt sich: »Dík.« Das ist ein so kurzes Wort, dass Jutta es sich vom Zimmer bis in den Speisesaal merken konnte. Dík wie dick, aber mit langem i. Ansonsten erscheint ihr Tschechisch ausgesprochen kompliziert. Aber ein Sprachtalent war sie noch nie. Was hätte sie auch mit all den herrlichen Fremdsprachen anfangen sollen? In ihrer Filiale gab es viel ausländische Kundschaft, aber kaum Gelegenheit für irgendwelche Gespräche.

In Dänemark, ihrem Standardferienland, konnte fast jeder Deutsch, und viel Kontakt mit Einheimischen hatten sie sowieso nicht. Sie waren eigentlich immer für sich, und beim einmaligen Urlaubsessengehen kam man mit dem Deuten auf die Karte zurecht. Sie haben ansonsten selbst gekocht. Mit anderen Worten: Sie hat gekocht. Klaus war keiner dieser Männer, die wie mit links herrliche Mahlzeiten zaubern. Er hat nie auch nur den Versuch unternommen, etwas in der Küche zu tun. Jutta hat genau wie er gearbeitet und sich anschließend in die Küche gestellt.

Manchmal hat sie das geärgert. Diese Selbstverständlichkeit, mit der alle in der Familie davon ausgegangen sind, das sei ihr Job. Aber letztlich war es, wie sie heute weiß, ihre eigene Schuld. Sie hätte sich beschweren können, Mithilfe einfordern. Sie war zu feige, hat die Auseinandersetzung gescheut und auch geahnt, dass es sowieso nichts bringen wird außer Unfrieden. Also hat sie »ihren« Job einfach erledigt. Wie so vieles in ihrem Leben. Machen statt diskutieren. Jetzt gibt es niemanden mehr zu Hause. Auch niemanden zum potenziellen Diskutieren. Allein sein hat sein Gutes. Aber es gibt zahlreiche Momente, da vermisst sie etwas. Manchmal ist es nur eine Geräuschkulisse. Zu wissen, da ist noch jemand im Haus. Auf all die Dienstleistung kann sie sehr gut verzichten, das hat sie lange genug genervt. Hier hätte sie Gesellschaft, aber was nützt die, wenn Kommunikation unmöglich ist.

Bohdan kommt an den Tisch und spricht mit den Frauen auf Tschechisch. Jutta hat den Eindruck, er erklärt ihnen die Lage. Sie lächeln freundlich. »Beide konnen nur unsere Sprache, aber hier da druben sitzen zwei Deutsche. Gehen wir da hin«, sagt er und zieht sie hinter sich her. Es ist ihr ein wenig peinlich, sie fühlt sich wie eine Dreijährige am ersten Kindergartentag. Dieses Gefühl, niemanden zu kennen und in dieser Schüchternheit von allen beäugt zu werden. Am liebsten würde sie sich hinter Bohdan verstecken, aber so breit ist er nun auch nicht. Immerhin ist die Atmosphäre nicht unangenehm. Sie steht halt nur nicht gerne im Mittelpunkt des Interesses. Zu spät, denn Bohdan ruft in den gesamten Raum: »Hallo, das ist eine Besucherin, die sich hier alles anschaut. Seid lieb mit ihr!« Sicherlich nett gemeint, die allgemeine Ansage, aber es verstärkt ihr Erster-Kindergartentag-Gefühl. Es wird gewunken und willkommen gerufen. Jutta hebt zögernd die Hand, um zurückzugrüßen.

Zwei Frauen erheben sich und kommen auf sie zu. Händchen haltend. »Frau Bergmann und Frau Klein«, stellt Bohdan die Damen vor. Beide kichern nur, grinsen sich an und gehen an ihr vorbei. »Nicht bose sein, ist nicht unhoflich gemeint, sind ein bisschen dement und immer zusammen«, flüstert ihr Bohdan ins Ohr.

»Haben Sie auch eine Demenzstation?«, will Jutta wissen.

»Ne, alles gemischt hier, krank, gesund, bisschen verwirrt, sehr verwirrt. Alle zusammen.«

Das gefällt Jutta. Der Gedanke, wenn es bei ihr im Oberstübchen durcheinandergeht, einfach in eine weit entfernte Etage abgeschoben zu werden, sagt ihr nicht zu. Die beiden Frauen verschwinden Richtung Ausgang.

»Trinke ich Kaffee mit dir!«, freut sich Bohdan sichtlich, und sie setzen sich an einen kleinen Tisch am Rande des Cafés. »Frau Bergmann und Frau Klein sind dicke Freundinnen. Kannten sich vorher nicht. Jetzt alles zusammen machen. Abends im Zimmer in einem Bett. Loffelchenstellung. Ganz eng. Wie Liebespaar. Manchmal finde ich Zahne von Frau Bergmann bei Frau Klein in Zigarettenschachtel. Sind wie dreizehn Jahre. Aber lieb.« Wird sie irgendwann auch so Hand in Hand mit einer wildfremden Person durch den Raum tappen? Loffelchen machen? »Frau Bergmann fruher Professorin Geschichte, jetzt alles weg oben. Ihre Kinder sehr entsetzt. Will keine Zeitung mehr, keine Nachrichten, nur *Rote-Rosen*-Sendung am Nachmittag in Fernsehen.« Will sie so ein Leben? Frei von jeder Erinnerung an das, was mal war? »Haben beide noch viel Freude!«, bemerkt Bohdan, fast als könne er ihre Gedanken lesen.

»Tja«, bemerkt sie trocken, »bisher sah Freude für mich irgendwie anders aus. Ich wollte mal beim Yoga vorbeischauen«, informiert sie ihren Heimeinweiser.

»Brauchst du nicht, hast doch sehr gute Figur!«, antwortet Bohdan und schaut sie sehr lange an. So lange, bis sie rot anläuft. Jutta kann sich kaum erinnern, in den letzten Jahren ein solches Kompliment bekommen zu haben. Sie schüttelt hektisch den Kopf: »Ach Quatsch, das sieht nur so aus! Das Kleid ist vorteilhaft.« Typisch Frau, Komplimente nicht mit erhobenem Kopf anzunehmen, sondern immerzu abzumildern. Kleinzureden. Statt sich einfach deutlich zu freuen. »Trotzdem nett«, fügt sie noch hinzu.

»Ist die Wahrheit, sehr gute Figur!«, grinst Bohdan sie an. Immerhin hat er nicht gesagt »für Ihr Alter«. Sie mag diesen Zusatz nicht. Klingt ja fast so, als würde man außer Konkurrenz an einem Wettbewerb teilnehmen. »Vielleicht trinken wir mal Wein zusammen, abends, wenn Lust?«, fragt Bohdan.

Hat der sie gerade nach einem Date gefragt, oder gehört das zur Rundumbetreuung mit dazu? »Nur wir zwei?«, hakt sie nach.

»Verabredung immer nur zwei, oder?«, strahlt Bohdan sie an. Sein bewundernder Blick erstaunt sie, aber nicht nur das. Sie genießt ihn. »Warum nicht, ein Wein hat noch nie geschadet!«, willigt sie ein. Flirtet sie da gerade etwa? Wie alt ist dieser Bohdan. Er ist schwer zu schätzen, könnte zwischen Anfang fünfzig und Anfang sechzig alles sein. Jünger als sie ist er aber mit Sicherheit. Wird schon keine Ausweiskontrolle im Weinlokal geben, beruhigt sie sich. Du hast dich nicht verlobt, sondern nur auf einen Wein verabredet.

»Wo wollen wir denn Wein trinken, hier in der Cafeteria?«, fragt sie den Tschechen.

Er schüttelt vehement den Kopf. »Draußen, im Leben. *Vinný bar.*« *Winni Bar,* ist das der tschechische Ausdruck für Minibar? Will der direkt auf ihr Zimmer? Und hat sie dort eine Minibar übersehen?

»Du willst auf mein Zimmer?«, erkundigt sie sich jetzt und ist ein ganz klein wenig empört. Ist das die Bohdan-Empfangsmasche? Alle, die noch einigermaßen rüstig sind, gleich mal auf dem Zimmer vernaschen? Nicht mit ihr, denkt sie, da soll er sich mit seinem Geschleime »gute Figur« eine andere suchen. So leicht ist sie nun auch nicht zu haben. Fast wär sie auf einen Altersheimlüstling reingefallen. »Mit wie vielen Frauen warst du denn schon mal die Minibar leer trinken?«, die Frage kann sie sich nicht verkneifen.

Er schaut sie entsetzt an. So als könne er sich ihren plötzlichen Stimmungsumschwung kaum erklären. »Du bist die erste Frau, die ich nehmen will in *Vinný Bar*.«

In die Minibar *rein*? Wie soll das denn gehen, gute Figur hin oder her.

»*Vinný bar* ist Weinbar in Ort unten. Warum soll ich gehen mit alte Frauen von hier in *Vinný bar*?« Jetzt wirkt er tatsächlich empört.

Jutta greift sich an den Kopf und muss lachen. Vinný-, nicht Minibar. Nicht aufs Zimmer, sondern in die Kneipe.

»Zimmer auch gute Idee, aber nicht gleich!«, stimmt Bohdan ins Lachen ein.

Jutta läuft erneut rot an. »Wie alt bist du eigentlich?«, fragt sie neugierig. Nicht, dass sie sich da in irgendwelche Vorstellungen reinsteigert oder sich in Situationen manövriert, die absolut gar nicht gehen. Aber letztlich hat er sie ja gefragt, ob sie mal einen Wein trinken. Er weiß, wie alt sie ist, und blind ist er auch nicht. Warum nicht einfach einen Wein trinken gehen?

»Morgen Abend? Da habe ich frei!«, geht er gar nicht auf ihre Frage ein. Jetzt gilt es. Termine kann sie wohl kaum verschieben. Was sollte sie hier schon groß vorhaben. »Und, gehst du Wein trinken mit mir, wurde mich sehr freuen!«, legt er nach.

Sie schaut ihn an. Ja, er ist klein, aber gut gebaut, soweit sie das so beurteilen kann. Und er hat wunderschöne bernsteinfarbene Augen und jede Menge Lachfalten. Alles umrahmt von grauen Locken.

»Ja, ich gehe mit dir Wein trinken!«, antwortet sie. Schon während sie das sagt, steigt ihre Nervosität. Sie hat so verdammt lange kein Date mehr gehabt. Verrückt, da muss sie in ein Altersheim, um mal wieder mit einem Mann auszugehen. Um mal wieder zu flirten.

Sie schafft es gerade noch pünktlich zum Yoga. Außer ihr sind zwei andere da. Eine Frau, klein und irre dürr, und ein Mann. Jutta ist es ein Rätsel, wie der sich noch bewegen will. Er sieht aus wie hundert und hat es kaum geschafft, seine Matte auszurollen. Die Lehrerin ist Deutsche. »Ihr macht einfach das, was ich mache, und atmet gründlich. Yoga heißt nicht Bestleistung, Yoga ist kein Wettbewerb, jeder auf seinem Niveau.«

Jutta scheitert schon am richtigen Sitzen. Wie soll man es bitte schön schaffen, im perfekten Schneidersitz entspannt zu sein? Eine kleine rothaarige Frau, bestimmt Mitte achtzig, die ihre Matte neben Juttas Matte ausgerollt hat, schlägt flink die Beine übereinander und atmet sehr laut ein und aus. Sie ist die Gruppenstreberin, das erkennt Jutta sofort. Es gibt immer die eine. Eine, die es besser kann, und das auch gerne demonstriert. »Sehr gut!«, lobt Tine, die Lehrerin, ihren Superzögling. Die lächelt hoheitsvoll über das durchaus verdiente Lob. »Setz du dich einfach so hin, wie das der Gustav macht«, richtet Tine das Wort an Jutta. Mit Gustav kann nur der Hundertjährige gemeint sein. Peinlich. Nicht mehr Beweglichkeit als ein Greis. Sie muss dringend was tun. Die Lehrerin müsste in etwa ihr Alter haben. Sie fühlt sich, als stünde sie auf der falschen Seite. Was macht sie hier? Was ist das für eine komplett bekloppte Idee? Was denken ihre Kinder bloß von ihr?

»Jetzt machen wir einen kleinen Sonnengruß«, unterbricht Tine ihre Gedanken. Den kriegt sie gerade noch hin. Gustav bleibt einfach sitzen auf seiner Matte und atmet. »Du kannst dich auch hinlegen, wenn dir das bequemer ist!«, bietet sie dem Senior an. Er lässt sich sofort auf den Rücken sinken und ist einen Sonnengruß später eingeschlafen.

»Der macht hier seinen Mittagsschlaf, und abends gibt er an, dass er beim Sport war!«, bemerkt die kleine Rothaarige mit giftiger Stimme.

»Er entspannt eben besonders gut!«, lautet Tines trockener Kommentar. Und dann geht es los. Eine Symphonie aus kleinen und größeren Fürzen, unterlegt mit sonorem Schnarchen.

»Der macht das nur hier, weil seine Frau das im Zimmer nicht aushält und mal in Ruhe schlafen will!«, beschwert sich erneut die Rothaarige. »Und mich macht das wirklich kirre!«

»Dann entspannen Sie nicht richtig, da kann man alles ausblenden, auch ein paar Geräusche!«, wird Tine jetzt strenger. Die Geräusche sind das eine, der Gestank hingegen ist wirklich schlimm. Tine scheint es ebenfalls zu merken und öffnet die Fenster: »Ein bisschen Frischluft kann nicht schaden!« Eine Nasenklammer wäre gut.

»Gibt es hier in der Nähe auch ein Schwimmbad?«, fragt Jutta bei Tine nach, denn nach dieser Stunde ist sie sich sicher, dass das mit ihrer Yoga-Karriere nichts wird.

»Es gibt einen wunderbaren See, etwa fünf Kilometer entfernt, da kann man mit dem Rad hinfahren!«

Im Sommer könnte das eine Möglichkeit sein, denkt Jutta.

»Machen wir noch Kopfstand?«, fragt die Rothaarige und schaut verächtlich auf Gustav, der selig schläft.

»Gerne!«, bekundet Tine, und die beiden stellen sich, mir nichts, dir nichts, eben mal auf den Kopf. »Magst du auch?«, will Tine von ihr wissen. »Ich helfe dir, wenn du magst!«

Jutta kann sich nicht erinnern, je in ihrem Leben Kopfstand gemacht zu haben. Als Kind hat sie Rad geschlagen oder Handstand probiert. »Ich glaube, ich kann das nicht!«, gibt sie zu bedenken.

Aber Tine ist schon an ihrer Seite. »Das entspannt total«, sagt sie und schnappt sich Juttas Beine. Zum Glück hält sie sie auch fest. Juttas T-Shirt rutscht, und sie hat einen herrlichen Blick auf ihr Wellfleisch. Sie braucht eine Bauch-weg-Hose fürs Date, schießt es ihr durch den Kopf. Das ist ja das Grauen. Vor allem kann sie morgen schlecht noch mal ihr Blümchenkleid anziehen. Was ein einfaches Ja zu einem Glas Wein für Folgen verursacht.

»Kann man hier irgendwo Unterwäsche kaufen?«, erkundigt sie sich bei Tine.

»Hm, im Ort gibt es so eine Art kleines Geschäft für alles, da gibt es auch Wäsche. Habe ich jedenfalls mal gesehen.« Der Ort sei lediglich eine Viertelstunde Fußmarsch entfernt.

Jutta beschließt, morgen nach dem Frühstück hinzugehen und sich das alles genauer zu betrachten.

Gustav ratzt weiter, auch als die Stunde beendet ist. »Wir lassen ihn immer einfach liegen, irgendwann wacht er schon auf, oder auch nicht mehr!«, teilt ihr die rothaarige Yogastreberin mit. Richtig nett hört sich anders an.

Aufs Bingo verzichtet sie und ruht sich nach dem Yoga lieber ein bisschen aus. Obwohl es nicht wirklich anstrengend war. Während sie auf »ihrem« Bett liegt und sich umsieht, denkt sie nur, das hier bin nicht ich. So will ich nicht leben. In diesem Zimmer, in einem fremden Land, mit schnarchenden, furzenden Hundertjährigen. Lange Tage, unterbrochen von Bingo, Yoga, Essen und Schlafen. Es klopft.

Eine groß gewachsene Frau, bestimmt einen Meter

achtzig, mit grauem Kurzhaarschnitt steht vor ihr. »Jetzt wollte ich Sie doch auch noch mal persönlich ganz herzlich willkommen heißen zum Schnupperwohnen, ich bin Frau Helmlos-Kranz. Wie gefällt es Ihnen denn so weit?«, fragt sie.

»Alle sind sehr freundlich, das ist schön«, antwortet Jutta ausweichend, aber wahrheitsgemäß. Die allgemeine Stimmung erscheint ihr hier, jedenfalls bis jetzt, heiterer als im Sonnenstift. Aber hier wie dort hat sie sich falsch gefühlt. Wie das Teil im Puzzle, das nicht dazugehört. »Ich glaube, ich bin vielleicht doch noch ein wenig jung!«, sagt sie zu Frau Helmlos-Kranz.

»Das kommt allen so vor, und das mit dem Altwerden, richtig Altwerden, geht sehr viel schneller, als man denkt. Da wacht man eines Morgens auf und merkt: Huch, jetzt bin ich alt«, erklärt ihr die Heimleiterin und fügt hinzu: »Jetzt gibt es gleich Abendessen, da werden Sie sehen, wir sind vom Alter her sehr gemischt hier. Hat Ihnen Bohdan alles gezeigt?«

»Ja, das war wunderbar. Er ist sehr, sehr entgegenkommend und nett!«, lobt Jutta ihn.

»Unser Bohdan ist in der Tat ein Sonnenschein, ein Mann für alle Fälle. Egal, ob Hausmeistertätigkeit oder Kommunikation mit den Bewohnern. Wir sind arg froh, ihn zu haben.«

Jutta überlegt kurz, ob sie Frau Helmlos-Kranz nach Bohdans Alter fragen soll. Aber sie lässt es.

In dem Moment klingelt ihr Telefon. Frau Helmlos-Kranz zieht sich dezent zurück, winkt noch mal nett und sagt leise: »Bis später!«

Es ist Sophia. »Mama, wo steckst du denn genau?«, beginnt ihre Tochter das Gespräch.

»Da, wo ihr mich haben wollt!«, kann sich Jutta eine

leicht ironische Antwort nicht verkneifen. »Mutti ist im tiefsten Wald, in Tschechien, mit jeder Menge seniler Greise, sitzt auf ihrem Zimmer und wartet auf Kartoffelsuppe und Gurkensalat.«

»Sei doch nicht so!«, kontert Sophia. Aber gerade fühlt sich Jutta wirklich wie die letzte Idiotin. Was hat sie sich von ihren Kindern bloß einreden lassen? »So hat das doch niemand gewollt, es ging nur darum, mal zu gucken, was infrage kommen könnte. Ich meine, es gab schon Signale, dass das alles zu viel wird für dich. Du solltest ja nicht sofort einziehen!«

»Das bin ich auch nicht, ich schaue mir nur mal an, was es an Möglichkeiten gäbe. Mehr ist es nicht. Noch könnt ihr euch nicht freuen.« Sie will netter sein, aber die Kränkung sitzt zu tief. Abgeschoben ins Nirgendwo.

»Mama, jetzt aber wirklich. Es war doch mehr die Sorge«, versucht Sophia, einen Schritt auf sie zuzugehen.

Aber Jutta ist beleidigt und hat auch nicht vor, das zu verbergen. »Sophia, ich muss Schluss machen, gleich gibt's Abendessen. Grüß deine Brüder, den Rest vom Abschiebekommando.«

»Du bist so anders als sonst, das ist wirklich seltsam. Ist das diese Frau, mit der du unterwegs bist?«, fragt Sophia.

»Gewöhnt euch an das Seltsam, ich lasse mir nur nicht mehr alles gefallen. Und jetzt muss ich wirklich los. Nicht, dass ich kein Essen bekomme«, beendet Jutta das Gespräch.

Sollen die Kinder ruhig mal ein bisschen aufschrecken.

Um kurz vor 18 Uhr betritt sie den Speisesaal. Er ist, obwohl sie megapünktlich ist, schon gut gefüllt. Alle Köpfe drehen sich zu ihr. So als wäre ein gigantischer Scheinwerfer auf sie gerichtet. Was macht man jetzt? Sich laut vorstellen? Winken? Sie entscheidet sich, freundlich zu gucken. Überall an den großen Tischen sitzen Grüppchen zusammen. Jetzt heißt es, mutig sein und sich irgendwo dazusetzen. Da ruft schon die erste Frau. »Komm zu uns!« Es ist eine der beiden, die sie mit Bohdan zusammen heute Nachmittag in der Cafeteria gesehen hat. Frau Bergmann oder Frau Klein. Sie sitzen so eng beieinander, dass man denken könnte, sie teilen sich einen Stuhl.

»Um Gottes willen, doch nicht gleich zu den Bekloppten!«, ruft eine andere Frau von einem Vierertisch. Es ist die kleine Rothaarige vom Yoga. Die scheint einen eher ruppigen Umgangston zu pflegen. »Hier sind die, die noch alle Tassen im Schrank haben!«, fügt sie hinzu.

Jutta ist unsicher. Am liebsten würde sie sich schon wegen der Unhöflichkeit und Indiskretion zu den »Bekloppten« setzen. Andererseits hat sie auch Lust, etwas über das Tannenstift zu erfahren. Sie winkt Richtung Frau Bergmann und Frau Klein und geht zu dem Sechsertisch, an dem die Rothaarige sitzt. »Mayer, Gerti!«, stellt die sich direkt vor. »Wir waren gemeinsam beim Yoga.«

»Ich kann mich zum Glück noch erinnern, so lange ist es ja nicht her«, kann sich Jutta nicht verkneifen, und dann stellt sie sich der Runde vor. Gerti die bissige Yogastreberin scheint die Anführerin der Tischrunde zu sein. »Ich bin nur zum Gucken da!«, informiert sie die Gruppe.

Gerti lächelt: »Das hat die Maria auch gedacht, gell Maria.« Eine dunkelblonde Frau, etwa Ende siebzig, nickt und sieht frustriert aus.

»Ich bin wirklich nur zum Gucken da!«, legt Jutta noch mal nach.

Jetzt grinsen alle am Tisch. »Die Maria ist einfach

nicht mehr abgeholt worden. Die Kinder haben sie abgeladen, und weg waren sie.«

Jutta kann das kaum glauben. Das sind ja wahre Horrorszenarien. Es sei nicht übel hier, lautet der allgemeine Tenor. Alle kennen Bekannte oder ehemalige Freundinnen, die es weitaus schlimmer getroffen haben. »Das Essen ist lecker!«, betont eine der Frauen, die von den anderen Mopsi genannt wird. Warum kann man auf den ersten Blick sehen. »Ja, der Mopsi schmeckt's immer, wie man sieht!«, holt Gerti zum Schlag aus. Der Umgangston ist rau. Die schenken sich hier nichts, denkt Jutta. Damit hat sie nicht gerechnet. Alter verbindet sie eher mit Milde und Sanftmut.

»Was soll man auch machen außer essen?«, fragt Mopsi in die Runde. »Männer sind ja eher Mangelware, oder will jemand den alten Gustav?«

Alle kichern.

»Der Bohdan ist ganz niedlich!«, schwärmt Gerti, und wieder nicken alle. Scheint der Altersheim-Womanizer zu sein.

Kurz überlegt Jutta, ob sie von ihrer Verabredung erzählen soll, hält dann aber doch lieber die Klappe. Sie will keinen Eifersuchtssturm auslösen und sich direkt unbeliebt machen. Wie alt sie sei, will Mopsi wissen.

»Achtundsechzigeinhalb, um genau zu sein. Also, ich denke, ich bin hier einen Tick zu früh.« Sie wartet auf Zustimmung.

»Oh, da hätte ich mich nach dem Yoga aber verschätzt, sehr beweglich sind Sie ja nicht!«, verpasst die Anführerin Gerti Jutta eine.

Die anderen schauen betreten unter sich. Bei Gertis Kommentaren scheinen sich alle möglichst schnell wegzuducken. Jutta kennt diesen Reflex. Bloß keine Aufmerksamkeit auf sich ziehen, sonst ist man schnell die Nächste, die einen eingeschenkt bekommt. Sie ignoriert die Frechheit, will sich nicht direkt mit der Wortführerin anlegen. Wozu auch? Sie hat nicht vor, lange hierzubleiben, das ist ihr jetzt an diesem Tisch noch klarer als vorher. Selbst wenn sie bleiben würde, wäre es nicht günstig, sich direkt mit Gerti anzulegen. Man habe schon auch Spaß hier, vor allem weil die da drüben (Mopsi deutet mit dem Finger auf den Tisch von Frau Bergmann und Frau Klein) jede Menge Grund zum Lachen böten.

»Aber was tun Sie mit all der Freizeit hier? Kann man Ausflüge machen? Gehen Sie bummeln im Städtchen?«, erkundigt sich Jutta. Es kann ja nicht der Hauptspaß sein, sich über bereits demente Mitbewohnerinnen zu amüsieren.

Wieder lachen alle. »Bummeln?«, fragt eine bisher schweigsame Frau am Tisch.

»Na, runter in den Ort!«, erläutert Jutta ihre Frage.

»Was sollen wir da, da gehen nur die hin, die heimlich Zigaretten kaufen, oder ein Fläschchen Wein. Ansonsten gibts da fast nix. Allenfalls billiges Benzin, aber ein Auto hat hier keine mehr. Und außerdem sprechen die alle schlecht Deutsch.«

»Aber hier ist schon was los, so ist es nicht, die Fußpflege kommt einmal im Monat, und Krankengymnastik gibt es auch. Und wer Trockenblumen mag, kann Sträuße arrangieren.«

Wenn das die Highlights im Leben dieser Frauen sind, dann herzlichen Dank. Fußpflege und Trockenblumen.

»Wir spielen Karten, Doppelkopf, Skat, Rommé oder auch mal Scrabble, oder wir gucken fern«, ergänzt Mopsi. »Die Gerti organisiert das immer. Wenn du mitmachen willst, kannst du auf unsere Liste. Also, die Gerti führt die.«

Gerti scheint eine Art Klassensprecherin, Altensprecherin, zu sein. Aber warum sollte es im Heim anders sein als überall dort, wo Menschen aufeinandertreffen? Irgendwer bestimmt nun mal. Hier ist es Gerti mit ihrem harschen Kasernenton. »Kannst du Doppelkopf?«, richtet die nun das Wort an Jutta.

Sie schüttelt den Kopf. »Aber Skat mag ich ganz gerne, und Doppelkopf könnte ich ja lernen!«, signalisiert sie den anderen ihre Bereitschaft.

»Vielleicht kannst du morgen Abend als Springerin dabei sein, die Waltraud schwächelt zusehends!«, gibt Gerti ihr Okay.

»Morgen klappt es nicht, da habe ich schon was vor!«, gesteht Jutta, ohne das näher zu präzisieren. Jetzt hat sie das Interesse der gesamten Frauenrunde.

»Was denn?«, kommt es erstaunt von Mopsi.

»Ich treffe mich im Dorf in der Weinstube auf einen Wein mit einem Bekannten!«, schwindelt sie ein winziges bisschen. Sie will ihr Date mit Bohdan nicht direkt preisgeben. Man muss ja nicht gleich am ersten Abend für Klatsch und Tratsch sorgen. Außerdem mag sie es, ein kleines Geheimnis zu haben. Sie freut sich auf den Abend mit Bohdan.

»Mit wem geht man denn in die Weinstube, da sind doch nur Einheimische? Oder kriegst du schon Besuch, bevor du überhaupt richtig hier wohnst?«, bohrt Gerti und will Details.

Kennt ihr nicht, kann Jutta schlecht sagen. Deshalb lächelt sie nur freundlich, fast so, als habe sie die Frage gar nicht verstanden. »Das nächste Mal bin ich beim Kartenspiel gerne dabei!«, ist alles, was sie zum Thema sagt.

Zum Glück für sie tritt ein älterer Herr an ihren Tisch.

»Gerti, darf ich morgen mitspielen?«, fragt er sehr brav, fast schon devot.

»Bringst du Wein mit, Georg, dann können wir es besser aushalten, wenn du wieder falsch reizt!«, diktiert Gerti die Teilnahmebedingungen für die morgige Skatrunde.

»Selbstverständlich, es ist mir ein Vergnügen«, antwortet Georg, ohne näher auf die »Falschreiz«-Vorwürfe einzugehen.

Waltraud kichert, als er zurück zu seinem Tisch geht. »Er ist kein übler Typ, sah bestimmt mal gut aus!«, wirft sie in die Runde.

»Mit der Betonung auf ›sah‹«, giftet Gertie. Ob die an irgendjemandem ein gutes Haar lassen kann? Sie wirkt wie die Königin, die per Handbewegung signalisiert, wer bei Hofe wohlgelitten ist und wer sofort einen Kopf kürzer gemacht wird. Vor solchen Frauen graust es Jutta.

Immerhin Mopsi traut sich eine Bemerkung zu machen: »Ich glaube, dass du Georg auch nicht so schlecht findest, Gerti.«

Die schnauft: »Unter Blinden ist der Einäugige König. Wenigstens trägt er keine Windel und hat seine Prostata im Griff«, versprüht sie eine weitere Ladung Gift. Woher Gerti wohl weiß, dass Georg keine Windel trägt, fragt sich Jutta. Aber es ist ihr ehrlich gesagt egal. Georg scheint ein lieber Opa zu sein, als Mann käme er für sie niemals infrage. Er ist einfach ein alter Mann.

Das Essen, immerhin, ist gut. Reichlich und lecker. Da kann man nicht meckern.

Aber so ein Abend wird lang, wenn man schon gegen 18.30 Uhr zu Abend isst. Da sie genug von Gerti und Co. hat, läuft Jutta noch ein bisschen rum und macht schließlich einen kleinen Abendspaziergang. Die Landschaft ist schön. Aber Heimat ist es nun mal nicht. Sie hat gehofft, vielleicht zufällig auf Bohdan zu stoßen, aber von ihm ist nichts zu sehen.

Schon gegen 21 Uhr liegt sie im Bett. Ihr ist langweilig. Wenn sie ehrlich mit sich selbst ist, ist ihr auch zu Hause oft genug langweilig. Aber da kann sie räumen und putzen und hätte, wenn sie ihren Hintern mal hochkriegen würde, durchaus Möglichkeiten der Freizeitgestaltung.

Fritzi ruft an. Wie nett! »Und wie ist es da draußen im tschechischen Tannenwald? Kriegst du schon die Krise?«, erkundigt sie sich.

»Ich glaube, meins ist es nicht«, gesteht Jutta. »Es riecht okay, alle sind freundlich, aber es ist zu früh. Ich habe mich selten so dermaßen jung gefühlt!«

»Ich kann dich auch schon morgen abholen«, schlägt Fritzi vor.

Morgen Abend ist die Verabredung mit Bohdan. Will sie darauf verzichten, um möglichst schnell zu entkommen? »Nein, lass mal, alles gut. Ich gebe der Sache noch eine Chance. Es ist ja nicht so, dass ich direkt einziehen will, aber ich will rausfinden, ob es was für später sein könnte.«

»Ja, ist vielleicht vernünftig, so vorzugehen. Dann weiß man immerhin, was man nicht will, das ist schon mal was. Ich habe übrigens noch eine Adresse von Wilma bekommen, die hat von einer Bekannten was gehört, die wohnt in einer coolen Alters-WG. Irgendwie so was wie eine Öko-WG. Klang jedenfalls richtig gut. Da können wir auf dem Weg nach Hamburg vorbeifahren, wenn du magst.«

»Sehr gerne!«, erklärt Jutta.

»Halt die Ohren steif, und wenn du es nicht mehr aushältst, ruf an!«, verabschiedet sich Fritzi.

Warum ist die nicht ihre Tochter? So kann man doch

sehr gut miteinander reden. Sachlich und gleichzeitig herzlich und lieb. Warum kriegt sie das mit Sophia bloß nicht hin? Eine von ihnen fühlt sich immer angegriffen. Irgendeine ist immer latent beleidigt. Bisher ist es ihr zumeist leichter gefallen, mit ihren Söhnen zu reden. Vielleicht weil die eh nicht viel sagen. Oder weil alle Vorwürfe an ihnen abzuprallen scheinen. Ihr Verhältnis zu Sophia ist emotionaler, enger. Aber auch sehr viel störungsanfälliger.

Beschwingt von dem netten Telefonat mit Fritzi, ruft sie ihre Freundin Marianne an. »Ich habe doch gesagt, du sollst es deinen Kindern mal zeigen, und jetzt bist du brav ab ins Heim, das hatte ich damit nicht gemeint!«, zeigt sich Marianne entsetzt. »Soll ich dich rausholen, brauchst du Fluchthilfe?«, bietet sie ihr an.

Jutta kann sie beruhigen. »Ich werde geholt, bleibe nur noch, weil ich morgen Abend ein Date habe!«, vertraut sie sich ihrer Freundin an.

»Hast du dir einen Opa gekrallt?«, kreischt Marianne ins Telefon. Jutta erzählt von Bohdan. Beschreibt ihn, schildert, wie lieb er ist. »Das hört sich gar nicht mal schlecht an, aber wahrscheinlich schnappt der sich jede unter fünfundsiebzig«, meint Marianne nur sehr pragmatisch.

»Ich weiß es nicht, kann natürlich sein. Aber so oder so, ich bin schon ganz schön aufgeregt. Habe so gar keine Übung mehr. Ob ich das noch kann? Also flirten und so. Was, wenn der mich küssen will?«, gibt Jutta ihre Ängste preis.

»Dann küsst du zurück!«, lacht Marianne. »Am Küssen hat sich, soweit ich weiß, nichts geändert. Das kann man, oder halt leider nicht.«

Bohdan kann es. Und wie.
Der Abend ist traumhaft gelaufen.

Er hat sie gegen 19.45 Uhr an der Straße Richtung Dorf abgeholt. »Muss ja nicht jeder sehen, dass wir miteinander ausgehen. Nicht Bewohner und nicht Helmlos-Kranz. Ist Geheimnis von uns.«

Jutta ist das recht, obwohl sie sich ihren Teil dabei denkt. Vielleicht steht Bohdan tatsächlich auf einer Art von schwarzer Liste und hat sich schon mal was erlaubt. Ist ein Anmach-Wiederholungstäter. Schick hat er sich gemacht. Weißes, akkurat gebügeltes Hemd, Jeans und ein paar Slipper. Es steht ihm besser als der Kittel im Heim.

Sie hat einfach ihr Blumenkleid noch mal angezogen. Im Ort gab es nichts, was mit dem Kleid hätte konkurrieren können. Und eine Bauch-weg-Hose schon gar nicht. Überhaupt war das Dorf eine Enttäuschung. Gertis und Mopsis Beschreibung war ziemlich zutreffend gewesen. Lebensmittel reichlich und ausgesprochen günstig, aber ansonsten nur jede Menge Schnapsläden und Zigarettenbuden.

Bohdan kommt auch nicht von hier, sondern aus Prag. Die Liebe hat ihn hierher verschlagen. »Jetzt ist Liebe weg und Bohdan noch da!«, stellt er nüchtern fest. Er war verheiratet und hat zwei erwachsene Töchter. Eine davon lebt in Süddeutschland. »Mit deutsche Mann, sehr zufrieden und glücklich. Nahe Stuttgart. Fahre oft auf

Besuch, bin also mobil!«, zwinkert er ihr zu. Die Blicke, mit denen er sie mustert, sind eindeutig. Er mag offensichtlich, was er sieht. Das wiederum lässt Juttas Unsicherheit, Bauch-weg-Hose hin oder her, weichen. Sie wird begehrt. Ein wunderbares Gefühl, an das sie sich kaum mehr erinnern konnte. Bohdan hat Witz und macht jede Menge Komplimente. Jutta will nicht, dass dieser Abend endet. Wäre das hier jeden Abend so, würde sie auch die eher trüben Tage im Heim dafür in Kauf nehmen. Sie ist wie im Rausch, obwohl sie nur zwei kleine Gläschen Wein getrunken hat.

Auf dem Heimweg, er hat sie bis kurz vor die Eingangstür des Tannenstifts begleitet, nimmt er ihre Hand: »Ich interessiere mich für dich, ich will alles wissen von dir. Zeit mit dir haben.«

Sie ist geschmeichelt, schon weil sie sich nicht für besonders interessant hält. Ihr Leben ist, jedenfalls bisher, nicht gespickt mit Abenteuern und aufregenden Geschichten. Es ist halt nur ein ganz normales Leben. Dann zieht er sie zu sich und küsst sie. Sanft und vorsichtig, so als wolle er gewiss sein, dass sie einverstanden ist. Sie hält sich an Mariannes Ratschlag und küsst zurück. Und sie genießt es.

Als sie im Bett liegt, kann sie nicht schlafen. Bohdan hat ihr viel verraten, aber noch immer nicht, wie alt er eigentlich ist. Scheint ihm nicht wichtig zu sein. Ihr ist es inzwischen fast egal, schließlich ging jede Annäherung von ihm aus. »Wir sehen uns morgen, ich habe Frühschicht. Und wenn du willst, wir sehen uns auch abends wieder.« Mit diesen Worten ist er weggegangen.

Jutta war kurz davor gewesen, ihn mit auf ihr Zimmer zu nehmen, aber Sex im Heim, das kam ihr doch sehr verwegen vor. Unpassend, hier wird gestorben und nicht gevögelt. Außerdem hat sie gewisse Hemmungen. Sex mit einem anderen Mann als Klaus? Sie will keinesfalls noch mal so was erleben wie mit Bernhard. Diese gruselige Regenwurmangelegenheit. Es schüttelt sie noch heute, wenn sie nur daran denkt. Die ganze Angelegenheit hatte nichts Schönes, war insgesamt einfach nur peinlich. Aber Bohdan ist ein ganz anderer Mann als Bernhard. Weniger erfolgreich vielleicht, aber auch sehr viel weniger selbstverliebt. Man hat bei Bohdan den Eindruck, er ruht in sich selbst. Er ist tiefenentspannt. Nichts an dem Abend war peinlich, alles hat sich wie von selbst ergeben und war wunderbar. Wie gerne würde sie das jetzt noch mit jemandem durchsprechen, vielleicht auch, um sich nicht in etwas hineinzusteigern. Es war bloß ein Kuss, kein Heiratsantrag. Sie kennt diesen Mann nicht wirklich. Sie hat sich einfach nur drauf eingelassen. Was hat sie schon zu verlieren?

Am nächsten Morgen im Frühstückssaal sieht sie ihn wieder. »Darf ich mich dazusetzen?«, fragt er sie höflich und schaut sie wieder mit diesem ganz bestimmten Blick an. Dieser »Ich will mehr«-Blick. »Sehr gerne!«, sagt sie, und er freut sich.

Leider bleiben sie keine zwei Minuten allein. Gerti mit Mopsi im Schlepptau kommt an den Tisch, und die zwei setzen sich, ohne zu fragen, frech dazu. »Wir stören doch nicht!«, grinst Gerti.

Jutta will alles, nur keinen Verdacht erregen. »Nein, kein Problem, Bohdan erklärt mir nur ein bisschen was zum Prozedere hier!«, rechtfertigt sie sich, ohne es zu müssen.

»Zum Prozedere, aha!«, kann sich Gerti einen spitzen

Kommentar nicht verkneifen. Ihre kleinen Augen huschen hin und her zwischen Bohdan und Jutta. Jutta merkt, wie ihr die Röte ins Gesicht schießt. Bohdan lächelt still vor sich hin.

»Geht's gut, Gerti? Alles klar? Wann kommt dein Sohn denn mal wieder?«, fragt Bohdan geschickt und lenkt vom »Prozedere« ab.

»Wahrscheinlich, wenn Silvester und Neujahr auf einen Tag fallen!«, reagiert Gerti sarkastisch. »Ich bin seit vier Jahren hier und hatte fünf Mal Besuch. Also alles eher übersichtlich. Es ist ihm zu weit. Obwohl er mich extra weit weg untergebracht hat. Man könnte auch *abgeschoben* sagen. Na ja. Er ist, wie er ist.« Jutta muss schlucken. Jetzt tut ihr Gerti sogar leid. Irgendwo muss all ihr Frust wahrscheinlich hin.

»Dafür kommen meine alle naselang angefahren!«, erzählt Mopsi.

»Immerhin haben sie zumindest ein schlechtes Gewissen!«, bemerkt Gerti.

»Ich sage ihnen einfach, dass sie das nächste Mal dich besuchen statt mich!«, macht Mopsi der strengen Gerti ein Angebot.

»Am liebsten würde ich jedes Erbe verprassen, damit nix übrig bleibt, aber es ist ja eh nix da!«, beschwert sich Gerti. »Wenn mehr Geld da wäre, würde ich wohl kaum hier wohnen!«, legt sie nach.

Jetzt fühlt sich Bohdan angegriffen. »Ist doch schon hier, was fehlt Gerti?«

»Glanz, Glitter und Luxus!«, kontert die scharfzüngig. »Nichts, wofür Tschechien bekannt wäre!«

Gut, von Glanz und Glitter kann man hier wirklich nicht sprechen. Aber es ist sauber, alle sind freundlich, und das Essen ist gut. Jedenfalls das, was es bisher gab.

»Aber warum sind Sie dann hier, wenn es Ihnen so gar nicht gefällt?«, mischt sich jetzt auch Jutta ein. Gerti wird ja nicht gegen ihren Willen hier festgehalten.

»Weil ich mir ein Heim in Deutschland kaum leisten kann und mein Sohn nicht bereit ist, auch nur einen Euro für seine Mutter lockerzumachen. Wer ist schon wirklich freiwillig hier?«

Mopsi unterbricht den Redeschwall und springt für das Tannenstift in die Bresche: »Ich bin gerne hier, es ist doch schön, und wir haben uns. Und das Essen ist fantastisch.«

»Wie man an dir ja sehen kann!«, kann Gerti einen Seitenhieb auf ihre Freundin nicht unterdrücken.

»Soll ich jetzt vielleicht noch Diät machen? Auf den letzten Metern hungern, statt genießen? Ich esse, was mir schmeckt, und vielleicht wärst du auch besser gelaunt, wenn du mal richtig zulangen würdest!«

Jutta hat Mopsi unterschätzt. Die lässt sich sprichwörtlich nicht die Butter vom Brot nehmen. »Die Damen«, versucht Bohdan, die Stimmung wieder zu heben, »Lust auf einen kleinen Spaziergang? Nach dem Frühstück?« Er ist raffiniert, geht auf ihre Beschwerden gar nicht ein und macht den Damen ein Angebot. Jutta nickt. »Sehr gerne gehe ich mit! Ein bisschen Frischluft kann nicht schaden.«

»Wie lange dauert dein ›Probewohnen‹?«, fragt Gerti.

»Morgen früh geht es weiter, ich gucke mir noch andere Sachen an!«, informiert sie Jutta.

»Schon genug vom Tannenstift?«, kommt eine weitere Frage von Gerti.

»Ja und nein, genug, um einen Eindruck zu haben. Zu wissen, dass das Tannenstift eine Option ist. Bisschen weit draußen, aber durchaus eine Option. Ich wäre gern näher an meinen Kindern. Hätte gern die Möglichkeit, mal eben bei den ihnen vorbeizuschauen. Aber ich finde es durchaus nicht schlecht. Besser als das Heim in meiner Nähe allemal. Ich mag die freundliche Atmosphäre«, gibt Jutta bereitwillig Auskunft. »Was glaubst du, warum deine Kinder wollten, dass du hierherkommst? Damit du nicht einfach überraschend vorbeischaust! Hier kommt man ja kaum weg, und wenn, dann sind es ewig lange Reisen mit Bus und Bahn«, haut Gerti verbal noch mal drauf. Jutta lässt das unkommentiert stehen. Ein bisschen was ist wahrscheinlich dran. Aber der Hauptgrund liegt sicher im »Aufbewahrungspreis«. Hier ist es einfach sehr viel günstiger.

Sie gehen spazieren. Mopsi, Frau Bergmann und Frau Klein, Bohdan und sie. Körperlich sind Frau Bergmann und Frau Klein fit. Händchen haltend und kichernd streunen sie durch den Wald. »Muss man sehr aufpassen, sonst sind sie weg!«, lächelt Bohdan. »Spielen auch gerne Verstecken.« Fast ist Jutta neidisch auf dieses ungezwungene Händchenhalten der beiden Frauen. Wie gerne würde sie Bohdans Hand greifen, aber Mopsi stapft neben ihnen her und würde das sicherlich brühwarm rumerzählen. Neuigkeiten für den abendlichen Heimklatsch. Schade, dass Gouvernante Mopsi mitgegangen ist, obwohl sie sich andererseits Mühe gibt, alle gut zu unterhalten. Sie ist recht zufrieden im Tannenstift.

»Könnte alles sehr viel schlimmer sein, und wenn man mal Pflege braucht (sie deutet auf das Händchenhaltepaar), ist man sehr gut aufgehoben. Aber du (sie zeigt auf Jutta), du gehörst hier noch nicht her. Du kannst noch gut alleine zurechtkommen.«

Jutta stimmt ihr zu. »Aber es ist trotzdem ganz gut, sich vorab Gedanken zu machen und sich umzuschauen.

Es hat was Beruhigendes. Und ich will mich nicht irgendwann in Zukunft an einen Ort verfrachten lassen, an dem es mir nicht gefällt.«

Mopsi nickt.

»Warum ist Gerti eigentlich so negativ?«, zeigt sich Jutta neugierig.

»Ist sie gar nicht, ist einfach ihre Art. Sie neigt zur Ironie und zum Sarkasmus. Sie meint es nicht so. Tief drinnen ist sie lieb!«, antwortet Mopsi. Für ihr Gewicht ist sie ziemlich gut zu Fuß. Man wundert sich manchmal. »Ich liebe es, im Wald zu sein!«, betont sie während des Spaziergangs mehrfach. »Leider haben die meisten Bewohner daran nicht viel Freude und hocken lieber im Gemeinschaftsraum und starren vor sich hin. Aber jeder, wie er mag. Was man aus dem Leben hier macht, dafür trägt man auch selbst die Verantwortung. Man muss nur raus aus dem Bett oder Sessel.« So hat es Jutta noch gar nicht betrachtet. Stichwort Eigenverantwortung. »Wer die Natur mag und gerne isst, so wie ich, kann im Tannenstift nicht viel falsch machen«, ergänzt Mopsi. Natur und Essen? Für Jutta darf es gerne ein bisschen mehr sein.

Bohdan freut sich über das Lob: »Ist das beste Heim, wo ich gearbeitet hat. Gute Stimmung.«

»Schon entschieden für das Tannenstift?«, fragt Mopsi. Nach ihren Lobpreisungen könnte man denken, sie bekäme Provision für jede Neubewohnerin.

»Ich bleibe noch eine Nacht und werde morgen wieder abgeholt. Dann gucke ich mir andere Einrichtungen an, und dann entscheide ich«, erklärt Jutta und bleibt absichtlich ein wenig vage. Was soll sie auch groß sagen, sie weiß es ja selbst nicht. Sie weiß, wie es ihr heute geht, wie sie sich fühlt, aber eins ist ihr klar: Die Zeit arbeitet in vielerlei Hinsicht nicht für sie. Wie klapprig wird sie bald sein, wie vergesslich oder gar dement? Wenn sie irgendwann gar nichts mehr kapiert, spielt es dann noch eine Rolle, wo sie vor sich hin dämmert? Oder spielt es dann erst recht eine Rolle? Braucht man im Alter, wenn man selbst nicht mehr so kann, unbedingt vertrauenswürdige und liebevolle Pflege und Umgebung? Jutta hat das Thema »Alt-Werden« über lange Jahre hinweg einfach ignoriert. Nach dem Motto: »Aus den Augen, aus dem Sinn!« Vielleicht ist es gut, dass die Kinder sie quasi gezwungen haben, sich mit dem Thema zu beschäftigen. So ist sie zumindest in der Lage, selbst eine Entscheidung zu fällen. Es hat sie nur gekränkt, wie eine senile Altlast behandelt zu werden. Wie etwas, was man schnell und so günstig wie möglich entsorgt. Dass keines ihrer drei Kinder auch nur in Betracht gezogen hat, sich selbst um sie zu kümmern, hat ihr zusätzlich wehgetan. Auch wenn man etwas selbst für sich ausschließt, ist es ein gutes Gefühl, zumindest das Angebot zu haben. Dann kann man ja immer noch generös abwinken.

Als Mopsi ein paar Schritte vorausläuft, zischt ihr Bohdan zu: »Sehen wir uns heute Abend?«, und streicht ihr dabei sanft über die Schulter. Jutta will am liebsten mehr, mehr, mehr, antwortet aber nur brav: »Ich hoffe es!« Bohdan lächelt sie an und wirkt enorm erleichtert. »Ich hatte sehr darauf gehofft und Angst, du wurdest sagen Nein!«

Mopsi scheint Antennen für Vertraulichkeiten zu haben und wirft den beiden einen wachen Blick zu. »Gibt's was Wichtiges?«, ruft sie.

Jetzt guckt Bohdan wie ertappt. »Nein, nein, alles in Ordnung!«, antwortet er Mopsi.

Jutta lächelt einfach. Es besteht ja keine Auskunftspflicht.

Mopsi grinst. »So, so!«

Jutta mag Mopsi. Sie hat etwas Fröhliches. Zum einen durch ihre Aufmachung. Mopsi ist eine der Frauen, die Jutta Buntfrauen nennt. An ihr ist nichts beige oder pastellfarben. Jetzt, auf dem Waldspaziergang, trägt sie eine pinke Cordhose, dazu eine türkisfarbene Fleecejacke und einen knallgelben Schal. Alles ist einen Tick zu eng, aber Mopsi trägt es mit einer Grandezza, dass es keinerlei Rolle spielt. Jutta selbst wäre der Look zu laut, zu schrill und zu auffällig. Sie ist keine Frau, die gerne alle Blicke auf sich zieht. Sie mag es dezent. Schlicht. Ihr neues Blümchenkleid ist die berühmte Ausnahme von der Regel. Aber es stimmt, was immer behauptet wird: Kleider machen Leute. Eigentlich ein Fehlkauf. Aber in ihrem Blümchenkleid fühlt sie sich anders als sonst. Aufregender. Das Kleid verleiht ihr etwas, was sie im Leben eher nicht hat. Eine gewisse Leichtigkeit. Normalerweise ist ihr Zweckmäßigkeit wichtig. Dass Klamotten praktisch sind und pflegeleicht. Sie will nicht Dienerin ihrer Kleidung sein. Wegen irgendeinem Fummel in die Reinigung laufen. Bügeln gehört nicht zu ihren Lieblingstätigkeiten. Waschen und aufhängen. Fertig. Jetzt, wo sie Mopsi in dieser Farbigkeit sieht, ist ihr auch nach mehr Farbe im Leben.

Bohdan und sie treffen sich nach dem Abendessen wieder ein Stück entfernt vom Tannenstifteingang. Wie zwei Teenies, die nicht erwischt werden wollen. Nicht besonders souverän, denkt Jutta. Mit achtundsechzig Jahren solche Heimlichkeiten. Aber vielleicht ist es Bohdan laut Arbeitsvertrag verboten, privaten Kontakt mit Heimbewohnerinnen zu haben?

»Wir können bei mir ein Glas Wein trinken und unterhalten!«, schlägt ihr der Tscheche vor.

Sie hat sich den ganzen Tag gefragt, was heute Abend passieren könnte. Bisher war sie davon ausgegangen, wieder im Weinlokal zu landen. Und nun? Sie erinnert sich an einen Satz ihrer Mutter, als es um erste Verabredungen ging: »Lass es nie zum Äußersten kommen!« Genauer hat sie das damals nicht beschrieben, und Jutta hatte sich lange Zeit gefragt, was dieses Äußerste wohl sein könnte. Ist ein Ja zum Hausbesuch bei Bohdan auch ein Ja zum Äußersten? Würde sie das wollen, oder wäre das absolut verfrüht? Worauf warten, sagt eine Stimme in ihr, muss ich hier erst im Tannenstift wohnen, um noch mal Sex zu haben? Die andere Stimme mahnt. Das ist doch von vorneherein nichts, was auf Dauer angelegt ist, das hier wäre definitiv ein One-Night-Stand, etwas Einmaliges. Was, wenn sie das am Ende nur noch einsamer macht? Was, wenn sie sich verliebt, in einen Mann, mit dem mehr quasi unmöglich ist? Man kann auch zu viel denken, schilt sie sich selbst. Abwarten und aus dem Moment heraus entscheiden, das wäre sicherlich eine Option. In ihrem Kopf rattert es.

»War das falsche Frage?«, stört Bohdan ihren Gedankenfluss. »Wollte nur Ruhe für uns, nicht andere Gedanken!«, entschuldigt er sein Ansinnen.

Bohdan ist kein Bernhard, das weiß Jutta instinktiv. Er macht nicht den Eindruck eines Mannes, der sie überrumpeln wird. Außerdem ist sie auch ein wenig neugierig, wie Bohdan lebt.

Bescheiden lebt er. Es ist eine kleine Zweizimmerwohnung, eher spartanisch eingerichtet. »Mobel alles bei Ex-Frau, habe ich ihr gelassen, brauche nicht viel fur mich«, entschuldigt er sich, noch bevor sie irgendetwas sagen kann. Er hat Gemüse geschnitten und einen Dip gemacht. »Wenn noch Appetit!«, erklärt er. Die Kerze auf seinem

Couchtisch sieht neu aus. »Sekt, Wein oder Wasser, habe auch Limonade!«, präsentiert er die Getränkeauswahl.

Sie entscheidet sich für Wein. Sie sitzen auf der Couch, nebeneinander, ohne sich zu berühren, und wirken wie zwei Fremde in einem beliebigen Wartezimmer. Jutta glaubt, dass Bohdan mindestens so angespannt ist wie sie. Sie greift nach seiner Hand. »War ich so schlimm nervos, ob du kommst oder nicht«, sagt er leise und drückt ihre Hand. Sie drückt zurück, und er streichelt mit seinem Daumen ihre Hand. Jetzt muss sie doch lachen. Sie sind ja scheuer als zwei Vierzehnjährige. Jutta rutscht sich nach dem ersten Schluck Wein ein bisschen näher an ihn heran und traut sich dann, ihn zu küssen. Sie ergreift die Initiative. Ungefähr so typisch für sie wie ihr Blümchenkleid. Bohdan wirkt verzückt. Und so kommt eins zum anderen, und das Gemüse welkt hübsch angerichtet im Glas vor sich hin.

Jutta beschließt, über Nacht zu bleiben, und hofft, dass es im Tannenstift niemand merkt und eine Suche nach ihr ausgelöst wird. Aber sie ist nun mal keine Insassin, sondern nur eine Besucherin.

»Muss man sich über Nacht abmelden bei euch?«, fragt sie Bohdan.

»Nicht du, bist Besucherin, sonst ja.«

Es ist alles so anders als mit dem grauenvollen Bernhard. Kein Regenwurmalarm, was wahrscheinlich auch mit dem Alter von Bohdan zu tun hat, und keinerlei Peinlichkeit. Der Sex hat etwas Selbstverständliches. Jutta ist überrascht von sich selbst. Sie hält sich nicht mit Dingen wie Baucheinziehen auf, sondern genießt einfach nur. Bohdan ist, soweit es Juttas Vergleichsmöglichkeiten zulassen, ein ausgesprochen zärtlicher Liebhaber. »Geht noch, zum Gluck, bin aus Ubung. Aber nicht verlernt.«

Als Jutta ihn kurz vor dem Schlafen fragt, wie alt er denn nun sei, will er wieder ausweichen. »Spielt keine Rolle!«, wiederholt er sich. »Wenn es keine Rolle spielt, kannst du es ja auch sagen!«, nutzt sie seine Logik für sich.

»Achtundfunfzig Jahre, aber bald neunundfunfzig!«, antwortet er und küsst sie.

Das sind zehn Jahre, denkt Jutta und rechnet weiter. Wenn sie achtzig ist, ist Bohdan gerade mal siebzig. Ungefähr so alt wie sie jetzt. Wollte sie mit einem Ü-Achtziger zusammen sein? Nein, da ist sie sich sicher. »Ich bin sehr viel älter als du!«, entfährt es ihr.

»Ich weiß, aber schon gesagt, spielt keine Rolle. Mir egal«, weist er sie mit einem trotzigen Unterton zurecht. Warum heute an übermorgen denken und vorausschauend hadern, entscheidet sie und lächelt einfach zehn Jahre weg. Schließlich muss sie sich ja nirgends ausweisen.

Nachts um vier Uhr wird sie schlagartig wach und ist zunächst verwirrt. Wo ist sie? Sie wirft einen Blick auf den haarigen Arm, der auf ihr liegt. Bohdan. Der kleine Bohdan. Er hat eine gute Figur, besser als sie vermutet hatte. Muskulös, ein Mann, der sein Leben offensichtlich nicht im Bürostuhl verbracht hat. Tröstlich für Jutta, auch er hat einen kleinen Bauch. Aber er scheint ein sehr gutes Körpergefühl zu haben. Ungezwungen. Die Art, wie er sich nackt bewegt hat, bei voller Beleuchtung, hat auch auf Jutta eine sehr beruhigende Wirkung gehabt. All die Komplimente, die er ihr gemacht hat. Und jetzt dieser Arm, der auf ihr liegt. Diese Nähe. Sein Geruch. Dazu dieses gleichmäßige ruhige Atmen. Es ist schön, mit jemandem das Bett zu teilen. Das hat Jutta immer gefunden. Egal, wie sehr sie sich über Klaus geärgert hat, wie unglaublich er ihr auf die Nerven gegangen ist, nachts hatte sie ihn immer gern nah bei sich. Nie konnte sie Frauen verstehen, die auf zwei getrennte Schlafzimmer bestanden haben. Jutta würde eine Beziehung fast schon dafür eingehen, um nachts jemanden im Bett zu haben. Beim Umdrehen zu spüren, da ist noch jemand. Da ist Wärme. Atmen. Nie hat sie das gestört. Selbst ein dezentes Schnarchen ist ihr lieber als das große Nichts.

Neben Bohdan zu liegen, einem Mann, den sie kaum kennt, könnte komisch sein. Ist es aber nicht. Ganz im Gegenteil. Vielleicht sucht sie die nächtliche Nähe, weil sie im Alltag und bei Tageslicht mit diesem Thema oft sehr unbeholfen ist. Er bewegt sich. Jutta will ihn nicht wecken, macht sich aber so langsam Sorgen, wie sie morgen wieder, ohne aufzufallen, zurück in das Tannenstift kommen kann. Sie ist achtundsechzig Jahre alt und fürchtet Kommentare. Natürlich könnte und müsste man darüberstehen. Wie kindisch von ihr.

»Bist du wach?«, haucht Bohdan.

»Ja, schlaf einfach weiter«, antwortet sie leise.

»Hast du bedauert, was geschehen?«, fragt er zögerlich.

»Nein, es war sehr schön«, kann sie ehrlich entgegnen.

»Ja, sehr, sehr schon mit dir, schone Frau, schone Seele und schone Sex!«, schmeichelt ihr Bohdan.

Solche Mengen an Komplimenten kommen Jutta fast schon verdächtig vor. Er kann ja kaum sie meinen. Sie ist schon immer eine Realistin, und davon mal abgesehen, ist sie es einfach nicht gewohnt, dass ihr jemand ständig Nettes sagt. »Du bist ein ganz schöner Schmeichler!«, sagt sie, und kaum ist der Satz raus, bereut sie ihn auch schon. Wieso nicht einfach Danke sagen? Immer zweifeln und misstrauisch sein, warum nur kann sie nicht anders?

»Ich sage, was ich denke, sehe und fuhle!«, sagt Bohdan und knipst die Nachttischlampe an. Er schaut sie an. »Einfach schon, wirklich schon.«

Jutta hält die Klappe und küsst Bohdan. »Lass uns noch schlafen und morgen früh überlegen, wie wir mich wieder ins Heim schmuggeln!«

Als sie am nächsten Morgen wach wird, ist Bohdans Bettseite leer. Sie hat keine Kleidung zum Wechseln dabei, weder frische Wäsche noch sonst etwas. Eine Zahnbürste zumindest wäre eine feine Sache, überlegt sie. Sie hört Geräusche. Bohdan scheint in seiner kleinen Küche zu sein. Es riecht nach Spiegelei. Hat sie durch Zufall einen Jackpot erwischt, einen Mann, der gut im Bett ist *und* einen Herd bedienen kann?

Sie zieht sich ihre Unterwäsche an und geht Richtung Küche. »Du bist wach, habe gemacht ich Fruhstuck.« Fruhstuck, ein fantastisches Wort für Menschen, die keine Umlaute können. Aber wie lieb! Sie kann sich nicht erinnern, dass, ausgenommen in ihrer Kindheit, jemals jemand für sie Frühstück gemacht hat, ob mit oder ohne Umlaut.

Bohdan sucht einen Bademantel für sie und schiebt ihr den Stuhl an den kleinen Tisch aus Kunststoff. Sie erinnert sich, dass ihre Eltern einen solchen Tisch hatten. Beine aus Metall und eine grauweiß gesprenkelte Plastikplatte, die man für den Fall der Fälle ausziehen konnte. Im Gegensatz zu ihrer Mutter hat Bohdan eine Tischdecke über das Gesprenkelte gelegt. Die ist ein bisschen kurz, und das Gesprenkelte zeigt sich an der Kante. Eier hat er gemacht und schon Brötchen geholt. Mitten auf dem Tisch steht eine kleine Vase mit einer Rose, alles ist einfach, aber sehr liebevoll. Musste sie bis nach Tschechien fahren, um einen Mann zu finden, der so etwas macht? Eine sogenannte gute Partie wie der Metzger-Meier-Sohn ist Bohdan offensichtlich nicht. Aber braucht sie eine gute Partie? Sie kann ihr Leben, in einem bescheidenen Rahmen, selbst finanzieren.

»Fahrst du heute nach Hause?«, fragt Bohdan.

»Nicht nach Hause, aber ich fahre heute weiter. Mache meine Heimtour. Gucke mir noch zwei, drei andere Unterbringungsmöglichkeiten an.«

»Also bist du weg und kommst erst vielleicht in zwanzig Jahren zurück, wenn wirklich alt. Nicht gut«, kommentiert Bohdan ihre Antwort. Er hat sogar Witz, denkt Jutta. »Will ich nicht, dass du wegfahrst!«, insistiert er erneut.

Auch Jutta will nicht weg. Sie will das hier gerne ein bisschen weiterleben. Ausprobieren. Das mit Bohdan. Auf das Tannenstift allerdings kann sie verzichten, aber hier in der klitzekleinen Wohnung sitzen und warten, bis Bohdan vom Arbeiten kommt, kann sie sich auch nicht vorstellen. »Es ist schwierig«, stellt sie fest. »Ich würde dich auch gerne richtig kennenlernen, aber wie soll das gehen?«, sagt sie nur und fühlt sich wie Aschenputtel, wenn die Kutsche wieder zum Kürbis wird. Kleines kurzes Glück, ohne Aussicht auf mehr. Sehr schade. Sie seufzt.

»Alle ist möglich! Muss man nur wollen!«, entgegnet Bohdan, zieht sie zu sich und gibt ihr einen Kuss. Es scheint tatsächlich einiges möglich, denn Bohdan hat sogar den Umlaut gesprochen.

»Aber wie, Bohdan, wie soll das gehen, du hier, Hunderte von Kilometern entfernt von mir? Wenn wir realistisch sind, hat das keine Zukunft. Keine Perspektive.«

»Wir machen Besuche, ich komme, du kommst, und dann wir sehen!«, sagt Bohdan einfach, und in Jutta glimmt ein bisschen Hoffnung auf. Er will das wirklich, das Gucken, ob da mehr geht.

Eins hat sie zumindest in Hülle und Fülle, Zeit. Sie kann ab und an herkommen, und Bohdan kann, wenn er freihat, in den Zug steigen und zu ihr kommen. Warum nicht mal etwas probieren und nicht von vorneherein denken, es gäbe keine Aussicht. Jutta neigt nicht zum überbordenden Optimismus, sie weiß, diese Haltung schützt vor Enttäuschung. Wenn sie sich hier auf »etwas« einlässt, kann es sein, dass es richtig in die Hose geht. Wenn sie, bevor es überhaupt richtig anfängt, die Sache stoppt, waren es ein paar wunderschöne Tage und nicht mehr.

»Ich will nicht, dass es vorbei ist, hat noch gar nicht richtig angefangen, aber ich habe warmes Gefühl in meine Herz! Lass uns versuchen, und wir sehen, was passiert!«, bleibt Bohdan hartnäckig. Er scheint ihre Skepsis zu spüren. »Als Erstes du gibst mir Telefonnummer und Adresse, ich lasse dich nicht gehen ohne.«

Jutta freut sich über diese Beharrlichkeit. Sie scheint ihm wirklich zu gefallen, und das warme Gefühl im Herzen, das er erwähnt hat, hat sie auch. Das war mehr als Sex. Aber auch der Sex allein wäre es wert gewesen.

»Schreib auf, und dann gehen wir in Heim zurück. Muss ich arbeiten, leider. In fünfundvierzig Minuten muss da sein. Sonst wir konnten Tag in Bett verbringen.« Bohdan grinst. Ein herrlicher Gedanke. Einfach die nächsten Tage hierzubleiben und all den Sex aufholen, den sie in den letzten Jahren nicht hatte. Er legt ihr einen Zettel und einen Stift hin und sagt: »Bitte aufschreiben.« Sie tauschen die Telefonnummern. »Ich mache Abschied lieber hier, sonst nachher muss ich weinen in Tannenstift, will ich nicht.«

Sie laufen zurück Richtung Heim. Gibt es wirklich eine Perspektive, oder ist das nur eine Hoffnungsseifenblase? Ein kleines Trostpflaster, das sich nach und nach löst. An den Rändern wellt, bis es abfällt. Wäre es nicht besser, jetzt und hier einfach zu sagen, es war schön, aber es ist nicht alltagstauglich. Ratsch, weg mit dem Pflaster.

Sie weiß es nicht.

Die letzten hundert Meter vor dem Heim trennen sie sich. Er umarmt sie, und sie küssen sich ein letztes Mal. »Gehe ich vor, und in funf Minuten kommst du von andere Seite. Muss nicht jeder sehe in Tannenstift, kriege ich sonst Arger.«

Jutta weiß nicht genau, was es andere angeht, was Bohdan in seiner Freizeit so treibt, aber sie möchte natürlich nicht, dass er »Arger« bekommt. Trotzdem spürt sie einen Hauch von Eifersucht. Hat er das schon mal gemacht und ist erwischt worden? Längst mehrfach abgemahnt von der Heimleitung? Steht er auf alte Frauen, oder nimmt er, was man sehr einfach haben kann? Obwohl er so unglaublich lieb war, bleibt ein Rest Misstrauen, den sie nicht so leicht abschütteln kann.

Ihr »Fünf-Minuten Trick« hat nicht wirklich gut funktioniert. Die Erste, die ihr über den Weg läuft, ist Gerti. »Na, gibt's was, was Sie uns erzählen wollen?«, erkundigt sie sich ohne Umschweife.

Jutta schüttelt den Kopf und merkt, wie die Röte ihr Gesicht überzieht. »Ich war spazieren, eine kleine Morgenrunde!«, antwortet sie pflichtschuldig. Dabei geht es diese verdammte Gerti ja nun überhaupt nichts an, wo sie mit wem war und was sie gemacht hat.

Aber Gerti ist eine dieser Frauen, denen man sich schwer widersetzen kann. »Bohdan ist auch eben gekommen!«, grinst Gerti, aber es wirkt nicht besonders freundlich. Eher hämisch.

»Tja, die Welt ist voller Zufälle und Überraschungen!«, entgegnet Jutta und denkt nur: Du kannst mich mal.

Mopsi gesellt sich zu den beiden. »Geht es heute heim?«, fragt sie, und Jutta ist froh über den Themenwechsel.

»Ja, ich werde gegen Mittag abgeholt«, antwortet sie und macht sich mit einem freundlichen »Tschüs, ich muss packen!« auf den Weg in ihr Zimmer. Schon piept ihr Handy. »Wann sehen wir wieder?«, verziert mit Herzchen-Emoji. Sie will, wie aus einem Impuls heraus schreiben, dass sie ja noch da ist, aber wäre das nicht zu viel Ironie? Warum nicht einfach mal das schreiben, was man fühlt? Ironie und flapsige Bemerkungen sind oft genug ein Schutzschild. »Ich hoffe, sehr bald!«, antwortet sie, und im Überschwang sendet sie noch ein Kuss-Emoji hinterher. Was hat sie zu verlieren?

Fritzi ist pünktlich. Jutta verabschiedet sich von Gerti und Mopsi, die an der Rezeption rumlungern, und natürlich auch von Frau Helmlos-Kranz. Von Bohdan keine Spur. Im Stillen hatte Jutta gehofft, ihn noch einmal zu sehen. »Sagen Sie mir in den nächsten zwei Wochen Bescheid, ob wir Sie hier dauerhaft begrüßen dürfen?«, bittet die Heimleiterin. Jutta verspricht, sich zu melden, bedankt sich und steigt zu Fritzi ins Auto.

»Und? Das willst du doch nicht im Ernst? Hier im Wald hocken und aufs Ende warten?«, redet die direkt auf sie ein.

»Alles hat auch sein Gutes!«, lächelt Jutta und ist sehr froh, diesen Abstecher gemacht zu haben.

»Wilma hat mir die Adresse dieser Senioren-WG gegeben. Sie kennt über zwei Ecken einen der Bewohner, also eher dessen Neffen, und weiß, dass die zwei Frauen für ihre WG suchen. Wie gesagt, wenn du magst, machen wir einen Abstecher dahin. Ist in der Nähe von Rostock, und wir können dann von da über Hamburg an die Nordsee. Was denkst du?«

Jutta denkt nur Bohdan, Bohdan, Bohdan. »Ist mir recht, können wir gerne machen, wenn es dir nicht zu viel ist. Muss aber nicht sein. Ganz wie du magst.«

Bohdan, Bohdan, Bohdan.

»Ich war noch nie in Rostock und gucke mir gerne was an, was ich nicht kenne. Lasse mich treiben, wenn ich freihabe. Aber wenn du lieber nach Hause willst, kann ich dich auch am Bahnhof rauslassen.« Fritzi scheint über ihre nicht besonders euphorische Antwort beinahe ein wenig beleidigt.

»Entschuldige, ich war mit meinen Gedanken woanders, tut mir leid, ich freue mich über jede Art von Ausflug mit dir«, entschuldigt sich Jutta. Eine so gleichgültige Antwort hat Fritzi mit all ihrem Engagement nicht verdient.

»Schon gut, dann starten wir doch direkt durch. Rostock soll schön sein!«, zeigt sich Fritzi versöhnt.

Wie angenehm, wenn jemand gar nicht nachtragend ist. Eine Entschuldigung annimmt, ohne Wenn und Aber. Sie selbst ist nicht ganz so gut darin.

Sie machen eine Pause in Berlin, am Prenzlauer Berg, wo Fritzi mal gewohnt hat, damals, als alles noch sehr viel weniger Mutti- und SUV-Kiez war. Jutta entschließt sich, Fritzi die Bohdan-Geschichte zu erzählen. Sie ist so voll von Eindrücken, Gefühlen und Hormonen, es muss schlicht raus. Sie weiß nicht, wem sie es sonst mitteilen sollte. Ihre Kinder scheiden aus. Sie würden sie für komplett verrückt halten. Marianne will sie erst etwas sagen, wenn es tatsächlich in irgendeiner Form Bestand hat. Sie will Bohdan, aber auch sich selbst schützen vor dummen Kommentaren. Bei Fritzi weiß sie, dass die zuhört. Egal, was Fritzi dazu sagen wird, wirklich verletzen wird sie Jutta nicht. Außerdem kann einen nur jemand in der Tiefe verletzen, der einem sehr nah ist. Noch ist Fritzi eine neue und nette Bekannte. Allerdings definitiv mit Potenzial für mehr. Auch dass Fritzi sie und ihr Leben, das, was bisher war, nicht genau kennt, macht die Sache für Jutta leichter.

Fritzi hört zu und staunt. »Das ging ja ratzfatz, du machst echt Nägel mit Köpfen. Was ist das denn für ein Kerl?«

Jutta legt los und ist selbst über sich und ihre Schwärmereien erstaunt. Sie ist keine Frau, die schnell den Kopf verliert. Zumindest bisher. »Er ist nicht groß, aber er hat eine sehr gute Figur. Breit, muskulös, und er fasst sich gut an. Er riecht gut. Er küsst fantastisch, und der Rest (sie beschließt, nicht ins Detail zu gehen) ist auch toll.« Sie könnte ewig weiterschwelgen und tut es. »Er behandelt mich respektvoll, aufmerksam und macht beständig Komplimente. Als ich aufgewacht bin, hatte er schon Frühstück gemacht.«

Fritzi unterbricht sie. »Könnt ihr euch denn unterhalten, oder läuft das alles eher nonverbal ab?« Sie kichert.

Jutta betont die guten Deutschkenntnisse von Bohdan. »Das Beste, er interessiert sich für mich. Für das, was ich bin. Was ich will. Was ich erlebt habe. Er fragt. Er spricht. Er redet nicht nur von sich. Okay, Umlaute sind nicht seine Stärke.«

»Na, das scheint echt ein Superschnapp zu sein!«, reagiert Fritzi gelassen. »Aber einen kleinen Nachteil hat er. Er lebt und arbeitet im Tannenstift in Tschechien. Kann natürlich auch ein Vorteil sein, so eine Entfernung. Oder war das eher eine kleine Zwischennummer?«

Wenn Jutta das so genau wüsste, wäre sie einen Schritt weiter. »Wir werden sehen, er schreibt am laufenden Band, will mich bald wiedersehen. Will, dass wir uns richtig kennenlernen. Aber du hast schon recht, es ist einfach weit. Ob das im Alltag funktionieren kann, ich bin mir mehr als unsicher.«

»Wenn man was will, geht es meistens. Du bist ja zeitlich flexibel«, antwortet Fritzi.

»Ach, ein Problem habe ich noch vergessen«, ergänzt Jutta, »er ist viel jünger als ich. Um genau zu sein, zehn Jahre.«

Fritzi lacht lauthals. »Wieso ist das ein Problem? Es ist genau das Gegenteil, nämlich ein Vorteil. Alt werden die von selbst. Und mal ehrlich, Frauen leben eh länger, dann ist das doch das perfekte Match. Und körperlich ist es allemal besser als so ein alter Zausel.«

Inhaltlich stimmt ihr Jutta komplett zu, aber der Gedanke, einen so viel jüngeren Mann ihren Kindern zu präsentieren, macht sie schon jetzt verlegen. Überhaupt die Kinder. Was werden die sagen? Denken? Wie werden sie reagieren? Sie fragt Fritzi.

»Im besten Fall freuen sie sich für ihre Mutter. Alles andere wäre schäbig. Und müsste dich schon deswegen auch nicht kümmern.«

Müsste. Fritzi drückt es treffend aus, denn Jutta weiß, dass sie sich furchtbar grämen würde, egal, ob sie müsste oder nicht. Es reicht ja nicht, im Recht zu sein. Und sie ist noch nicht mal sicher, ob sie das wirklich ist. Kann man den Kindern einen neuen Mann an ihrer Seite zumuten? Ist sie zu übervorsichtig und rücksichtsvoll? Oder sind all diese Gedanken sowieso vollkommen verfrüht?

»Warte einfach ab, es gibt keinen Mitteilungszwang für Mütter. Und vor allem entspann dich, du weißt doch selbst noch nicht, worauf das alles hinausläuft!«, ergänzt Fritzi.

Allein diese Ungewissheit, was das eigentlich war und sein könnte, steigert Juttas Anspannung. Sie mag keine Ungewissheit. Sie liebt klare und eindeutige Verhältnisse.

»Ungeduld beschleunigt den Prozess nicht!«, sagt Fritzi. »Also kannst du auch einfach nur happy sein.«

Just als Fritzi das sagt, macht ihr Handy wieder ein Geräusch. »Sag mir, wann ich dich wiedersehen darf. Will mich schon freuen!« Die Euphorie von Bohdan ist etwas, was Jutta einschüchtert. Wie kann jemand derart begeistert sein, vor allem von ihr? Das weckt ihre Skepsis, bei aller Freude. Sie findet sich bestenfalls durchschnittlich, aber vielleicht sind seine Ansprüche ja auch niedrig, und er ist froh, in dieser Einöde eine abbekommen zu haben, die jünger als achtzig ist.

»Ich melde mich, wenn ich zu Hause bin, und dann machen wir einen Termin!«, schreibt sie nur kurz. Sie weiß, als sie auf Senden drückt, dass das sehr nüchtern war. Emotionsfrei. Aber das ist nun mal ihr wahres Ich. In nichts reinsteigern, auf dem Boden bleiben, Dinge pragmatisch sehen. So ist sie bisher gut durch ihr Leben gekommen. Wer nicht zu viel erwartet, wird auch nicht enttäuscht, das Credo von Klaus hat sie verinnerlicht.

Vielleicht ist es Zeit, das zu überdenken. Mache ich, wenn ich zu Hause bin, da nehme ich mir die Zeit, denkt sie. Wenn sie eines hat, dann Zeit. Am Anfang war sie ratlos, was sie mit all der Zeit tun sollte. Alles was ihrem

Leben Struktur gegeben hat, war auf einmal weg. Erst die Kinder, dann Klaus, dann ihre Arbeit. Viel ist nicht geblieben von meinem Leben, schwirrt ihr durch den Kopf. Was bin ich? Eine einsame Frau in einem zu großen Haus ohne Aufgabe. Das klingt noch schlimmer, als es sich anfühlt. Aber es entspricht der Wahrheit. Sie kennt all diese Herzschmerzfilme, in denen Frauen sich wie nasse Pudel dreimal schütteln, um dann komplett gewandelt, optisch und innerlich, in ein ganz anderes, viel tolleres und aufregenderes Leben durchstarten. Aber sie weiß, dass das Filme sind. Sie weiß noch nicht mal, ob sie das will. Und der Glaube an die Möglichkeit fehlt ihr auch. Man ist, was man ist. Vielleicht kann man kleine Schritte in eine andere Richtung machen, aber dieses »Wow – jetzt lebe ich mein Leben« hält sie für utopisch. Sie ist gut zurechtgekommen bisher, hat ihren Kram erledigt, hatte ihr Auskommen, nie Schulden gehabt, ist nie straffällig geworden, aber mehr auch nicht. Sie hat es so gut gemacht, wie sie konnte. War sie in irgendwas herausragend? Nein. Sie war kein besonders guter Mensch und eine besonders gute Mutter wahrscheinlich auch nicht. Die Rolle gehörte zu den Aufgaben, die sie erledigt hat. So gut sie eben konnte.

Auf ihrem Grabstein wird nicht stehen: Hier liegt die herausragende Jutta. Eher schon: Hier liegt Jutta: Sie hat sich um gar nichts besonders verdient gemacht.

Das alles so zu sehen, ist schmerzhaft, aber vielleicht normal. Es gibt Momente im Leben, da zieht man ein Fazit. All die Jahre war nicht mal dafür Zeit. Gut, in den letzten zehn Jahren hätte sie Zeit gehabt. Aber wenn man anfängt, sich diese Fragen zu stellen, dann wird es schnell unangenehm. Wer nicht fragt, bekommt keine doofe Antwort. Auch nicht von sich selbst. Schon aus diesem Grund hat Jutta einfach verdrängt. Jetzt poppt all das auf. Mit Macht.

Von Berlin hat sie nicht viel mitbekommen. Sie war in ihrem Kopf unterwegs, hat keinen Blick für die Umgebung.

»Entschuldige, wenn ich so wortkarg bin«, erklärt sie sich Fritzi, »in meinem Kopf kreisen so viele Eindrücke und Gedanken!«

»Schon gut, hormoneller Ausnahmezustand! Du hast mein vollstes Verständnis«, kichert die. »Warst du eigentlich mal trainieren, also schwimmen?«

Jutta verneint. »Da ist nur der See, und jetzt war mir das einfach noch zu kalt. Im Hochsommer könnte das gehen. Ich hoffe, ich habe meine Kraulgrundkenntnisse jetzt nicht gleich wieder verlernt«, rechtfertigt sich Jutta.

»Mach dir keinen Kopp, und wenn du müde bist, kannst du ruhig ein Stündchen schlafen, mir macht das nichts. Ich mag Autofahren, das hat für mich was Meditatives, du musst mich also nicht unterhalten.«

Jutta merkt erst, als Fritzi es angesprochen hat, wie müde und erschöpft sie ist. Sex kann anstrengend sein, bei allem Spaß. Dieses intensive Beisammensein, diese Körperlichkeit, das gab es lange nicht in ihrem Leben. Es ist aufwühlend, auf eine gute Art. Aber dieses offene, dieses nicht wissen, was kommt, dass macht sie nervös.

Sie scheint tatsächlich eingeschlafen zu sein, denn als sie aufwacht, sind es nur noch hundert Kilometer bis Rostock.

»Du hast wie ein Stein gepennt, unglaublich, ich habe sogar telefoniert und Podcast gehört, sogar mal kurz Rast gemacht, und du hast dich nicht gerührt«, sagt Fritzi.

Jutta ist überrascht. Normalerweise ist sie keine gute Beifahrerin, und die Kontrolle abzugeben, liegt ihr auch nicht. Erstaunlich. Aber die Nacht mit Bohdan war sowohl aufregend und aufputschend als auch extrem ermüdend. »Tut mir leid, das mache ich sonst nie!«, entschuldigt sich Jutta.

»Kein Ding, ich habe es dir doch angeboten. Noch eine Stunde etwa, dann sind wir da. Habe uns in einer Pension eingebucht, ich hoffe, das ist okay für dich. Fünfunddreißig Euro pro Person, mit Frühstück. Ich wollte dich deswegen nicht wecken. Und morgen kannst du gegen elf Uhr in der WG vorbeischauen. Auch schon organisiert. Und hier ist eine Laugenbrezel von der Tanke. Betreutes Reisen sozusagen.« Sie lacht.

Jutta findet das herrlich. Dass sich jemand kümmert, um ihre Belange, dass sie eine Art private kostenlose Reiseleiterin hat. Bei Klaus und ihr war das anders. Klaus hat bestimmt und gewählt, sie dann organisiert. Beim Autofahren haben sie sich abgewechselt. Dass Fritzi so freundlich mit ihr ist, schürt Juttas Skepsis. »Warum bist du eigentlich so nett mit mir?«, platzt es aus ihr heraus.

»Warum sollte ich denn nicht nett sein?«, fragt Fritzi zurück.

Jutta beschließt, diese Freundlichkeit zu genießen und nicht mehr zu hinterfragen. »Das ist sehr schön!«, freut sie sich.

Sie reden übers Leben. Über das, was war, und das, was sie sich in Zukunft erhoffen. Juttas Pläne klingen bescheiden im Vergleich zu Fritzis. Gesund bleiben will sie. Unabhängig. Liebe wäre schön. Mehr Geselligkeit. Fritzi hingegen will hoch hinaus. Sie möchte eine Schwimmschule aufmachen und dann gerne Filialen in anderen Städten eröffnen. »Think big ist mein Motto!«, kichert sie. Sie brauche nur noch einen Investor für ihr »Ohne Flügelchen«-Projekt. Jutta zuckt zusammen. Denkt Fritzi etwa, sie könnte das sein? Ein lustiger Gedanke.

»Ich habe nicht so viel Geld, also, ich komm klar, aber ich kann kein Geld irgendwo reinstecken!«, bemerkt sie schnell.

»So war das nicht gemeint, Jutta«, antwortet Fritzi, »ich fahre doch nicht mit dir weg, um dich auszunehmen! Oder dich in ein Invest reinzureden. Wir haben einfach nur über unsere Träume geredet. Du schiebst verdammt schnell Panik.«

Es tut Jutta sofort leid. Woher kommt ihre Angst, dass man nur dann etwas mit ihr macht, weil man etwas von ihr will? Hätte sie doch einfach ihre Klappe gehalten. Jetzt ist es ihr peinlich, Fritzi diese Absicht unterstellt zu haben. »Ich spinne, ich kann es nie glauben, dass man einfach so mit mir zusammen ist. Sei mir nicht böse.«

»Du musst was tun gegen dein mieses Selbstbewusstsein. Lausig ist das, aber echt!«, knurrt Fritzi.

Jutta nickt brav. Wie ein abgewatschtes Kind.

Am nächsten Morgen in Rostock macht sich Jutta auf den Weg in die angepriesene WG. Zum WG-Casting. So heißt das offenbar, wenn man sich in einer Wohngemeinschaft vorstellt.

»Ich will doch nur mal gucken«, sagt sie zu Fritzi, »und nicht gleich einziehen.«

»Damit du nur mal gucken kannst, musste meine Schwester Wilma ein bisschen tricksen. Die wollen da keinen Besuchertourismus. Nur wer ernste Absichten hat, darf rein. Deshalb hat Wilma behauptet, du suchst was! Und zwar dringend. Aus dem Grund haben die überhaupt eingewilligt. Das ist ja kein Zoo oder so, wo jeder einfach hinkann, durchlatschen und glotzen. Die haben durch eine Fernsehreportage einen gewissen Ruhm erlangt und sind seither eher zurückhaltend. Manchmal muss man halt tricksen.«

Jetzt fühlt sich Jutta wie vor einer Prüfung für etwas, was sie gar nicht will. Jedenfalls nicht im Moment. Das könnte für Entspannung sorgen, den Druck mildern, tut es aber nicht. Sie hasst Prüfungssituationen. Sie will nicht bewertet werden. Hinter ihrer oft ein wenig spröden Fassade sitzt schön versteckt die Ängstlichkeit. Die zeigt sich selten in der Öffentlichkeit, aber in ihr tobt sie sich aus.

Sie ist zehn Minuten zu früh da und steht unschlüssig vor dem Altbau mitten in der Stadt. Die Lage ist gut, denkt sie. Alles fußläufig, Cafés und Läden für den täglichen Bedarf. Aber was hat sie mit Rostock zu tun? Wen kennt sie hier? Da ist Rostock, bis auf die Sprache, auch nicht viel besser als Tschechien. Aber immerhin liegt das Meer nicht allzu weit weg. Sie könnte dort spazieren gehen, etwas, was sie schon immer mochte.

Man kann Menschen kennenlernen, in jedem Alter, redet sie sich in Gedanken selbst gut zu. Vielleicht würde sie so ein Umzug dazu zwingen, wieder mehr auf Menschen zuzugehen?

Auf die Minute pünktlich klingelt sie bei »WW«. Haben die nebenbei eine Weight-Watchers-Filiale in ihrer WG? Was soll das bedeuten? Darunter stehen fein säuberlich sechs Nachnamen. Einer ist durchgestrichen. Ist denen eine Bewohnerin weggestorben? Wird der Name dann einfach durchgestrichen? Bevor sie kneifen kann, drückt sie die Klingel.

Ein Mann antwortet durch die Sprechanlage: »Vierter Stock, gibt einen Aufzug!« Ohne wäre das wohl auch nur eine WG für ausgesprochen fitte Senioren.

Jutta beschließt, zu Fuß hochzulaufen, um sich selbst, und ein bisschen auch den WG-Bewohnerinnen und -Bewohnern, zu beweisen, dass sie eben noch nicht reif für irgendeinen Alterssitz ist. Als sie endlich den vierten Stock erreicht, ist sie schwer am Schnaufen.

Die Tür geht auf, und ein grauhaariger Riese steht vor ihr. »Bist du Asthmatikerin?«, fragt er sie zur Begrüßung.

»Hallo erst mal, nein, ich habe die Treppe statt den Aufzug genommen und meine Kondition wohl überschätzt. Ich bin Jutta.« Sie merkt, dass sie schwitzt.

»Sportliche Leistung, und schnell warst du auch!«, lobt sie der Riese und mustert sie sehr gründlich von oben bis unten. Sie trägt – nach dem Motto: *never change a winning team* – mal wieder ihr Blümchenkleid. »Ich bin

Wolfgang, der Gründer der WG, deshalb darf ich auch immer den ersten Blick werfen!« Er grinst sie an.

Jutta würde sich kaum wundern, wenn sie auch noch die Zähne zeigen müsste. »Und, habe ich bestanden und darf zur allgemeinen Musterung?«, will sie, für ihre Verhältnisse recht forsch, wissen.

Da lacht der Riese. »Auf den Mund bist du jedenfalls nicht gefallen!«, sagt er und zieht die Tür auf.

Die Wohnung ist schon auf den ersten Blick ein Traum. Ein großer heller Flur, eine hohe Decke mit Stuck und ein riesiger Spiegel, der alles noch größer wirken lässt.

»Boah, das ist ja eine riesige Wohnung!«, begeistert sich Jutta.

»Zweihundertzehn Quadratmeter, genug Platz, um sich nicht auf den Keks zu gehen!«, lacht Wolfgang. »Das ist unser Herzstück hier in der WG!«, sagt er und zeigt auf eine Wohnküche von bestimmt fünfundzwanzig Quadratmetern. »Kochen, essen, diskutieren, reden und zusammensitzen, das alles findet hier statt«, erklärt der WG-Gründer. Um den großen Holztisch im Mittelpunkt der zusammengewürfelten Küche sitzen vier weitere Personen. Zwei Frauen und zwei Männer, alle so etwa in ihrem Alter. Wolfgang übernimmt das Vorstellen. »Mechthild, Tini, Eduard und Konsti, eigentlich Konstantin. Und das ist die Jutta.« Alle sagen freundlich »Hallo«, und Juttas Aufregungspegel beginnt zu sinken.

»Setz dich doch zu uns!«, fordert sie die auf, die Wolfgang als Mechthild vorgestellt hat. Eine üppige Blondine mit krausem langem Haar und einem grob gestrickten geringelten Pulli. Typ nette Religionslehrerin.

Jutta nimmt Platz, und alle schauen sie erwartungsvoll an. »Das ist mein erstes WG-Casting, ich weiß ehrlich gesagt nicht, was ihr von mir erwartet!«, legt sie die Karten auf den Tisch.

Eduard, ein eher unscheinbarer Mann mit Halbglatze und Flanellhemd, dunkelgrün-blau kariert, räuspert sich und ergreift das Wort. »Du, es geht hier um fast alles. Es soll ja passen. Wir sind hier eine Einheit. Eine Gemeinschaft. Wir leben miteinander. Solidarisch und vertraut. Sehr vertraut.«

Das *sehr* gibt Jutta sofort zu denken. Was meint er mit *sehr*? Laufen hier normalerweise alle nackt rum? Tini ergänzt Eduards kleine Ansprache: »Wir haben ein identisches Lebenskonzept und wollen jemanden, der das teilt. Am liebsten eine Frau. Damit wir wieder halbe-halbe sind. Und damit frischer Wind reinkommt. In jeder Hinsicht.«

»Also optisch könnte das passen«, meint Eduard und leckt sich über die Lippen.

Wolfgang, der graue Riese lacht laut auf. »Das habe ich gleich gewusst, dass du begeistert sein wirst. Die Jutta ist ja voll dein Beuteschema.«

Juttas beginnende Entspannung ist dahin. Irgendwas hier an der Tonalität gefällt ihr nicht. Das hat so was leicht Schlüpfriges hier.

»Lass uns anfangen!«, mischt sich jetzt Tini ein. Hennarotes Haar, halblang, und jede Menge Filz am Körper, fast so, als hätte sie auf einem Weihnachtsmarkt einen ganzen Stand leer gekauft. Dazu eine auffällige Kette mit einem großen Stein als Anhänger. »Wir haben einen Fragenkatalog und würden den jetzt mit dir durchgehen. Es gibt ja jede Menge BewerberInnen.«

Am liebsten würde Jutta aufstehen und direkt gehen. Aber neugierig ist sie schon, und sie will vor allem nicht kneifen. Immerhin hat Wilma das für sie organisiert, da möchte sie nicht, dass es nachher heißt, sie wäre nicht mal zum Casting geblieben.

»Fangen wir an? Genug Small Talk, oder?«, sagt Tini, die unablässig diesen riesigen Stein, er sieht aus wie ein Rosenquarz, an ihrer Kette betatscht. Freundlich geht anders. Alle nicken.

»Bekomme ich am Ende eine Note?«, versucht sich Jutta an einem Scherz.

Keiner lacht.

Wolfgang, der graue Riese, scheint der Leiter der Befragung zu sein. Alle anderen haben einen Block und Stift vor sich.

Zunächst geht es um Ernährung. Ob sie Fleischesserin sei? Jutta nickt und ahnt, dass ihr das keine Pluspunkte bringen wird. Tini runzelt ostentativ die Stirn. »Also, Fleisch kannst du bei uns nur in den Extrakühlschrank machen, das darf nicht in Berührung mit anderen Lebensmitteln von mir oder Wolfgang kommen. Wir leben vegan.« Manche Vorurteile bewahrheiten sich sofort. Jutta hätte Geld darauf gewettet, dass Tini kein Fleisch isst. Sie hat nichts gegen Vegetarier oder Veganer, aber sie mag es nicht, wenn ihr jemand sagt, was sie zu tun und zu lassen hat. Das hat sie im Beruf lange genug ertragen.

Tini kritzelt auf ihrem Fragebogenblatt, Jutta ist sich sicher, dass bei Frage eins ein dickes Minus steht. Klar hätte sie eben mal schwindeln können, aber wozu? Es käme ja doch raus, und noch ist es nicht strafbar, ab und an ein Schnitzel zu essen. Es geht Schlag auf Schlag. Vollmilch oder Hafermilch, welchen Joghurt in welcher Verpackung, Biogemüse oder etwa irgendwelcher Kram vom Discounter. Als das Wort Discounter fällt, hat Jutta sofort das Gefühl, als müsse sie ihren ehemaligen Arbeitgeber verteidigen. Immerhin hatten sie auch Biogemüse.

Sie mag diese arrogante Haltung bezüglich Discountern nicht. Manche müssen halt aufs Geld schauen, denkt sie nur, dieses Gemecker hat immer was Zynisches. Muss man sich leisten können. Sie geht noch heute, vielleicht auch aus Gewohnheit, in »ihre« Filiale zum Einkaufen, spricht das Thema aber nicht an. Die Diskussion will sie gar nicht erst aufmachen. Sie kennt die Argumente. Ja, auch sie ist für Tierwohl und für Bio. Aber das Dreifache zahlen? Sie isst einfach nicht mehr arg viel Fleisch, und auf Wurst verzichtet sie inzwischen ganz. Ehrlich gesagt hauptsächlich, weil sie gelesen hat, wie ungesund die ist. »Wurst esse ich nicht mehr, ab und an halt mal etwas Fleisch!«, erklärt sie ihrem Tribunal. Sie will das hier bestehen, obwohl sie sich kaum vorstellen kann, hier einzuziehen. Allein Tinis eisiger Blick. Wenn sie den täglich ertragen müsste, dann wäre das ja, als würde sie in einer Tiefkühltruhe leben. Aber ihr »Gefallen-wollen-Gen« lässt sich nicht unterdrücken.

»Das ist doch schon der Schritt auf dem richtigen Weg, Jutta. Ich gestehe: Auch ich esse noch gelegentlich ein wenig Fleisch. Aber ich versuche, es mir abzugewöhnen«, verteilt Eduard ein Lob. So wie Tini ständig ihren Rosenquarz berührt und hin und her bewegt, so fährt sich Eduard dauernd durch die Haare. Na ja, durch das, was da noch ist. Er hat, ganz klassisch für ältere Männer, die Seiten wachsen lassen und schiebt sie oben ineinander, um Haar an Stellen vorzutäuschen, wo definitiv keins mehr ist. Jutta findet das peinlich. Es sieht doch eh jeder. Aber zumindest war seine Anmerkung freundlich. Sie schaut in die Runde. Tini und sie werden niemals Freundinnen, das ist offensichtlich. Mechthild wirkt netter, aber noch hat sie so gut wie nichts gesagt. Genau wie Konsti. Der sieht aus wie ein Vorzeige-Intellektueller.

Brille, graues Haar und Dreitagebart. Jutta wäre nicht überrascht, wenn er irgendwas mit Kultur machen würde. Sie hofft, dass zu diesem Themenbereich keine Fragen auftauchen. Eine große Leseratte ist sie nicht, von Theater und so gar nicht zu reden. Sie wäre gern gelegentlich in die Oper gegangen, aber Klaus hatte da keine Ambitionen. »Das ist nicht für Leute wie uns!«, hatte er mal gesagt. Fast als gäbe es Zugangsbeschränkungen. Nicht gestattet für Menschen ohne Hochschulreife. Sie glaubt nicht, dass Komponisten das so streng gesehen hätten. Vielleicht sollte sie einfach ein Abo buchen. Manchmal hört sie zu Hause abends nur für sich allein Opern. Und manchmal eben auch Schlager. Sie ist, was Musik angeht, flexibel.

»Jutta, hallo, wir wollten wissen, ob du Unverträglichkeiten hast?«, unterbricht Wolfgang ihre Gedanken.

»Beim Essen«, fragt sie zurück, »oder im Leben?«

Wolfgang verzieht sein Gesicht immerhin zu einem kleinen Schmunzeln. Er scheint Spurenelemente von Humor zu besitzen. Der Rest der Runde zeigt keine Reaktion.

»Nahrungsmittelallergien!«, sagt Tini nur spitz.

Mechthild mischt sich ein: »Es geht sicherlich auch einen Hauch netter, oder, Tini? Jutta soll sich wohlfühlen, es geht schließlich auch um sie. Wie muss sich das anfühlen? Denke dich doch mal rein, aber das ist ja nicht direkt deine Kernkompetenz, die Empathie.«

Jutta horcht auf. Das scheint hier nicht ganz so harmonisch zu sein, wie sie zunächst dachte. Filz gegen Rosenquarz – ein Müsliduell.

»Kümmere du dich mal um deine eigene Empathie. Du bist gerade die Richtige für solche Vorwürfe«, zischt Tini und wirkt, als würde sie Mechthild sehr gerne die Augen auskratzen.

»Sagt mal, geht's noch, was macht das denn für einen Eindruck auf Jutta, könnt ihr euch ausnahmsweise zwei Stunden nicht in die Haare kriegen?«, meckert Wolfgang. »Eure persönlichen Streitereien haben hier nichts zu suchen!«

Das wiederum lässt Tini nicht auf sich sitzen. »Persönliche Streitereien, du tust gerade so, als hättest du damit nichts zu tun. Was glaubst du denn, warum Mechthild und ich ein Problem haben? Wir waren mal enge Freundinnen. Du bist das Problem. Nicht wir. Du und dein Hin und Her.«

Jetzt scheint es ans Eingemachte zu gehen. Jutta ist froh, ein wenig aus der Schusslinie zu sein, und auch neugierig, wer in dieser Runde mit wem ein Problem hat. Wolfgang donnert seine Faust auf den Tisch. »Wir haben darüber schon mehrfach gesprochen. Ganz ehrlich, das hat hier jetzt nichts verloren als Thema. Eure Eifersüchteleien sind kindisch und so gestrig. Da sollten wir längst drüber weg sein. Mechthild, du weißt, dass Tini meine Frau ist. Das mit uns ändert daran nichts. Wir waren uns doch einig, dass wir keine traditionellen Rollenmodelle leben, dass wir auf einer anderen Entwicklungsstufe sind. Wir lassen Dinge zu. Auch die Liebe.«

Jutta muss schlucken, schon weil sie sieht, dass Mechthild kurz davor ist, zu weinen. »Ich will es ja können, dieses polyamouröse Zeug, aber meine Eifersucht ist einfach im Weg. Ich teile nicht gern. Beim Essen mag es gehen, aber beim Mann?«

»Das haben wir doch wirklich durch, und es ist auch kein Thema für jetzt und hier. Was macht das denn für einen Eindruck auf unsere Kandidatin?«, rüffelt sie Wolfgang.

Mechthild schnieft demonstrativ. Konsti beugt sich zu ihr hinüber. »Vielleicht sollten wir wieder?«, beginnt er zögerlich und streicht ihr über die Hand. Mechthild reißt ihre Hand demonstrativ weg.

»Lasst uns jetzt weitermachen, wir wollen doch unsere Jutta nicht vergraulen!«, beschließt Wolfgang, ganz Chef, die Diskussion.

»Ach, Konsti, du weißt, wie wichtig mir der Sex ist, und bei dir ist das ja schwierig!«, offenbart Mechthild einen Problembereich von Konsti, über den Jutta lieber nichts gewusst hätte.

»Du warst trotzdem zufrieden«, schmunzelt Konsti und zeigt seine Zunge.

Jutta ahnt, was das bedeuten soll. Zu viele Details, zu viel Information, will sie schreien, aber sie bleibt ruhig. Es ist sehr bizarr, aber auf der anderen Seite auch extrem aufschlussreich.

»Wir schulden dir eine Erklärung!«, beginnt Wolfgang und wendet sich Jutta zu.

»Nein, also, nicht wirklich, ich kann mir schon was zusammenreimen, aber natürlich stelle ich mir Fragen«, antwortet Jutta so nett wie möglich. Das Ganze hier hat ordentlich Dramapotenzial, das spürt sie längst.

»Lass mich das machen, Wolfgang!«, wispert die schniefende Mechthild.

»Oh, meine Güte, was ein Zirkus«, fährt ihr Tini in die Parade.

»Ihr seid beide mal still, ich übernehme das, als neutraler Beobachter!«, ist nun auch Eduard mit von der Partie. »Wolfgang und Tini sind ein Paar, ein Ehepaar, seit mehr als vierzig Jahren. Jugendliebe und so. Und Mechthild war Tinis Freundin. Jedenfalls bis sie sich in Wolfgang verliebt hat und er sich in sie. Aber Wolfgang liebt beide,

Tini und Mechthild, und die Frauen dachten, sie schaffen es, sich den guten Wolfgang zu teilen. Die ersten zwei Jahre lief es gut, aber in letzter Zeit kriselt es. Alle – bis auf Wolfgang – wollen Entscheidungen. Der hat gut lachen, er kann abends gucken, in welches Schlafzimmer er sich trollt.«

»Du hast das von Anfang an nicht wirklich kapiert, Ede! Liebe ist nicht auf Zahlen beschränkt. Dieses monogame Modell ist doch längst überholt. Immerhin hattest du ja auch wenig Hemmung, zu Tini ins Bettchen zu huschen.«

Jutta fängt an, ein wenig den Überblick zu verlieren. Wolfgang hat was mit Tini und Mechthild. Eduard mit Tini, die eigentlich Wolfgangs Frau ist. »Treibt es hier jeder mit jedem?«, fragt sie für ihre Verhältnisse sehr direkt nach.

»So kann man es nicht sagen, ich bin beim Ringelreihen nicht dabei! Jedenfalls nicht mehr!«, kichert Konsti.

»Ich wüsste nicht, was daran lustig ist!«, erzürnt sich Tini. »War für alle offen, ich weiß nicht, was die (sie deutet auf Mechthild) sich jetzt so aufregt. Dein Besitzdenken, Mechthild, das ist echt was, was keiner braucht. Wir wollten anders leben und auch lieben, tolerant und offen, wenn du das nicht kannst, dann geh doch!«

Mechthild zieht den Kopf wie eine Schildkröte ein. Sie bräuchte jemanden, der sie in den Arm nimmt. Jetzt sofort. Aber keiner der Anwesenden macht Anstalten, das zu tun. »Ich weiß ja, und in der Theorie finde ich das alles gut, aber in der Praxis tue ich mich zunehmend schwer. Ich will keine Besitzansprüche haben und ich mag auch dich, Tini, aber wenn ihr abends im Zimmer verschwindet und ich alleine in meins gehe, dann leide ich. Und stelle mir vor, was ihr macht. Habe schlimmes Kopfkino.

Und ich bin froh, dass es jetzt mal raus ist. So was frisst einen sonst irgendwann auf.«

Es scheint so, als hätte Jutta den großen Tag der Wahrheit erwischt.

»Komm halt bei mir vorbei«, bietet ihr Eduard an, »ich habe noch Kapazitäten frei.«

Jutta muss grinsen. Das sind alles Männer jenseits der sechzig, was schwafeln die da von Kapazitäten? Ist das nicht grandiose Selbstüberschätzung? Sie schaut in die Runde und denkt wehmütig an Bohdan. Wie anders der ist. Wie angenehm anders. So ein Gegockel hat er – jedenfalls so der Eindruck von Jutta – nicht nötig. Seit sie hier ist, hat es schon dreimal bling auf ihrem Handy gemacht. Bohdan bleibt offensichtlich am Ball.

»Sollten wir das nicht nachher unter uns klären, wenn die Jutta weg ist? Man muss sie ja nicht gleich mit dem ganzen WG-Scheiß konfrontieren!«, schlägt nun Konsti vor.

»Unser Softie Konsti mal wieder. Mann, Konsti, die soll ruhig sehen, was hier so passiert, dann weiß sie auch, wie es hier zugeht. Wir reden halt über alles. Und Offenheit ist das A und O. Auch wenn du gerne mal was für die Harmonie unter den Teppich kehrst«, maßregelt ihn Tini.

Die Atmosphäre mag man offen nennen, aber die unterschwellige Stimmung hat was Aggressives.

»Ohne meine Harmoniesucht würde hier ja längst Chaos herrschen!«, lässt der den Vorwurf nicht auf sich sitzen.

»Was ist denn jetzt mit meinen Unverträglichkeiten?«, versucht Jutta, die unselige Debatte zu beenden und zur Ausgangsfrage zurückzulenken.

»Du, das hier hat jetzt Priorität, das müssen wir schon klären! Wir lassen so was nicht einfach stehen, das hat die Tini doch gerade schon gesagt!«, stimmt Mechthild, die eben noch rumgeschnieft hat, ihrer Konkurrentin zu.

»Na dann, nehmt euch die Zeit, ich beantworte in der Zwischenzeit ein paar Nachrichten!«, beschließt Jutta und zückt ihr Handy.

»Handys und andere elektronische Geräte benutzt hier jeder und jede nur auf seinem oder ihrem Zimmer. Zum einen wegen der Strahlung und zum anderen, weil wir uns nicht ablenken wollen und nicht terrorisieren lassen von irgendwelchen Nachrichten«, tadelt sie Tini.

Die Frau ist schon für einen Nachmittag anstrengend, Jutta will sich gar nicht vorstellen, wie es wäre, mit Tini eine Wohnung zu teilen. »Da ich nicht hier lebe, muss ich mich ja auch nicht euren Regeln unterwerfen!«, kontert Jutta und fühlt sich dabei ungewohnt mutig. »Wann sehen wir uns?«, hat Bohdan geschrieben. Darunter ein Herz. Jutta mag die Hartnäckigkeit, mit der er wieder und wieder dieselbe Frage stellt. Es ist das Gefühl, dass sich jemand ernsthaft für sie interessiert, das ihr Herz erwärmt. »Bald!«, schreibt sie zurück und fügt ebenfalls ein Herz hinzu. Die anderen beiden Nachrichten sind von Sophia. »Mama, melde dich mal, du hast da einiges missverstanden. Dieses Beleidigtsein nervt.« Die lasse ich noch ein wenig zappeln, denkt Jutta und blickt vom Handy auf.

»Du hast recht, Jutta, das war unhöflich von uns, wir fordern Handyverbot, und gleichzeitig labern wir dich hier mit unserem Kram voll. Wir machen jetzt weiter mit unserem kleinen Casting!«, entscheidet Wolfgang.

Die anderen nicken. Selbst Zicken-Tini. Es ist mehr als deutlich, wer hier das Sagen hat. Womanizer Wolfgang. Jutta schaut ihn sich noch mal ganz gründlich an. Was hat dieser Mann, dass sich zwei erwachsene Frauen seit

Jahren darum streiten, wer mit ihm die Nacht verbringen darf? Er ist groß und hat noch Haar. Große Männer sind generell begehrt, und Haare gelten bei Männern jenseits der sechzig als Jackpot. Wolfgang hat ein sympathisches Gesicht, aber mehr dann auch nicht. Er trägt sein Hemd für Juttas Geschmack ein bisschen zu weit aufgeknöpft und hat, erst auf den zweiten Blick erkennbar, hinter seiner Hornbrille einen leichten Silberblick.

»Wir wollen jedenfalls alle, da wenigstens sind wir uns einig, dass hier frischer Wind in die WG kommt, in jeder Hinsicht. Dass die Karten neu gemischt werden!«, versucht sich Eduard an einer Erklärung.

Wahrscheinlich hoffen er und Konsti, dass auch mal was für sie abfällt. Jutta überlegt, ob sie aufsteht und direkt sagt, dass sie dafür mit Sicherheit nicht die Richtige ist. Keiner der Männer wäre eine Option für sie. Und dieses polyamouröse Gedöns erscheint ihr, nachdem sie Tini und Mechthild gehört hat, auch nicht verlockend. Sich einen Mann zu teilen und dabei noch auf dicke Freundschaft mit der anderen zu machen, findet sie schon in der Vorstellung ausgesprochen schwierig. »Euer Liebeskonzept ist mir, freundlich gesagt, fremd! Und so richtig fair wirkt es auf mich auch nicht«, wirft sie in die Runde.

Der Chef der Truppe, Wolfgang, runzelt die Stirn und hebt die Stimme an zu einem weitschweifigen Vortrag über das polyamouröse Konzept: »Du bist eben noch gefangen in den traditionellen Strukturen, Jutta. Ganz normal in unserem Alter. Aber man kann auch jetzt noch lernen. Warum sich in der Liebe, auch der körperlichen Liebe, festlegen? Ich liebe zwei Frauen. Was ist daran verwerflich? Beide lieben mich. Alles ist offen. Polyamorie nennt man das.« Er holt Luft, und Jutta nutzt die Chance, um ihn zu unterbrechen.

»Früher hat man das, wovon du da redest, schlicht Affäre genannt!«, gibt Jutta zu bedenken.

»Verstehst du das nicht oder willst du es nicht verstehen?«, sagt Wolfgang und hört sich gereizt an.

»Ich verstehe das schon. Du hast zwei Frauen parallel, und die buhlen um dich«, gibt Jutta nicht so schnell auf.

»Das Wissen darum macht den Unterschied! Polyamorie ist offen. Keine Geheimnisse. Kein Hinter-dem-Rücken. Polyamorie trägt den Veränderungen der Gesellschaft Rechnung. Die Monogamie ist am Ende. Schon weil wir alle so alt werden. Das ist doch nicht schwer zu verstehen, oder?« Wolfgang hat inzwischen einen ziemlich roten Kopf. Das Thema scheint für ihn eine Menge Erregungspotenzial zu haben.

»Dürfen die beiden denn auch jemanden neben dir haben? Also ist das beliebig erweiterbar?«, fragt Jutta nach.

»Theoretisch schon«, springt nun Mechthild ein. »Aber das wäre Wolfgang nicht recht, wenn wir, nur um es ihm gleichzutun, auch jemand nebenbei hätten.«

Wie praktisch für Wolfgang. Er hat zwei, aber die sollen sich schön auf ihn konzentrieren.

»Na ja, ganz so ist es nicht, aber wenn du, Mechthild, nur um es mir heimzuzahlen, etwas mit jemandem anfängst, dann ist das nicht sehr erwachsen und auch nicht polyamourös. Das ist dann nur kleinlich, und genau das hat in der Polyamorie rein gar nichts zu suchen. Es geht um Freiheit und Toleranz.« Die Ansprache scheint beendet. Der Chef hat gesprochen.

Eduard steht Wolfgang bei. »So war es ausgemacht, wir wollten anders leben, wenn das jemand nicht mehr aushält oder nicht mitträgt, muss sie gehen.«

Sie.

»Also da hätte ich ein Problem!«, platzt es aus Jutta raus. »Ich teile meinen Nachtisch, wenn es sein muss, aber nicht meinen Mann.«

»Hast du denn einen?«, meldet sich nun Konsti zu Wort, und alle blicken sie erwartungsvoll an.

»Na ja, es ist noch nicht so klar, da ist was im Werden. Vielleicht. Aber es ist schwierig. Und man muss mal abwarten«, antwortet sie wahrheitsgemäß. Sie weiß wirklich nicht, ob das nur ein erweiterter One-Night-Stand war oder ob da tatsächlich was am Wachsen ist. Beziehung kann man es jedenfalls mit Sicherheit noch nicht nennen.

»Ich kenne diese Vielleicht-wird-es-was-Situationen!«, seufzt Eduard. »Wärst du denn generell offen für vielleicht auch mal was Zusätzliches?« Er leckt sich über die Lippen und fährt sich durch die Resthaare.

Mit dir sicher nicht, würde Jutta am liebsten sofort rausschreien, aber sie will niemanden verletzen. »Mehrgleisig ist, denke ich, nichts für mich. Aber vielleicht bin ich da auch einfach nur verdammt spießig«, lässt sie ihren Gedanken freien Lauf. Ist es wirklich Spießigkeit? Gewohnheit? Oder ist nicht gerade die Exklusivität das Schöne an einer Beziehung?

»Dieses Infragestellen und diese gewisse Reflektiertheit spricht auf jeden Fall für dich, und natürlich ist es tradiertes Denken und Spießigkeit. Aber da musst du selbst draufkommen. Und das traue ich dir durchaus zu«, bekommt Jutta Lob von Wolfgang. Sie fühlt sich wie eine Grundschülerin, die gerade ein Sternchen unter die Hausaufgabe bekommen hat. »Und jetzt machen wir weiter, es geht ja hier weniger um uns als um dich und inwieweit du hier reinpassen könntest«, beendet er das Thema. Dabei hätte Jutta durchaus noch einige Fragen gehabt.

»Und ich kann weiterhin hoffen!«, grinst Eduard.

Nein, will sie brüllen, du so was von gar nicht, aber ihre Höflichkeit hält sie zurück. Soll er hoffen.

»Wir waren bei den Unverträglichkeiten!«, erinnert Tini an die Ausgangsfrage vor der polyamourösen Teileskalation.

»Ich habe keine Allergien oder so, mag aber natürlich manche Sachen gar nicht«, erklärt Jutta.

»Wir versuchen, Gluten zu meiden! Mehl macht dumm!«, verkündet nun erneut Tini.

Welch eine schöne Nachricht für eine Bäckerstochter, durchfährt es Jutta, aber sie hält den Mund. Ernährungsdiskussionen sind ihr durch ihre Söhne nicht fremd. »Meine Söhne leben keto!«, hat sie den Drang, auch was zum Thema beizutragen. »Sie essen so gut wie keine Kohlenhydrate.« Dass sie Berge von Fleisch verzehren, unterschlägt Jutta.

»Aha«, sagt Mechthild nur. »Veganes Keto?«, will sie dann noch wissen.

Mist. Jutta fühlt sich sofort wie erwischt. »Ich bin nicht sicher«, schwindelt sie, »aber sie schreddern Blumenkohl und sind dabei, daraus ein Geschäftsmodell zu entwickeln.« Der gewünschte Applaus bleibt aus.

»Keine Unverträglichkeiten, außer im polyamourösen Bereich!«, lächelt Wolfgang und legt mit der nächsten Frage nach: »Kommen wir zu deinen Vorlieben!«

Jutta zuckt kurz zusammen. Was meint er denn jetzt damit? Sexuelle Vorlieben? Es würde sie nicht wundern, wenn selbst das hier abgefragt würde. Aber mal ehrlich, da sie nicht vorhat, mit irgendjemandem hier Sex zu haben, ist sie auch nicht bereit, darüber Auskunft zu geben.

»Was genau meint ihr damit?«, fragt sie vorsichtig.

»Na ja, Hobbys und so, Bettgehzeiten, Musik, Freunde einladen, alles halt, was das Zusammenleben irgendwie betrifft!«, erklärt ihr Tini etwas unwirsch. Aber wahrscheinlich ist das ihre Grundtonalität.

»Ganz normal alles, ich höre Musik in Zimmerlautstärke, habe selten Besuch, leider, und gehe gegen dreiundzwanzig Uhr schlafen. Muss man hier gleichzeitig ins Bett? Gibt es da Regeln?«, fragt sie zurück.

»Nee, wir sind da locker, aber so eine Früher-Vogel-Tante, die hier schon um sechs Uhr morgens rumwurschtelt, will auch niemand. Wir sind abends lange wach und schlafen sehr gerne aus. Und wenn du jemals Konsti oder Tini aufgeweckt hast, weißt du, dass das sehr hässlich sein kann. Für den Wecker.« Mechthild grinst sie an.

»Vor neun Uhr sind wir alle nicht in Topform!«, schiebt Konsti hinterher.

Jutta wundert sich. Offen und tolerant und dann nicht ertragen, wenn jemand Frühaufsteher ist. Muss man hier wach im Bett ausharren, bis man die Aufsteherlaubnis bekommt?

»Normales Rauchen wollen wir auch nicht!«, ergänzt Eduard. Diese Menge an Vorschriften gab's nicht mal bei der Arbeit, denkt Jutta und hat direkt Lust auf eine Zigarette, obwohl sie rauchen nicht ausstehen kann. Aber sie hat sich jahrelang von Klaus vollrauchen lassen. Weil sie ihn nicht bevormunden wollte. Weil das Rauchen seine Entscheidung war. Eine Scheißentscheidung, hätte er nicht geraucht, würde sie sich hier den ganzen Mist gar nicht anhören müssen. Dann wäre Klaus noch am Leben, und alles wäre gut. Na ja, vielleicht nicht gut, aber in Ordnung zumindest. »Also normales Rauchen dulden wir nicht!«, wiederholt Eduard, als wäre sie schwer von Begriff.

Normales Rauchen? Was denn sonst? »Wir kiffen alle ab und an, für die diversen Zipperlein und halt so. Macht lockerer«, liefert Mechthild, die Jutta noch am nettesten findet, eine Antwort auf die ungestellte Frage.

Eine Kiffer-WG, aha, ihre Kinder würden staunen. Jutta und Klaus haben nie gekifft, wo hätten sie das Zeug auch herbekommen sollen?

»Natürlich rauchen wir nur draußen auf dem Balkon!«, ergänzt Wolfgang. »Magst du eigentlich die Wohnung und dein mögliches Zimmer mal sehen?«

Sie sollte antworten: nein danke. Lieber wohne ich im hintersten Tschechien in einem Billigheim, da kann ich wenigstens aufstehen, wann mir danach ist. Aber jetzt ist sie schon mal hier, hat nichts anderes vor, und neugierig ist sie auch. Vor allem will sie noch immer, paradoxerweise, dass das WG-Tribunal sie für einzugswürdig erachtet. »Habt ihr heute schon gekifft?«, fragt sie in die Runde. Vielleicht sind die sonst gar nicht so.

»Kein Gras vor Sonnenuntergang lautet unsere Regel.«

Nicht mal kiffen darf man, wann man will. »Wenn ich also um sechs Uhr dreißig morgens bei euch kiffen wollte, hättet ihr ein Problem?«, kann Jutta eine kleine Stichelei nicht unterdrücken.

Wolfgang zuckt mit den Schultern, Eduard fährt sich durch die Haare. »Wenn du leise bist und uns nicht störst, kein Ding, sonst schwierig. Wir wissen ja nicht, wie du als Kifferin bist.«

Jutta weiß auch nicht, wie sie als Kifferin ist. Gibt es unterschiedliche Kifferprofile? Sie weiß so einiges nicht über sich selbst, geht ihr durch den Kopf. Diese weißen Flecken im »Sich-selbst-Kennen« und im Wissen, was man eigentlich will, zu klären, könnte Spaß machen. Sich selbst neu zu entdecken. »Ich habe keine Ahnung, wie ich beim Kiffen bin, ich habe noch nie gekifft.«

Ein Ah und Oh, echt jetzt, nicht wahr, oder? – geht durch die Runde. »Das gibt es doch nicht in unserer Generation! Das kann ich nicht glauben!«, unterstellt ihr Tini quasi eine Schwindelei.

»Ist aber so!«, sagt Jutta.

»Das wäre ein herrlicher Anlass, um gemeinsam was zu rauchen! So als Begrüßungszeremonie!«, freut sich Konsti, der guckt, als sei er eben erst wirklich aufgewacht, und auf einmal richtiggehend euphorisch wirkt.

»Du nutzt echt jede Chance, um außer der Reihe mal einen durchzuziehen!«, tadelt ihn die gestrenge Tini.

»Oh, die Frau Sittenwächterin!«, schießt Konsti direkt zurück. »Du musst wissen, Jutta, dass Tini hier darüber wacht, dass unser Reglement eingehalten wird. Egal, ob es ums Essen, ums Aufstehen oder ums Kiffen geht. Ich bin froh, dass ich pinkeln kann, wann ich will und muss. Erstaunlich, dass Tini uns da noch keine Vorschriften macht!«

Eduard räuspert sich und haut auch noch mal drauf. »Ej, wir wollen doch die Jutta nicht verschrecken, es würde echt Sinn machen, wenn Tini bei den Castings im Zimmer bleibt oder am besten gar nicht zu Hause ist. Du beißt echt alles weg«, motzt er Tini an.

»Ihr seid richtige Jammerlappen, und ich frage mich, wieso ihr das jetzt und hier rauslasst? Habt ihr einfach vorher keine Eier gehabt? Und Eduard, was heißt, ich beiße alles weg? Du mit deinem lüsternen Blick, diesem mitleidheischenden Darf-ich-dich-bitte-ficken-sonst-nimmt-mich-keine-Blick, du bist der, der jede Frau bisher vergrault hat. Deine Geilheit ist unerträglich. Dieses plakative Gezüngel. Die haben ja alle Angst, dass sie sich abends in ihr Zimmer einschließen müssen! Du bist hier das Problem, nicht ich. Ich sage nur, wie es ist. Und die Regeln haben wir alle mal gemeinsam festgelegt. Wenn sie dir nicht mehr passen, dann zieh doch aus.«

Juttas Besuch scheint genau der Funken zu sein, den es hier gebraucht hat, um die emotionale Sprengladung zu zünden. Dagegen ist der Umgangston mit ihren Kindern ja geradezu liebevoll. Wie die sich hier anzicken, ist wirklich alles andere als verlockend. »Mal ehrlich, so wie ihr rumzetert, das macht einen echt nicht gerade scharf darauf, hier einzuziehen!«, kommentiert sie das Geschehen. Was hat sie schon zu verlieren?

»Siehst du!«, sagt Eduard und nimmt Tini ins Visier. Die beiden scheinen sich ganz besonders zu mögen.

Bevor Tini mit der Retourkutsche wieder loslegen kann, haut Wolfgang mit seiner Faust auf den Tisch: »Es reicht Leute, wir präsentieren uns ja wie ein Kindergarten. Solche Gespräche machen Bewerbungsgespräche kompliziert und sind kontraproduktiv, wenn wir jemanden für unsere WG suchen. Die denken doch alle, dass wir mörderanstrengend sind.«

Jutta muss unwillkürlich nicken. Genau das ist ihr durch den Kopf gegangen. Sie mag den Gedanken, mehr Gesellschaft zu haben, den Lebensabend nicht allein zu verbringen, aber die Vorstellung, dass es Abend für Abend in solche Diskussionen ausartet, ist ihr ein Horror. Sie will hintenraus im Leben nicht ein Mehr an Anstrengung, sondern ein Mehr an Leichtigkeit, Fröhlichkeit, und das gerne gepaart mit Harmonie. Alt werden allein verlangt einem genug ab, da braucht es keine zusätzlichen Belastungen. Da will man Menschen um sich, die einem das Leben schöner machen. Jutta fällt zu dem Thema sofort Bohdan ein. Das war schön, kein bisschen anstrengend, höchstens aufregend. Wäre sie doch, statt sich mit diesen pseudoliberalen Ökos zu treffen, lieber bei Bohdan geblieben. Sie muss lernen, mehr auf ihr Bauchgefühl zu hören. Endlich kapieren, dass sie, im Großen und Ganzen jedenfalls, machen kann, was sie will. Da ist niemand mehr, um den sie sich tagtäglich kümmern muss, sie hat nicht mal einen Hamster, für den sie Verantwortung trägt. Das ist auf der einen Seite traurig, auf der anderen Seite auch eine immense Erleichterung. Keine Verantwortung, kein Zwang. Sie könnte rund um die Uhr Süßigkeiten essen oder auf der Couch liegen. Aber ein Automatismus in ihr erlaubt das nicht. Disziplin ist schon immer ein riesiger Teil ihres Lebens gewesen, sie abzulegen und sich einfach nur treiben zu lassen, käme ihr sträflich vor. Nutzlos und dekadent. Sowohl ihre Eltern als auch Klaus haben ihr das vorgelebt, und sie hat brav mitgemacht. Man kann halt nicht aus seiner Haut, aber sie ist sogar unsicher, ob sie überhaupt rauswollte.

»Vielleicht sollten wir echt was rauchen, um ein bisschen runterzukommen und uns zu entspannen, das war jetzt echt stressig«, schlägt Mechthild vor.

»Endlich mal 'ne gute Idee!«, freut sich Konsti.

»Ich könnte ein paar Züge gebrauchen!«, stimmt Eduard zu.

Wolfgang scheint unentschlossen: »Was soll denn die Jutta von uns denken?«

»Verschlimmern könnt ihr den Eindruck ja kaum!«, antwortet sie, und da lacht sogar die gestrenge Tini.

»Kannst du direkt mal probieren, wenn du echt noch nie geraucht hast«, bietet sie Jutta an.

Jutta zögert. Aber nur kurz. Wenn nicht jetzt, wann dann? Fritzi trifft sie später in der Pension, und ansonsten hat sie heute nichts weiter vor. Sie ist nicht mit dem

Auto da, und zur Not kann sie sich hier noch ein bisschen ausruhen, bevor sie aufbricht. Sie wird wohl kaum direkt süchtig werden. Immerhin das weiß sie. Sie ist sich sicher, dass ihre Jungs, die Zwillinge, eine Weile gekifft haben. Da war ab und an so ein süßlicher seltsamer Geruch in den Zimmern. Darauf angesprochen, haben sie was von einem neuen Parfüm gefaselt, und Jutta hat sich damals dafür entschieden, das wider besseres Wissen zu glauben. Schon um die Konfrontation zu meiden.

»Kann ich danach noch was machen, oder ist der Tag dann gelaufen?«, fragt sie und weiß, dass sie auf die anderen ziemlich naiv wirkt.

»Du wirst hungrig sein, das war's. Ansonsten passiert da nichts. Vielleicht bist du auch besser drauf und entspannter.«

»Na dann«, antwortet sie, »warum nicht.«

»Gute Entscheidung, ein Joint am Morgen vertreibt Kummer und Sorgen!«, witzelt Wolfgang und öffnet die Tür zum Balkon. Auf einmal scheinen alle WG-Bewohner sehr viel besser gelaunt. Schon die Aussicht aufs Kiffen scheint sie zu beschwingen und fröhlicher zu stimmen.

»Es ist wie rauchen, du musst inhalieren!«, erklärt ihr Mechthild, wie kiffen geht. »Das werde ich hinkriegen!«, grinst Jutta und versucht, nicht so aufgeregt zu wirken, wie sie ist. Da muss sie erst achtundsechzig werden, um das erste Mal im Leben zu kiffen. Gut, es hat ihr nicht gefehlt bisher, aber wie auch? Es kann einem ja nur etwas wirklich fehlen, was man kennt. Man kann sich sehnen nach Dingen, die man nicht kennt, aber fehlen sie einem dann? Wonach hat sie Sehnsucht? Was fehlt ihr? Das geht ihr durch den Kopf, als sie den ersten Zug nimmt. Sie atmet tief ein und schluckt den Rauch. Sie muss husten, sie ist nun mal keine trainierte Raucherin.

»Ist das meine Lederjacke, die du da anhast?«, fragt Mechthild Tini und hört sich richtig pikiert an.

»Meine Güte, da passt du – a – schon lange nicht mehr rein, und – b – haben wir nicht mal beschlossen, dass es dieses bürgerliche Mein und Dein hier nicht gibt?«, reagiert Tini mindestens genauso pikiert.

»Fragen könntest du wenigstens!!«, wehrt sich Mechthild.

»Mein, dein, was sind das für Worte?«, tadelt nun Wolfgang Mechthild. Die scheint hier einiges aushalten zu müssen. Wieso lässt sie sich das gefallen?

»Wenn ihr meinen Kram nehmt, zählt es nicht, ansonsten sieht das ja wohl anders aus! Als ich neulich nur die Lieblingstasse von Konsti genommen habe, ist der fast ausgerastet«, wehrt sich Mechthild, »das ist kleinlich!«

»Du weißt, ich hänge an dieser Tasse, die habe ich damals von Marie-Luise bekommen! Und Marie-Luise …«, erklärt sich Konsti.

»Bitte nicht die ganze Marie-Luise-Geschichte schon wieder!«, würgt ihn Wolfgang ab. »Die können wir alle fast schon besser als du erzählen. Nimm einen Zug, wir sind sonst gar nicht so!«, reicht er den Joint an Jutta. Das ist jetzt schon ihr dritter tiefer Zug und, vielleicht bildet sie es sich auch ein, sie fühlt sich schon ein bisschen schwummerig. Was die hier rumstreiten, wie harmonisch Klaus und sie dagegen waren. Haben sie die Dinge einfach nur nicht ausgesprochen? Unter den berühmten Teppich gekehrt? Was ist besser? Wäre dieses »Wir reden über alles« nicht mal was ganz Neues? Aber sie ist keine wirklich gute Streiterin. Sie konnte im Laden strikt sein. Aber im Privaten ist ihr das immer schwergefallen. Sie muss lachen. Es bricht geradezu aus ihr heraus. Sie schaut auf Konsti und muss noch mehr lachen.

Himmel, was soll der denken? Nicht, dass er annimmt, dass sie ihn auslacht. Sie wendet ihren Blick und schaut unter sich. Aber selbst der Fußboden bringt sie zum Lachen. Sie schafft es, nur zu kichern, aber das kann sie nicht komplett unterdrücken. »Entschuldigung!«, prustet sie quiekend wie ein Meerschweinchen in die Runde. »Ich weiß gar nicht, was mit mir los ist«, sagt sie zwischen zwei Lachern.

»Du bist bekifft, weiter nichts!«, erklärt ihr Leitwolf Wolfgang.

Auch das findet sie irre komisch. Sie schaut ihn an und denkt nur ›Ach, grauer Riese‹ und lacht.

»Scheint dir gutzutun!«, bemerkt Tini.

Die verzieht wieder keine Miene. Was muss man der denn einwerfen, damit sie mal lacht, denkt Jutta und muss darüber erneut herzhaft kichern. Meine Güte, sie kann sich kaum erinnern, in den letzten Jahren so ausdauernd gelacht zu haben. Das Kiffen könnte ihr gefallen. Dazu jetzt noch ein schönes Stück Streuselkuchen oder Schokolade, und die Situation wäre an Perfektion kaum zu übertreffen. Ihr Telefon klingelt. Sophia, ihre Tochter.

»Du bist ja auf einmal eine ganz Anhängliche!«, begrüßt sie ihre Tochter und bricht über ihre eigene Bemerkung direkt wieder in Lachen aus.

»Mama, was soll das denn heißen? Wo bist du? Was machst du? Wann kommst du wieder?«, redet ihre Tochter auf sie ein.

»Sag mir quando, sag mir wann«, singt Jutta in den Hörer.

»Mama, du hörst dich echt seltsam an! Rede doch mal ernsthaft mit mir!«, beschwert sich Sophia.

»Zu viel Ernsthaftigkeit in den letzten Jahren, jetzt kommt die Leichtigkeit«, sagt Jutta nur, und: »Putzi, ich melde mich die Tage, bin gerade echt beschäftigt!« Dieses »Ich melde mich die Tage, bin gerade echt beschäftigt« gehört sonst zum Standardantworten-Repertoire ihrer Tochter. Jetzt hat Jutta den Spieß mal umgedreht, und allein der Gedanke an das verdutzte Gesicht ihrer Tochter lässt sie giggeln. Es klingelt sofort wieder, aber Jutta beschließt, nicht dranzugehen.

»Wo ist euer Klo?«, fragt sie Mechthild.

»Dahinten, zweite Tür links, aber warte, ich erkläre dir die Toilette«, fügt sie noch hinzu.

Die halten sie anscheinend für sackblöd.

»Klogehen kann ich, und ich setze mich auch garantiert!«, lacht Jutta und findet sich unglaublich schlagfertig und witzig.

Mechthild ruft ihr etwas hinterher, aber Jutta hört nicht hin.

Als sie auf dem Klo sitzt und die Kacheln mustert, sieht alles ein wenig unscharf aus. Aber schön. Wie in einer Lagune, so blaugrün gesprenkelt und so hübsch glänzend. Wer hier wohl die Kacheln wienert? Jutta kann sich keinen der Männer dabei vorstellen. Ob die eine Putzfrau haben, oder muss immer die putzen, die nicht bei Wolfgang ranmuss oder darf? Fragen über Fragen. Die Toilette macht seltsame Geräusche. Oder ist das ihr Magen? Hat sie eine Kiff-Unverträglichkeit? Nein, es ist eindeutig das Klo. Ist ein irre großer Kasten diese Toilette, bisschen unförmig. Aber Jutta ist nicht sicher, ob ihre Augen nicht auch bekifft sind. Können Augen bekifft sein?, fragt sie sich und lacht laut auf. Wie verrückt das hier alles ist. Sie fühlt sich wie Alice im Wunderland, es würde sie nicht erstaunen, wenn gleich ein riesiger weißer Hase vorbeihoppelt. Ob das nur vom Kiffen kommt? Oder ist es die Atmosphäre in dieser WG? Fragen über Fragen. Sie fährt über den Rand der Klobrille. Wie dick die ist! Dabei hat keiner der Bewohner hier namhaftes Übergewicht. Mechthild ist kein schlankes Reh, aber eine extraverstärkte Toilette braucht sie mit Sicherheit nicht. Auf einmal spritzt es. Aus der Toilette Richtung Po. Hat sie den Verstand verloren? Halluziniert sie? Sie versucht, vorsichtig aufzustehen, um sich das Spektakel anzusehen, aber sobald sie den Po auch nur leicht vom Deckel lüpft, erwischt sie der fontänenartige Wasserstrahl an den Beinen und dem Kleid. Sie wollte doch nicht duschen, sondern nur schnell mal Pipi machen. Hilfe. Wenn das weiter so geht, setzt sie das gesamte Bad unter Wasser. Bildet sie sich das womöglich ein? Fühlt sie Wasser untenrum, das gar nicht da ist? Sie hält die Hand in die Toilette und tastet. Das führt dazu, dass jetzt Wasser aus allen Richtungen kommt. Immerhin, es ist angenehm warm. Hat sie eine Überreaktion? Ist sie im Wahn? Es hört gar nicht auf mit dem Wasser. Sie beschließt, einfach sitzen zu bleiben, fühlt sich eh ein bisschen wackelig. Sie legt den Kopf auf die Knie und lässt sich den Po spülen. Könnte schlimmer sein.

»Jutta, ist alles okay?«, schallt irgendwann, sie hat jedes Zeitgefühl verloren, eine Stimme zu ihr.

»Ja, ja, alles okay!«, antwortet sie.

»Soll ich reinkommen?«, fragt die Stimme. So tief ist Jutta noch nicht gesunken, dass man sie vom Klo abholen muss. Nicht nur betreutes Wohnen, sondern gleich betreutes Pinkeln.

»Nee, ich ruhe mich nur ein bisschen aus!«, antwortet sie und entscheidet sich, aufzustehen und die Wasserspiele billigend in Kauf zu nehmen. Sie erhebt sich und knallt sofort den Deckel zu. Dann, sie kann nicht anders, die Neugier ist zu groß, macht sie ihn vorsichtig wieder auf.

Nichts. Keinerlei Wasser. Sie scheint dabei zu sein, die Kontrolle zu verlieren. Hat sie sich das ganze Gespüle nur eingebildet? Definitiv nicht, denn sie sieht aus, als hätte sie eine Halbkörperdusche genommen. Von der Hüfte abwärts ist sie klitschnass. Noch einmal klappt sie beherzt den Deckel hoch. Es passiert wieder nichts. Sie fühlt sich richtiggehend verarscht. Von einer Toilette!

Sie überlegt, das Kleid zum Trocknen auszuziehen, kann aber, und das weiß sie sogar in ihrem Zustand, wohl kaum in Unterwäsche zurück zu ihrem Casting gehen. Obwohl das inzwischen sicherlich gelaufen ist. Die werden auch gemerkt haben, dass sie einfach nur sehr, sehr anders ist und hier nicht reinpasst. Jutta entscheidet sich dafür, ihr klatschnasses Kleid auf den warmen Boden zu legen – eindeutig Fußbodenheizung, stellt sie begeistert fest, greift sich einen Bademantel, der einladend an der Wand hängt, und zieht ihn über ihre Unterwäsche. Wieder muss sie lachen. Und Hunger hat sie. Einen unbändigen Hunger. Am liebsten würde sie sich nackt auf den warmen Fußboden legen und dabei Schokolade essen. Kann das alles von ein paar Zügen an einem Joint kommen?

»Oh, hast du dich schnell mal geduscht?«, fragt Eduard, als sie dann doch aus dem Badezimmer kommt, und leckt sich wieder die Lippen.

Das muss er sich echt abgewöhnen, das hat was richtig Ekliges, denkt Jutta nur und nickt. Sollen die doch denken, sie habe geduscht.

»Mein Bademantel steht dir!«, konstatiert Wolfgang.

»Entschuldige, ich habe ihn einfach genommen, mein Kleid ist ein bisschen nass geworden!«, kichert Jutta. Diese Lachanfälle kommen wie in großen Wellen über sie, und sie kann sich nicht dagegen wehren.

»Der Bademantel freut sich, dass mal so was Appetitliches drinsteckt!«, versucht ihr Wolfgang wahrscheinlich ein Kompliment zu machen, aber der Unterton ist nicht weniger schlüpfrig als Eduards Lippenlecken.

»Habt ihr vielleicht ein bisschen Schokolade?«, fragt Jutta und denkt, was bin ich dreist. Trage, ohne zu fragen, einen Bademantel, der mir nicht gehört, laufe halb nackt durch eine fremde Wohnung, lache albern rum, und jetzt bin ich noch kurz davor, denen die Süßigkeiten wegzufressen. Jutta erkennt sich kaum selbst wieder. Wo war diese Jutta in den letzten Jahrzehnten? Mag sie diese Jutta? Hör auf, ständig nachzudenken, genieße doch einfach dieses entspannte freie Gefühl, sagt sie sich selbst. Niemand bekommt es mit, und diese Irren hier wird sie nie wiedersehen, es kann ihr also vollkommen egal sein, was die von ihr denken. »Habt ihr jetzt Schokolade oder nicht? Marzipan wäre auch toll, oder Kekse. Am liebsten Waffelkekse mit Schoko.«

Alle grinsen. »Munchies-Alarm!«, lacht Konsti und geht Richtung Küche.

»Munchies?« Jutta hat keinen Schimmer, wovon die reden. »Also Munchies kenne ich nicht, ich probiere aber auch mal was Neues, einfach irgendwas Süßes.«

Wieder lachen alle.

»So nennt man den Kifferhunger!«, erklärt ihr Eduard der Lippenlecker.

»Wo sind denn deine Vorräte Mechthild?«, ruft Konsti.

Die läuft rot an. »Welche Vorräte?«, fragt sie.

Wieder lachen alle.

»Über deine ›geheimen‹ Süßigkeitenlager weiß hier jeder Bescheid, Mechthild. Obwohl wir hier eigentlich auf Zucker verzichten!«, mischt sich Tini ein.

»Die habe ich nur, damit ich was dahabe, wenn Yasemine vorbeischaut«, rechtfertigt sich Mechthild.
»Ihre siebzehnjährige Enkelin!«, erklärt Tini.
Die Männer lachen.
»Für Yasemine, ja klar!«, stichelt Wolfgang.
Mechthild hat hier wirklich einen schweren Stand.
»Wieso lässt du dir all das gefallen?«, fragt Jutta.
»Das ist schon okay, sie haben ja recht, ich bin echt nicht gut im Zuckerverzicht. Mir schmeckt es halt.«
»Sucht, Mechthild, das ist Sucht. Wir haben doch schon darüber gesprochen«, wirft Wolfgang ein, »da musst du wirklich an dir arbeiten. Aber jetzt hol was für Jutta.«
Man könnte meinen, Wolfgang sei Mechthilds Erziehungsberechtigter. Mechthild trollt sich wie ein getretener, gehorsamer Hund. Jutta hat Mitleid mit ihr. Sie geht ihr hinterher. »Tut mir leid, Mechthild!«, sagt sie nur.
»Ach, ich bin dran gewöhnt, und in meiner Ehe war es noch viel schlimmer. Es liegt an mir. Ich habe eine Opfermentalität. Das weiß ich aus all meinen Familienaufstellungen, und das meint auch meine Heilpraktikerin. Ich nehme Globuli, um es zu bekämpfen.«
»Warum suchst du dir keine Wohnung für dich?«, will Jutta wissen.
»Ich kann nicht allein sein, da lass ich mich lieber ein bisschen rumkommandieren. Allein sein ist schrecklich.«
Jutta zuckt mit den Schultern. Sie hat das mit dem Alleinsein ganz gut hinbekommen. Aber der Gedanke, bis zum Ende ihres Lebens allein zu bleiben, ist nicht verlockend. Trotzdem würde sie sich so einen Ton nicht gefallen lassen, bei aller Harmoniesehnsucht. »Du musst die dringend in ihre Schranken verweisen, die haben sich ja richtig eingeschossen auf dich!«, schlägt Jutta vor.

»Ich bin da nicht die Type für, und es macht mir echt nicht viel aus. Die meinen es nicht so. Das hört sich hier alles krasser an, als es ist. Wir haben uns gern. Also, mit Tini ist es nicht leicht, aber nur wegen Wolfgang. Ich kann nicht anders, aber ich hätte ihn gern exklusiv. Nur für mich.« Sie seufzt. »Aber ich wusste, worauf ich mich einlasse, und es ist nun mal Tinis Mann. Sie müsste sterben, damit er mir allein gehört. Aber das darf man ja eigentlich nicht mal denken.« Ein erneuter Seufzer. »Willst du andere Klamotten von mir? Solange deine noch nass sind? Was ist denn passiert? Hast du tatsächlich geduscht, oder war es die Popodusche?« Sie lacht.

Jutta nickt, leicht beschämt.

»Kein Grund zur Peinlichkeit, ist mir am Anfang auch passiert. Der Ausschalteknopf ist neben dem Toilettenrand, der dritte Knopf, das muss man halt wissen! Außerdem hätten wir es dir sagen müssen, aber die Jungs fanden das witzig. Normalerweise geht das Ding aus, wenn man aufsteht. Aber das kann man auch ausstellen, und immer wenn jemand kommt, der noch nicht hier war, machen sie das. Und lachen sich schon vorher schlapp.«

Dass sie die Mittsechziger als Jungs bezeichnet, findet wiederum Jutta witzig. Dass sie genau wussten, was passieren würde, eher fies. Trotzdem atmet Jutta merklich auf. Sie hat nicht halluziniert, sondern eine amoklaufende Podusche ist schuld an ihrem unfreiwilligen Duschgang. »Wenn du mir einen Pulli und eine Hose leihen könntest, wäre das echt nett! Mein Kleid ist klatschnass, und ich kann wohl kaum im Bademantel hier weg.«

»Und was meinst du, kannst du dir vorstellen, hier mit uns zu leben?«, will Mechthild wissen.

»Tja, ehrlich gesagt eher nicht. Mir fehlt die Freundlichkeit im Umgang miteinander. Ich glaube, ich wäre ganz schnell du.«

Mechthild schaut fragend. »Na ja, ich meine, ich will nicht die sein, auf der alle rumhacken, und ich will auch nicht von Wolfgang und dem Rest erzogen werden. Dazu bin ich zu alt. Und euren Polykram finde ich seltsam.«

Mechthild scheint betrübt. »Schade, vielleicht hättest du frischen Wind reingebracht. Und ja, vielleicht habe ich auch darauf gehofft, aus meiner Rolle schlüpfen zu können. Ich wäre froh, mal nicht mehr die Zielscheibe zu sein.«

Immerhin ehrlich ist sie, die Mechthild, denkt Jutta. »Das kann dir niemand abnehmen, da musst du schon selbst für sorgen!«, rät ihr Jutta. »Wehr dich. Du musst dir doch nicht alles gefallen lassen. Und jetzt zeig mal deine Vorräte!« Jutta öffnet eine Sockenschublade in ihrem Kleiderschrank und zieht einen Stoffbeutel hervor. Jutta schluckt. Das sind wirklich Vorräte. Schokoriegel jeder Art, Kekse, Schaumküsse und unglaublich viel Gummibärchen.

»Was willst du haben?«, fragt Mechthild und hält ihr den Beutel hin.

»Darf ich auch zwei Sachen?« Jutta grinst.

»Nimm drei, Hauptsache, du lässt mir was übrig. Ich brauche abends nach all dem Gemüse und Quinoa und dem Zeug noch mal eine Ladung Ungesundes. Schon aus Protest. Ich weiß, das ist kindisch, aber ich bin schon immer eine Frustfresserin. Schokolade spendet mir Trost. Und je mehr die anderen darüber meckern, umso mehr brauche ich. Paradox. Ich weiß. Du musst gar nichts dazu sagen. Nimm, was du magst, du kannst es dir erlauben.«

Jutta streckt die Arme aus, und Mechthild lässt sich direkt hineinsinken. Sie braucht mehr Liebe, schießt es Jutta durch den Kopf. Genau wie ich. Wir sind zwei Bedürftige. Die eine zutiefst frustriert und dauergedemütigt und die andere einsam. Tolle Kombi. Depression leicht gemacht.

»Überlege es dir doch noch mal, es gibt auch richtig nette Momente hier. Und man hat immer Gesellschaft. Und Konsti kann mega kochen«, rührt Mechthild die Werbetrommel.

Jutta mag nicht zugeben, dass ihr Casting-Versuch mehr Neugier als wirklicher Bedarf war. »Ich denke drüber nach!«, verspricht sie. Und das wird sie auch. Die Vorstellung, in einer WG zu leben, hat viel Schönes. Aber diese spezielle WG lockt Jutta nicht. Der Lippenlecker, der mit den Erektionsproblemen, der aber gut kocht, der Erziehungsberechtigte, die Strenge und das Hackobjekt Mechthild. Das ist Jutta zu viel Dramapotenzial. Und es hat so gar nichts von der Welt, aus der sie kommt. Das hier sind garantiert alles Akademiker, Modell Altachtundsechziger. Jutta will weiter mal ein Gulasch essen, will keine wechselnde Bettgesellschaft und möchte nicht über jeden Scheiß diskutieren. Außerdem hat sie insgeheim Sorge, dass sie verbal unterlegen sein könnte. Tief in ihr drinnen steckt immer noch das Gefühl, mit ihrer Mittleren Reife einer studierten Person nicht gewachsen sein zu können. Sie weiß, dass es albern ist, aber auch Klaus hatte diese seltsame Form von Ehrfurcht vor »Gebildeten«. Jutta weiß, dass sie weder dumm noch ungebildet ist, aber sie weiß ebenso gut, dass jede Menge Luft nach oben ist. Allein die Vorstellung, dass sie sich hier ständig wird messen müssen, empfindet sie als Stress. Sie will nicht kleingemacht werden, sich nicht dauernd wie eine Person zweiter Klasse fühlen. Bleibt man, wenn man aus »kleinen Verhältnissen« stammt, immer jemand aus kleinen Verhältnissen? Oder kann man sich da rausschaffen? Sie hat es getan, hat sich hochgearbeitet, doch sie hört in ihrem Inneren immer noch die Stimme ihrer Mutter: Wir sind halt nur kleine Leute. Wie oft sie das gesagt hat. Mit dieser Bitterkeit in der Stimme. Ihre Mutter war oft so gallig. Unzufrieden. Es gibt Menschen, da ist Unzufriedenheit der Hauptgrund für Motivation. Ihre Mutter hat sich der Unzufriedenheit hingegeben, sich fast darin gesuhlt und sie als unabänderbar gesehen. Keine Perspektive, nirgendwo. »Wir sind, was wir sind.« Schicksal, Pech gehabt eben. Kein Entrinnen. Jutta ist froh, nicht so zu sein, aber ganz kann sie diese Einstellung, die sie ihre Kindheit lang begleitet hat, auch nicht verdrängen. Da sind feine Spuren in ihrem Herzen.

»Jetzt nimm schon, du musst nicht abwägen, schlag zu!«, unterbricht Mechthild ihre Gedanken. »Jeder Riegel, den du isst, landet nicht auf und in meinem Bauch. Obwohl das so langsam auch keinen Unterschied mehr macht. Ich war schon immer so hungrig. Und ich will immer viel. Viel Essen, viel Liebe, viel Leben. Immer eine Extraportion obendrauf.«

Jeder hat sein Thema, merkt Jutta mal wieder. Hadern scheint zur Frauen-Grundausstattung zu gehören. »Ist das nicht das Schöne, wenn man älter wird, dass man einfach essen kann, was man will. Leben kann, wie man will, und endlich aufhören kann, immerzu zu überlegen, ob das alles anderen gefällt.« Sie muss grinsen, dass ausgerechnet sie das zu Mechthild gesagt hat. Vielleicht sollte sie sich das selbst immer mal wieder zurufen.

»Du hast recht, aber es ist schwer«, beklagt sich Mechthild. »Ich weiß das!«, sagt Jutta und beißt in den ersten Schokoriegel. »Hier wäre auch was zum Anziehen, alles auf der Stange hier kannst du gerne nehmen, passt mir eh nicht mehr.«

»Warum hebst du es dann auf?«, wundert sich Jutta.

»Wenn ich es aussortiere, gestehe ich mir ein, dass ich da nie mehr reinpasse. Das wäre eine Form der Kapitulation. Das schaffe ich nicht.«

Jutta versteht, was sie meint. Auch wenn ihr dieses Problem zum Glück fremd ist. Aber auch sie kann sich oft genug nicht trennen. Von Vorbehalten und Gewohnheiten.

»Wo bleibt ihr denn?«, ruft es aus dem Wohnzimmer.

»Tini!«, stöhnt Mechthild. »Wir kommen gleich, Jutta guckt noch nach Klamotten!«, antwortet sie. »Die mag es ganz und gar nicht, wenn man was ohne sie macht. Oder sie das Gefühl hat, ausgeschlossen zu sein. Allein die Vorstellung, dass wir zwei jetzt hier über sie reden könnten, macht die kirre.«

»Das hört sich nicht so an, als wärt ihr dicke Freundinnen?«, fragt Jutta vorsichtig.

»Wenn ich ehrlich mit mir bin, nicht mehr. Wir waren das mal. Sogar sehr gute Freundinnen. Aber diese Wolfgang-Sache hat alles zerstört. Sie tut so, als wäre das für sie kein Ding, aber ich bin mir sicher, sie findet das alles auch nicht toll. Der Einzige, der es echt genießt, ist Wolfi. Klar, er wird von zwei Frauen umgarnt und kann wählen, je nach Laune. Er hätte gerne, dass wir zwei, Tini und ich, beste Freundinnen sind, aber wir schaffen es nicht, über unsere Schatten zu springen. Tini tut noch so als ob, weil sie cool sein will, aber sicherlich auch, weil sie weiß, dass sie letztlich am längeren Hebel sitzt. Sie ist seine Ehefrau.«

»Noch mal, Mechthild, was hält dich hier? Warum bleibst du, wenn du nicht glücklich bist?«, hakt Jutta nach.

»Mangelnde Alternativen. Ich habe keine Kinder, zu denen ich kann, und alleine zu leben hat so was Trostloses. Lieber das Gemecker als die dauernde Stille.«

Wie traurig, denkt Jutta. Aber auf eine Art verständlich. Sie ist das Alleinsein gewohnt, aber wirklich mögen tut sie es auch nicht. Eben auch mangelnde Alternative, genau wie bei Mechthild. Aber würde sie ihr Leben für das hier eintauschen? Nein, lieber allein und ab und an einsam, als sich ständig maßregeln zu lassen. »Man gewöhnt sich an das Alleinsein«, sagt sie nur. »Es ist nicht immer schön, aber immerhin bestimmst du über dein Leben.«

»Schade, dass du nicht zu uns ziehen willst, ich glaube, du hättest das Casting geschafft, Eduard und Konsti hätten mit Sicherheit für dich gestimmt, und meine Stimme hättest du auch gehabt. Wir entscheiden nach Mehrheiten. Egal, worum es geht.«

Jutta freut sich ein bisschen. Das Wissen, dass man sie nehmen würde, sie somit einen kleinen Sieg errungen hat, ist aufbauend. »Aber ich bin doch so anders als ihr!«, gibt Jutta zu bedenken.

»Ja, aber genau das gefällt mir so sehr. Endlich mal jemand, der außerhalb unserer Blase zu Hause ist. Jemand, der bodenständig ist und isst. Jemand, der nicht einfach geerbt hat, wie Tini. Du hast gearbeitet, in einem Supermarkt, das ist so außerhalb unserer Welt. Ich empfinde das als erfrischend. Das relativiert auch viel von unseren Befindlichkeiten. Du bist so normal.«

Jutta muss überlegen, ob sie das als Kompliment interpretieren kann. Normal? Will man normal sein, oder doch sehr viel lieber besonders? Normal hat langweilig im Gepäck, und das möchte Jutta nun wirklich nicht sein. Aber ich bin es, geht ihr durch den Kopf. Was an mir ist nicht langweilig? Das jetzt mit Bohdan, das war besonders. Ein Wagnis, nicht normal. Da hat sie sich was getraut, etwas zugelassen. Aber ansonsten. Sie schläft, sie isst, sie sieht ihre Kinder und schaut fernsehen. Ab und an trifft sie Freundinnen. Kein Wagnis, kein Abseits der Norm, egal, wie gründlich sie sich und ihr Verhalten mustert. »Für mich seid ihr spannend, aber mit zu viel Spannung. Untereinander. Zu wenig Herzlichkeit. Ich sehne mich nach liebevollem Miteinander. Und ich glaube, das fehlt mir hier.«

»Mir auch!«, stimmt ihr Mechthild zu.

»Und warum bewirbst du dich nicht in einer anderen WG oder ziehst mit einer Freundin zusammen?«, bohrt Jutta weiter.

»Mir fehlt der Elan. Ich bin träge, vielleicht ist der Leidensdruck nicht groß genug. Und mit dem Geld sieht es auch nicht gut aus. Meine Rente ist überschaubar, ich kann mir das hier nur leisten, weil wir anteilig an unsere Vermögensverhältnisse zahlen.«

»Wenn ich auf meiner Heimtour was Tolles finde, bei dem ich denke, es könnte passen, sage ich dir Bescheid«, verspricht Jutta, während sie einen weiteren Schokoriegel verspeist.

»Hier, nimm den Kaschmirjogginganzug, der wird dir mit Sicherheit gut stehen. Und schön weich ist er!«, entscheidet Mechthild und zieht einen wunderschönen pflaumenfarbenen Zweiteiler aus dem Schrank. »Wenn man den anhat, will man ihn nie mehr ausziehen! Ich habe ihn geliebt!«

Jutta zögert. Etwas anzunehmen, auch nur leihweise, damit hat sie ein Problem. Egal, wie eng es in ihrer Kindheit war, Schulden hätten die Eltern nie gemacht. »Ich kann ihn dir dann schicken oder morgen früh vorbeibringen, oder auch schon nachher!«, bietet sie Mechthild an.

»Behalte ihn, sollte ich jemals wieder so *in shape* sein, dass ich reinpassen könnte, melde ich mich. Der freut sich, wenn er getragen wird. Und im Schrank kriegt er nur die Motten!«, lacht sie.

Etwas anzunehmen, fällt Jutta schon immer schwer. Zu groß die Angst, dass man, wie auch immer, zurückzahlen muss. Dass jemand einfach nett ist, ohne im Gegenzug Erwartungen zu haben, gibt es nicht. Hat jedenfalls Klaus gesagt. Aber der Anzug ist herrlich weich. Und die Farbe sehr besonders. »Gerne nehme ich ihn mit, und er wird es schön bei mir haben!«, verspricht sie Mechthild. »Ich kann dir aber auch was zahlen dafür!«, bietet sie schnell an.

Mechthild winkt ab. »Zieh ihn an und nimm ihn mit. Er gehört dir!«

Am liebsten würde Jutta noch eine Weile mit Mechthild alleine bleiben, aber Tini klopft. »Darf man wissen, was ihr da macht?«, fragt sie ungeduldig.

Mechthild öffnet die Tür und sagt nur: »Lästern!«

»Dann viel Spaß mit deiner neuen Freundin!«, zischt Tini und dreht sich um.

Das hat Kindergartenniveau hier, findet Jutta. Sie will weg hier. Es reicht. Und den Rest guter Kifferlaune will sie auch nicht an Tini und Co. vergeuden. Sie geht zum Badezimmer und schnappt sich ihr Kleid. Als sie es auf dem Boden liegen sieht, muss sie wieder lachen. So oder so war das ein denkwürdiger Ausflug. Sie hat das erste Mal »einen durchgezogen« und einen sicherlich megateuren Kaschmirjogginganzug abgesahnt. Hätte schlimmer kommen können.

»Und wie lautet euer Fazit?«, fragt sie trotz allem, als sie zum Verabschieden zurück ins Wohnzimmer geht.

»Willst du nicht wenigstens das Zimmer sehen?«, antwortet Wolfgang, der Rudelführer.

»Ich muss eigentlich los, aber ich werfe noch schnell einen Blick hinein!«, kann Jutta ihre Neugier nicht zügeln, obwohl ihre Entscheidung gefallen ist. Der Raum ist groß und sogar recht hübsch möbliert. Ein sehr breites Bett, ein Kleiderschrank und ein kleiner Schreibtisch am Fenster. Parkettboden wie in der ganzen Altbauwohnung. »Das könnte mir durchaus gefallen!«, sagt sie.

»Aber?«, fragt Wolfgang, der anscheinend ahnt, dass das Zimmer allein es nicht rausreißen wird.

»Ihr seid sehr anders, ich glaube, wir passen nicht zueinander!«, versucht Jutta, eine diplomatische Antwort zu geben.

»Hoppla, so schnell urteilst du?«, weist der WG-Anführer sie zurecht. »Unterschiede können auch bereichernd sein. Du könntest einiges mitnehmen für dein Leben!« Wofür hält dieser Mann sich bloß?

»Allein wie du das sagst, bestätigt mich in meinem ›Urteil‹«, kontert sie schärfer als beabsichtigt. Sie kann was lernen? Meine Güte, was ein eingebildeter Typ.

»Jutta, Jutta, was steckt da an Aggression in dir drin, das muss raus, klar, da ist einiges aufzuarbeiten! Wir können dir da bestimmt helfen.«

»Hobbypsychologe?«, fragt Jutta schnippisch.

»Nee, Berufspsychologe!«, gibt er ziemlich gelassen zurück.

Jutta fühlt sich ertappt, und es ist ihr peinlich. Es gibt wahnsinnig viele Berufe, und jetzt ist er ausgerechnet Psychologe. Wolfgang lacht. Er kann keine Gedanken lesen, er ist Psychologe, kein Hellseher, versucht Jutta, sich zu beruhigen. So richtig gelingt es ihr nicht. All ihre plötzliche Schlagfertigkeit ist wie weggeblasen. Was für ein Fettnapf!

»Hier in der WG brauchst du keine Krankenkassenkarte, oder bist du privat versichert?«, legt Wolfgang noch mal nach.

»Ich war stellvertretende Filialleiterin bei Lidl, nicht Geschäftsführerin eines Unternehmens, wie werde ich wohl versichert sein!«, platzt es aus Jutta heraus.

»Das ist doch nichts, wofür man sich schämen muss!«, antwortet Wolfgang sehr ruhig und freundlich mit Therapeutenstimme.

Wie kommt der auf die Idee, sie würde sich für ihren Job schämen? Sie war und ist stolz, dass sie sich von der Kasse hochgearbeitet hat. Karriere ist eben relativ. »Ich schäme mich keineswegs für meine Arbeit!«, antwortet sie und schaut dem Herrn Psychologen fest in die Augen.

»Über all das könnten wir mal in Ruhe sprechen, wenn du hier einziehst!«, schlägt er vor.

»Das heißt, ihr wollt mich haben?«, will Jutta jetzt wissen. »Also, bis auf eine Ausnahme waren wir alle dafür, Mechthild hat ihr Votum noch nicht abgegeben, aber drei von fünf Stimmen hast du auch so, insofern geht alles klar. Du könntest das Zimmer direkt heute beziehen. Und wegen der Polyamorie, ich glaube, da würdest du im Laufe der Zeit vielleicht deine sehr konservative Meinung ändern.«

Eher friert die Hölle zu, denkt Jutta, aber sie sagt es nicht. »Ich überlege es mir!«, lehnt sie die Offerte nicht direkt ab. Sie ist, das muss sie sich eingestehen, geschmeichelt. Die wollen sie. Ein gutes Gefühl.

Zum Glück klingelt ihr Telefon. Fritzi. »Wie war's? Soll ich dich abholen? Ich bin eh in der Gegend. Wir könnten noch schwimmen gehen, wenn du magst. Ich habe deine Schwimmsachen ja hinten im Auto.«

»Ich mag, obwohl ich schon ein kleines Bad genommen habe.« Jutta muss lachen. Sie hat den halben Körper mit einer Podusche eingeweicht. Das muss man auch erst mal schaffen. Noch nie in ihrem Leben hat sie auf einer Toilette mit eingebauter Podusche gesessen. Dass es die Dinger gibt, hat sie mal in einer Reportage aus Japan gesehen. Die Asiaten scheinen das generell zu haben. Wozu nur? Gibt es in asiatischen Ländern kein Klopapier? Oder sind die einfach nur extreme Hygienefanatiker? Fragen über Fragen.

»Du musst mich nicht abholen, aber ich freue mich, wenn du es tust. Ich bin jederzeit bereit!«, informiert sie ihre Schwimmfreundin. Inzwischen sagt sie Freundin, obwohl sie sich noch nicht lange kennen. Aber Fritzi, die sich so sehr für sie engagiert, als Bekannte zu titulieren, wäre wirklich nicht angemessen. »Ich habe gekifft!«, teilt sie ihr zudem mit. Sie merkt, dass sie sich anhört wie eine Mutter, die mit stolzgeschwellter Brust erzählt, dass ihr Kind die ersten Schritte gemacht hat.

»Aha«, sagt Fritzi nur. »Kannst du mir in einer Viertelstunde ausführlich erzählen, dann bin ich da. Bis gleich.«

Hätte ich doch einfach den Mund gehalten, Fritzi klang nicht begeistert. Jetzt ist es Jutta peinlich, dass sie mit dem ersten Kiffen angegeben hat. Als wäre das ganz was Tolles. Wen um alles in der Welt will sie damit beeindrucken? Kindisch. Sie muss kichern. Noch scheint das Zeug eine Restwirkung zu haben. So albern kennt sie sich gar nicht. Aber Albernheit, oft verpönt, hat ja auch viel Schönes. Sie ist ein Leichtmacher. Etwas, von dem Jutta auf jeden Fall mehr gebrauchen kann.

Jutta verabschiedet sich von der Polytruppe. Eduard leckt sich wie manisch mehrfach die Lippen, und Konsti scheint enttäuscht. »Wenn das so weitergeht, finden wir gar keinen, nicht mal du willst einziehen, hat der Wolfi gesagt!«

Nicht mal du, was soll das denn heißen? Sie hätte nicht übel Lust, dem ganzen Haufen hier deutlich zu sagen, wie gestört sie auf Menschen von außen wirken. Dieses »Nicht mal du« trifft sie. Ist sie eine Person zweiter Klasse? Was bilden die sich ein? Überheblichkeit hat Jutta oft genug eingeschüchtert, aber in diesem Fall hat sie fast so was wie Mitleid. Und es macht sie zornig.

»Tja, nicht mal ich. So tief seid ihr schon gesunken. Vielleicht könnt ihr noch einen Schritt nach unten machen auf eurer sozialen Skala und ein Heimtier aufnehmen. Einen dreibeinigen Hamster. Vielleicht will der in euer freies Zimmer und dann ab und an in irgendein Körbchen! Aber sicher wäre ich mir an eurer Stelle nicht. Auch Tiere haben Antennen für mieses Karma!«

Tini schnappt nach Luft. »Ich habe es euch gesagt, ich wusste, wie die drauf ist. Ich war ja auch die Einzige, die dagegengestimmt hat. Habt ihr das gehört, mieses Karma? Wir? Geht's eigentlich noch? Ich habe meine Aura messen lassen. Die war topp. Also jedenfalls damals. Fast nur Grün, mit einem Hauch Rot und Rosa. Das steht für menschliche Wärme und Hilfsbereitschaft. Und eine Aura lügt nicht! Überhaupt: Ich meine, was unterstellst du uns? Dass meine Eltern Unternehmer sind, dafür kann ich nichts. Ich war sogar mal in der Gewerkschaft!«

»Ganz herzlichen Glückwunsch, zu den Eltern und der Gewerkschaft! Was für eine gewagte Mischung. Aber bei einer rot-grünen Aura mit Rosa kein Wunder. All die Menschlichkeit hier.« Jutta ist überrascht über sich selbst.

Sie kann Ironie. Sie kann wehrhaft sein. Man muss es nur wagen und nicht immer sofort den Kopf einziehen vor vermeintlich Stärkeren. Immerhin dafür war der Ausflug hierher gut. Und sie hat die Podusche kennengelernt und erstmals gekifft. Beides braucht sie nicht zwingend wieder, aber eine Erfahrung war es.

Der Abschied ist ein wenig frostig. Alle bis auf Mechthild zeigen sich sehr distanziert. Tini hebt nur ein wenig die Hand. »Dann eben nicht!«, murmelt der Lippenlecker, Konsti brummt ein: »Immer werde ich missverstanden«, und Wolfi drückt ihr ein Kärtchen in die Hand. »Du solltest eine Analyse wirklich ernsthaft in Betracht ziehen, dieses Aufgestaute muss sich katalysieren. Du brauchst Hilfe. Ich kann sie geben. Ruf in der Praxis an und sage denen, dass wir gesprochen haben und du einen Termin willst. Du bist mir, trotz allem, als Patientin willkommen. Ich kann beruflich und privat trennen.«

Jutta winkt ab. Sie lässt sich von diesem polyamoren Psychofritzen nicht in eine Macke hineinreden. Sie kennt ihre Probleme, das kann man von den Bewohnern hier nicht behaupten. Sie braucht niemanden, der sie kleinredet, das hat sie lange selbst vorbildlich erledigt.

Mechthild umarmt sie zum Abschied. Mutig. Jutta will gar nicht wissen, was die sich nachher dafür anhören muss. Solidarisierung mit dem Klassenfeind! Dem Underdog. Außerdem gibt sie ihr einen Zettel mit ihrer Telefonnummer. »Schön, dass du hier warst, und, wie gesagt, wirklich, behalte den Anzug. Als Aufwandsentschädigung oder Kompensation für die Unfreundlichkeiten.«

Jutta hört noch, wie Tini schreit, als sie die Tür zuzieht: »Spinnst du jetzt total, Mechthild? Du solltest wissen, zu wem du gehörst!«

Draußen vor der Haustür atmet Jutta tief durch. Am liebsten würde sie Mechthild noch schnell holen, raus aus den Fängen der Rot-grün-rosa-Aura, weil sie ahnt, was die jetzt die nächsten Tagen durchmacht. Aber, am Ende ist es ein selbst gewähltes Schicksal, und ein bisschen ist es Mechthild ja auch gewohnt. Vielleicht wird die Streiterei endlich der Tropfen sein, der das bekannte Fass zum Überlaufen bringt und Mechthild zum Handeln.

Auf Fritzi ist Verlass. Sie kann kaum glauben, was Jutta ihr da erzählt. Die Sache mit der Polyamorie findet sie eher lustig. »Das kann ich mir sogar vorstellen, aber eher andersrum. Ein bisschen Abwechslung hat noch nie geschadet. Und den einen Mann für alles zu finden, ist eh schwer. Wenn du einen hast für wilden Sex, Netflix-Marathons, einen für Kuschelmuschel, Theater und Familienbesuche, das wäre doch an sich ein guter Gedanke.«

Jutta schüttelt den Kopf. »Mit der Konkurrenz unter einem Dach leben? Zimmer an Zimmer? Das verlangt, jedenfalls mir, zu viel Toleranz ab. Davon mal abgesehen, dass keiner von denen mein Typ war. Und diese Motzstimmung bei denen! Dann lieber allein. Oder sogar im Heim.«

»Vielleicht war nur das nicht die optimale WG, die Idee, in eine Alters-WG zu ziehen, ist ja an sich richtig gut. Könnte ich mir vorstellen, wenn ich mal alt bin!«, ergänzt Fritzi.

Konnte sich Jutta bis gestern auch noch vorstellen, aber das heute hat sie ein wenig ernüchtert. Selbst wenn das sicherlich eine Extremvariante war, gemeinsames Wohnen bedeutet immer auch Kompromiss. Wird man im Alter weniger kompromissbereit? Ist man zu eingefahren, vor allem wenn man lange alleine gelebt hat?

Kann man sich noch wirklich einlassen? »Vielleicht ist das eher was für Junge?«, äußert Jutta ihre Bedenken.

»Das hat doch mit dem Alter nichts zu tun, es steckt ja eigentlich immer ein Zweck dahinter. Bei den Jungen ist es nicht in erster Linie die Gesellschaft, sondern das Finanzielle. Bei den Alten ist es die Sicherheit, dass jemand da ist, wenn mal was ist. Und dass es die bessere Alternative zum Heim ist. Und Krach gehört zum WG-Leben dazu. Wir hatten in jeder WG, in der ich gelebt habe, Gezacker. Zumeist ging es um Hausarbeit. Jeder hatte das Gefühl, mehr als die anderen zu machen. Und natürlich wollte niemand das Klo putzen. Streitpunkt zwei war der Kühlschrank. Wer frisst wem was weg und wer zahlt was. Das ist normaler WG-Bestandteil. Bei denen da heute kommt wahrscheinlich erschwerend dieses ›Alle Frauen schlafen mit Wolfi‹ hinzu. Aber das Gute: Niemand zwingt dich, da zu leben! Du bist eine freie Frau! Und jetzt ab ins Wasser mit uns! Hier ist ein mega Hallenbad! Da kannst du dein Kiffhirn ein bisschen erfrischen!«

Das Schwimmen tut ihr gut. Noch immer kann man es nur mit sehr wohlwollendem Blick kraulen nennen, aber sie müht sich, und manchmal hat sie das Gefühl, tatsächlich mühelos dahinzugleiten. Für ein paar Sekunden, aber ein Anfang ist gemacht. Ich bin lernfähig, denkt sie. Es geht noch was, auch als Rentnerin.

Wie wär's jetzt mit Hamburg? Ist immer eine Reise wert?«, macht ihr Fritzi am nächsten Morgen beim Frühstück ein Angebot.

Jutta nickt. Sie findet alles aufregend, was nicht Dänemark ist. So viel wie in den vergangenen Tagen hat sie in den kompletten letzten Jahren nicht erlebt. Gestern die Kiffer- und polyamore WG und davor Tschechien mit Bohdan. Bohdan. Gestern Abend hat sie zweieinhalb Stunden mit ihm telefoniert. Es ist leichter, zu kommunizieren, wenn man sich gegenübersitzt oder nebeneinanderliegt, aber allein seine Stimme zu hören, hat Jutta berauscht. Wie charmant dieser Mann ist, wie feinfühlig und liebevoll. Er wolle sie nicht bedrängen, aber er sei so schrecklich verliebt. Große Worte für diese kurze Zeit. Aber sie lässt sich einlullen und genießt einfach nur. Sie mag den Klang seiner Stimme. Sie muss lächeln, wenn er die Umlaute vergisst. Hätte sie ein Auto dabei, sie hätte sich reingesetzt und wäre zu ihm gefahren. Gesagt hat sie das nicht. Sie neigt nicht zur Überschwänglichkeit. Schritt für Schritt lautet ihre Devise. Besser vorsichtig sein und keinen Spielraum für Kränkung bieten. Aber gedacht hat sie es. Dieser warme, gut riechende Körper wäre die Strecke wert gewesen. »Wann kommst du wieder? Wirst du hier leben?«, Bohdan hat viele Fragen. Fragen, die sich Jutta auch selbst stellt und auf die sie keine Antworten weiß. Tschechien ohne Bohdan wäre keine Option. Die WG mit allen, die dazugehören, ebenso wenig. Das

Sonnenstift mit Frau Södermann-Kugel? Auch nicht wirklich. Am besten, man gibt sich diese Kugel, wenn man alleine nicht mehr kann. Jutta könnte das nicht. Zu absolut. Sie hat Bewunderung für diese resolute Entscheidung, aber sie wäre viel zu ängstlich. Allein der Gedanke gruselt Jutta, und egal, wie belanglos ihr Leben von außen wirken mag, sie hängt daran. Noch ist es ja auch nicht vorbei, denkt sie. Da kann noch einiges kommen.

Eines hat sie entschieden: Sie wird Bohdan wiedersehen. Die Chance muss sie ihm und auch sich selbst geben. Wenn es nicht hinhaut, wovon sie insgeheim ausgeht, dann kann sie wenigstens sagen, dass sie der »Sache« eine Chance gegeben hat. Aber wie soll so eine Beziehung funktionieren? Er fernab vom Schuss in Tschechien und sie in Deutschland? Sie hat ihn genau das gestern Abend bei ihrem stundenlangen Gespräch gefragt. Wie stellst du es dir vor, das mit uns? Für ihre Verhältnisse war das schon sehr forsch. Aber sie hat heute gelernt, dass sie auch forsch sein kann. Er hat wiederholt, was er schon einmal geantwortet hat: »Stelle ich mir schon vor.« Keiner von beiden wollte nach zweieinhalb Stunden auflegen, obwohl sie beide müde waren. »Ich singe dir, dann kannst du schlafen, und dann mache ich Schluss mit Telefon! Oder du legst auf, weil es so schlimm ist!«, hat Bohdan vorgeschlagen, und dann hat er einfach gesungen.

Hätte eine Freundin Jutta davon erzählt, hätte sie sich geschüttelt. Kitschig, peinlich, wie aus einem schlechten Film hätte sie gedacht und das vermutlich auch gesagt. Aber so war es nicht. Sie hat es genossen. Dass ein Mann es schafft, so etwas zu tun, einfach ins Telefon singt, obwohl er nicht mal besonders gut singt, das hat sie fasziniert. Was für ein Selbstbewusstsein muss man dafür haben? Das hat etwas Souveränes. Er hat auf Tschechisch gesungen, und Jutta hat nichts verstanden. Aber die letzte Melodie, an die sie sich erinnert, war: »Guter Mond, du gehst so stille.« Bei diesem Lied muss sie eingeschlafen sein. Beim Aufwachen liegt ihr Handy neben ihr. Das hat noch nie ein Mann für sie getan, Klaus hätte sich allein über die Idee kaputtgelacht. Es war romantisch im besten Sinn. Kein Klischee. Trotzdem lauert in ihr immer noch ein Hauch von Misstrauen. Es könnte seine Masche sein, wer weiß, wie oft er das schon gemacht hat? Möglicherweise ist er »spezialisiert« auf die Besucherinnen der Residenz. Schnappt sich, was er bekommen kann. Macht dort leichte Beute. Sie beschließt erneut, abzuwarten. Was soll sie auch sonst tun?

Sophia, Mads und Pelle melden sich mittlerweile mindestens einmal am Tag. Schicken Nachrichten und sogar Bilder. Muss man dafür erst wegfahren und auf Distanz gehen?, fragt sich Jutta und ärgert sich. Wenn Mama hübsch brav zu Hause ist, können die drei sehr gut auf sie verzichten, jetzt aber, nicht genau wissend, wo sie sich »rumtreibt«, wie Mads es in einer WhatsApp genannt hat, jetzt sind sie in Alarmbereitschaft. Sie können also, wenn sie denn wollen.

Bevor Fritzi und sie nach Hamburg aufbrechen, ruft sie bei den Zwillingen an. »Mama, was geht ab? Bist du untergetaucht oder verschleppt worden?«, fragt Mads.

Sie erzählt ein bisschen, lässt aber ihre persönlichen Highlights, Bohdan und ihr erstes Mal Kiffen, tunlichst aus. »Es ist schön, mal was zu unternehmen, mal was Neues zu sehen, und es ist sehr nett mit Fritzi!«, betont sie.

»Wer ist das denn, hast du dir da vielleicht 'ne Erbschleicherin angelacht?«, fragt Mads und lacht ein wenig gezwungen.

Was für ein Gedanke! Glauben ihre Kinder, dass niemand mit ihr ohne die Aussicht auf eine, wenn auch überschaubare, Erbschaft befreundet sein mag? Sie beschließt die Bemerkung einfach so stehen zu lassen und lacht, ein wenig gekünstelt, zurück. Sollen die sich doch denken, was sie wollen! Die Angst, ihr Erbe könnte geschmälert werden, scheint sie immerhin zum Handy zu treiben. Könnten sie sich nicht einfach nur freuen, dass ihre Mutter eine neue Freundin gefunden hat? »Was machen die Keto-Geschäftspläne?«, erkundigt sie sich.

»Mega, es läuft. Wir haben die Chance, einen richtigen Investor zu finden, nur mit der Küche ist es immer noch echt schwierig. Warte mal kurz.« Mads unterbricht und gibt ihr Pelle: »Mama, ich bin's, der Pelle. Wie läuft es so bei dir?«

Immerhin, er fragt nach ihr. »Ich habe Spaß!«, antwortet sie, und als sie es ausspricht, wird ihr klar, dass es genau so ist. Sie hat Spaß. Sie erlebt was. Sie ist endlich mal raus. Warum hat sie das nicht längst gemacht? Brauchte es dafür eine Fritzi, einen Anstoß von außen, oder sollte sie ihren Kindern dankbar sein, dass sie durch deren »Heimgerede« einen letzten Schubs bekommen hat? Egal, warum, es war eine Spitzenidee. »Ich werde jetzt häufiger reisen«, verrät sie Pelle, »ich hab da noch ganz schön was aufzuholen.«

»Und was machen wir?«, fragt der verdattert.

»Ihr lebt euer Leben, so wie bisher auch. Und ich freue mich, auch wie bisher, sehr, wenn wir uns treffen. In ein paar Tagen bin ich wieder zu Hause. Sagt Bescheid, wenn ihr Lust habt, mich zu sehen.« Es ist nie zu spät, sich seine Kinder zu erziehen. Hofft sie jedenfalls.

»Ja, klar, haben wir doch immer!«, antwortet Pelle kleinlaut.

Von dem »immer« hat sie bisher nicht viel bemerkt, aber vielleicht war das jetzt der kleine Stups in die richtige Richtung. Bisher kam das Bemühen fast ausschließlich von ihrer Seite. Vielleicht hat sie es ihren Kindern auch zu leicht gemacht? Ab sofort wird sie versuchen, sich ein bisschen rarzumachen. Nicht die zu sein, die immer verfügbar ist. Begehrlichkeiten zu wecken, scheint entscheidend. Aber als Mutter ist man nun mal immer da für die Kinder und auch verfügbar. Das liegt in der Natur der Sache. Angeblich. Sind diese zwei Dinge kompatibel? Sich rarmachen und Mutter sein? Sie wird es versuchen, beschließt sie. Sich gelegentlich eine Auszeit nehmen. Davon abgesehen sind ihre Kinder erwachsen, da gelten neue Bedingungen.

»Kannst du uns sagen, wann du zurück bist, dann halten wir uns den Abend frei!«, schlägt Pelle vor.

»Geht doch, wenn ihr wollt!«, will sie am liebsten schreien, aber sie sagt nur: »Gerne, so machen wir es.«

Jetzt muss sie nur noch Sophia einnorden. Sie liebt ihre Kinder, aber in letzter Zeit sind sie ihr auf den Wecker gegangen. Diese Egomanie. Jetzt haben alle drei gefragt, wie es ihr geht. Ansonsten sind sie voll mit ihren eigenen Geschichten und Sorgen. Keine Zeit, um über die eigene Befindlichkeit hinauszuschauen. Das hat nichts speziell mit ihren Kindern zu tun, sie glaubt, es ist die Generation. Diese »Ich bin der Nabel der Welt«-Haltung war früher nicht so verbreitet. Sich so zu gebärden, setzt voraus, dass es jemand zulässt und durch das Zulassen auch noch indirekt fördert. Ihre Mutter hätte ein solches Verhalten nie toleriert. »Flausen« hätte sie es genannt, da ist sich Jutta sicher. Ich habe Fehler gemacht, merkt Jutta nicht zum ersten Mal. Ihr permanentes schlechtes Gewissen wegen ihrer Berufstätigkeit hat dazu geführt, dass sie beide, Klaus und sie, die Kinder verwöhnt haben. Mit dem Ergebnis muss sie jetzt alleine zurechtkommen.

Sie hat, schon weil bei ihnen zu Hause die Devise »Knapp, knapper und noch knapper« galt, alles anders gemacht. Hauptsache, nicht so wie bei ihr damals. Dieses ewige Knapsen hat sie geprägt. Das wollte sie für ihre Kinder nicht. Vielleicht hat sie es deshalb in die andere Richtung übertrieben.

Jutta überlegt, ob sie Fritzi von ihrem nächtlichen Telefonat mit Bohdan erzählen soll, entscheidet sich aber dagegen. Diese Art von Romantik erschließt sich sicher nicht jedem. Muss sie ja auch nicht. Das war etwas nur zwischen Bohdan und ihr. Sie hätte das Gefühl, ihn bloßzustellen.

In Hamburg lebt eine Cousine von Fritzi. Renate. »Wir können bei ihr übernachten und uns dann morgen gemütlich Hamburg angucken. Den Hafen, den Kiez und die Alster. Ist eine echt schöne Stadt. Ganz anders als Berlin. Cleaner, weniger kalt, hat so einen Hauch von Aristokratie. Upperclass City. Und Renate ist süß und lustig.« Wie praktisch, so eine Menge an Verwandten zu haben, bei denen man schlafen kann. Die sich darüber auch noch freuen. Die man mag.

Jutta und ihre spärliche Verwandtschaft, ihre Brüder samt Familien, haben ein anderes Verhältnis. Sie telefonieren mal, hauptsächlich an Geburtstagen oder Feiertagen, aber sich einfach so, ohne Anlass, zu besuchen, nur weil man Sehnsucht hat, käme keinem von ihnen in den Sinn. Schade, denkt Jutta. Aber vielleicht kann sie auch das noch verändern. Sie hat ja Zeit. Warum nicht mal hinfahren? Die Initiative ergreifen. Nicht immer nur lamentieren. Nähe entsteht nicht einfach nur, weil man verwandt ist. Man muss etwas dafür tun. Aber je mehr

Zeit vergeht, umso schwieriger wird es. Sie hätte die Zeit gehabt, aber es war ihr nicht wichtig. Die wollen eh nicht, hat sie immer gedacht. Dass es ihren Brüdern genauso gehen könnte, dass die vielleicht vermuten könnten, sie wolle nicht, hatte sie nie auf dem Zettel. Sie waren lange Jahre alle so beschäftigt. Damit, sich etwas aufzubauen. Sich hochzuwursschteln. Eine vortreffliche Ausrede, sie weiß das. Am Ende: Jede Menge verpasste Chancen. All diese Gedanken machen sie melancholisch. Sie hat alles immer aufgeschoben, aber im Gegensatz zu Klaus hat sie die Möglichkeit, das eine oder andere jetzt noch zu machen. Ach, Klaus, du Idiot, denkt sie.

»Renate kann dir vielleicht Tipps geben. Sie ist in deinem Alter und hat sich auch schon umgesehen und umgehört. Sie ist eine Frau, die nichts gerne dem Zufall überlässt. Will selbst entscheiden, wie sie das letzte Viertel Leben verbringt. Beschäftigt sich also mit genau den Fragen, die dich gerade umtreiben. Sie will sich was Hübsches mit ihrem Mann suchen. Irgendwas, wo man auch leben kann, wenn man nicht mehr mobil ist. Eine kleine Wohnung, behindertengerecht. Weg mit ihrem Haus. Sie ist schon fleißig am Ausmisten. Na ja, du kannst gleich selbst mit ihr reden. Sie freut sich auf uns.«

Allein die Vorstellung, was sie alles auszumisten hätte, lähmt Jutta. Der Keller! Hier ist noch immer die Hobbywerkstatt von Klaus, zahllose Kisten der Kinder, alte Spielsachen, Zeugnisse, Schulkram und Klamotten. Alles ist in ihrem Keller gelandet. Alles, bei dem irgendjemand zu faul war, es durchzugucken, all der Krempel, bei dem man denkt, vielleicht, vielleicht kann man das noch mal brauchen. Jetzt wäre das ihre Aufgabe. Klaus war ein Sammler. Kein Schräubchen konnte der wegwerfen.

»Irgendwann kommt der Moment, wo ich genau nach einem solchen Schräubchen suchen werde!«, hat er immer betont. Und genau dann wirst du keinen Schimmer haben, wo es ist, hat Jutta jedes Mal gedacht, es aber nie gesagt. Es hat sie nie wirklich gestört. Ihre Devise war: Wenn es ihm Spaß macht, bitte sehr. Das war wahrscheinlich das Grundkonzept ihrer Ehe: einfach lassen. Nicht rumerziehen. Heute würde sie es anders machen. Toleranz und Schräubchensammelwahn sind das eine, aber sie hat oft genug auch bei anderen Dingen nichts gesagt und sich nur ihren Teil gedacht. Gegenseitige Duldung. Möglicherweise war Klaus auch davon überzeugt, dass sie, bis auf sein Rauchen, mit ihm zufrieden war. Dabei gab es in all den Jahren durchaus einiges, was sie sich gewünscht hat. Sich beschweren kostet Kraft. Ausharren und runterschlucken ist zunächst der bequemere Weg. Das würde ich nicht mehr tun, in der Zeit allein, nach dem Tod von Klaus, ist ihre Kompromissbereitschaft merklich gesunken. Sie muss sich nicht mehr arrangieren, nur mit sich selbst, und auch das ist manchmal schwer. Ob man unter diesen Umständen eine Beziehung führen kann, weiß Jutta nicht.

»Ich bin gespannt auf deine Cousine, an Verkleinern und an Ausmisten habe ich auch schon gedacht, aber der Aufwand schreckt mich«, antwortet sie Fritzi.

»Horror«, lacht die, »schon mein kleiner Kellerraum ist voll bis unter die Decke, und ich habe nicht eine Sache in den vergangenen Jahren hervorgekramt. Da schläft jede Menge aus meinem Leben den Kellertiefschlaf.« Wir alle haben einen Keller mit Dingen, die wir nicht brauchen, und können trotzdem nicht loslassen, sinniert Jutta vor sich hin. Sie beschließt, sich jede Woche einen Karton vorzunehmen und den Kindern eine Deadline zu setzen.

Holt es, oder es verschwindet. Kistenasyl ist abgelaufen, wird sie ihnen sagen.

Unterwegs auf der kurzen Strecke nach Hamburg erreichen sie zwei Nachrichten von Sophia. »Sagst du mir bitte auch, wenn du wieder da bist, ich will dann mit den Zwillingen zusammen vorbeikommen. Wir freuen uns, dich wiederzusehen, und sind gespannt darauf, was du von deinem Kurztrip erzählst. Hier alles prima. Ach, fast vergessen, viel Spaß, Mama.«

Keine Vorwürfe, keine Klagen. Ungewöhnlich für Sophia. Aber gejammert wird mehr, wenn das Gejammer auf guten Resonanzboden fällt. Sie scheint momentan auszustrahlen, dass da kein Platz für Genöle bei ihr ist. Angenehm. Und erstaunlich einfach. Hätte sie das doch bloß mal früher probiert.

Es schüttet, als sie in Hamburg ankommen. Passend dazu ihr Thema: die Podusche.

Fritzi hat sich schlappgelacht über ihre Schilderung: »Wozu haben die so was? Wollen die Papier sparen, oder sagt das eher was über ihre sexuellen Vorlieben?«

So weit hat Jutta noch gar nicht gedacht. Könnte das der Grund sein? »Danke für die Erwähnung, das wird mir jetzt dauernd im Kopf rumgeistern!«, sagt sie zu Fritzi, die sich gar nicht mehr einkriegt.

»'ne Podusche, geht es bitte dekadenter? Ich habe das mal gegoogelt, die Dinger kosten um die zweitausend Euro. Da können sie gleich noch die Brille vergolden lassen. Die scheinen es echt dicke zu haben.«

»Ich frage mal Mechthild, ob das Brauseklo schon drin war oder sie es eingebaut haben«, schlägt Jutta vor. »Nie im Leben hat eine Mietwohnung in Rostock eine Podusche, da wette ich!«, entgegnet Fritzi.

»Und ich wette, es ist gar keine Mietwohnung, sondern die gehört einem von denen!«, legt Jutta nach. Mechthild ist es mit Sicherheit nicht. Aber Frau Unternehmertochter Tini könnte sich Jutta schon als Wohnungsbesitzerin vorstellen. Wie ist das Leben wohl so, wenn man sich nie Sorgen um Geld machen muss? »Geld allein macht auch nicht glücklich!«, hat Klaus oft gesagt. Kein besonders origineller Spruch. Jutta ist keine Luxustante, weit entfernt, aber mal nicht nach dem Preis sehen, gefällt ihr. Und sie sieht an ihrer Tochter, dass Geld eben doch entscheidend sein kann. Hätten Heiner und sie mehr davon, könnten sie in Frankfurt leben. Würden sie in Frankfurt leben, hätte Heiner mehr Zeit für seine Familie. Sophia hätte weniger zu nörgeln, und das Glück hätte eine größere Chance. Vielleicht ist ihr Denken auch naiv, und Sophia hätte blitzschnell neue Gründe für ihre Unzufriedenheit. Geldmangel, auch das weiß Jutta aus Erfahrung, macht auf Dauer hart. Jutta würde nie sagen, dass sie arm waren. Arm heißt für Jutta, nicht zu wissen, wie man die nächste Mahlzeit bezahlt. Davon waren sie zum Glück weit entfernt, und im Vergleich zu dem, was sie als Kind erlebt hat, waren sie, Klaus und die Kinder, geradezu vermögend. Es ist halt immer eine Frage der Perspektive.

Klaus und sie hatten keine Berührung mit wirklich reichen Menschen. Wo auch? Eine stellvertretende Discounter-Filialleiterin und ihr Mann, der Elektriker, sind nun mal nicht befreundet mit dem Hirnchirurgen und der Juristengattin. Woher sollte man sich auch kennen? Welche Schnittstellen sollte es im Leben geben? Klaus hat mal die Elektrik bei einem Investmentbanker gemacht. Ein riesiger Neubau in bester Lage, und Klaus hat die Leitungen verlegt. »Der kann handeln, der hat mich echt richtig im

Preis gedrückt«, hat er damals gestöhnt. »Kalt wie ein Fisch!«, so hat Klaus ihn charakterisiert. Aber ganz so einfach ist es für Jutta nicht. Das wäre ja ein sehr übersichtliches Weltbild. Reich ist kalt, böse und gierig; arm ist gut und liebenswürdig. Dafür kennt sie auch zu viele, die nichts auf der Naht haben und trotzdem Arschlöcher sind.

Aber eines ist klar: Viele wie sie, die irgendwo dazwischen hantieren und balancieren, haben Berührungsängste mit denen da oben. So hat Klaus alle genannt. *Die da oben.* Politiker, Entscheidungsträger jeder Art. Die da oben und er hier unten. Jutta muss zugeben, auch sie hat sich nie danach gesehnt, aus ihrem gewohnten und berechenbaren Umfeld auszubrechen. Sie weiß – hätte das aber nie ausgesprochen –, dass es mit Unsicherheit zu tun hat. Die Möglichkeit, sich zu blamieren. Dann lieber deutlich abgrenzen und unter sich bleiben. Einmal hat sie auf dem Elternabend von Sophia eine Frau gefragt, ob sie sich mal privat treffen wollen. Die Mutter einer neuen Freundin von Sophia. Alles an dieser Frau hat »Wir haben jede Menge Kohle« geschrien. Kleidung, Haare, Fingernägel, Handtasche und Schuhe. Sie hatten lange zwei Stunden nebeneinandergesessen und sich ab und an einvernehmliche gelangweilte Blicke zugeworfen. »Du bist also die Mama von der süßen Sophia?«, hat sie die Frau angesprochen. »Meine ist die Anna-Elisabeth. Ich bin Marie-Charlotte. Willst du nicht das nächste Mal, wenn die Sophia uns besucht, mitkommen? Auf einen Kaffee? Ich besorge ein paar von diesen unglaublich leckeren Macarons aus Paris.« Es war nett gemeint. Keine Frage. Aber wohin sollte eine solche Bekanntschaft führen? Macairgendwas aus Paris gegen Kreppel aus Sprendlingen? Jutta wusste, spätestens bei der obligatorischen

Gegeneinladung hätte sie sich doof gefühlt. Dieser Minderwertigkeitskomplex ist anerzogen, und sie hat es nie geschafft, ihn komplett abzulegen. Sie ist stolz auf das, was sie erreicht haben, aber sie weiß, wo sie steht und wo eben nicht. Diese Lässigkeit, mit der Marie-Charlotte damals von Macarons aus Paris gesprochen hat, die kann man nicht lernen, selbst wenn man zu Geld kommt. Die hat man, wenn man so groß wird. Es fühlt sich für Marie-Charlottes nicht besonders, sondern normal an. Denkt Jutta jedenfalls.

Und gestern beim WG-Casting ist er neu befeuert worden, ihr eingebauter Minderwertigkeitskomplex, den sie die letzten Jahre schön unter Kontrolle hatte. Aber im Gegensatz zu sonst hat sie nicht mit Rückzug geantwortet, sondern endlich mal aufbegehrt. Das hat ihr gutgetan. Wie gern würde sie den Tinis dieser Welt, die unbeschwert mit einer Menge Erbe im Rücken vor sich hin leben, die Meinung sagen. Respekt einfordern. Dieser leise, oft nicht ausgesprochene Dünkel, den man aber trotzdem spürt, dem ist sie ausgewichen, indem sie solche Leute nicht an sich herangelassen hat. »Das ist nicht unsere Welt!«, hat Klaus oft gesagt.

Ach, Klaus. Bei allen Differenzen, die lautlos zwischen ihnen lagen, die sie weggeschwiegen haben, fehlt er ihr in solchen Momenten. Trauer verschwindet nicht. Sie bleibt in einem. Wird zu einem festen Bestandteil des Lebens. Nistet sich ein. Selbst wenn man versucht, sie zu verdrängen, zu ignorieren, auszublenden, Trauer ist hartleibig. Wie das Meer. Sie geht nicht. Sie mag leiser werden, aber verschwinden tut sie nicht. Sie ist zu Beginn wie eine starke Brandung, man findet keinen Halt, wird hin und her gerissen, glaubt zu ertrinken, und dann, im Laufe der Jahre, sind es Wellen, mal mehr, mal weniger heftig, aber immer ist da eine Bewegung. Auch wenn es nur ein sanftes Wellenkräuseln ist. Man weiß, ich werde nicht ertrinken, aber ab und an Wasser schlucken.

»Da vorne ist es!«, reißt Fritzi sie aus ihren Gedanken. Eine typische Reihenhaussiedlung. Ein bisschen wie bei ihr. Fritzi hat noch nicht eingeparkt, da stürmt eine kleine Frau mit rosafarbenen Hausschlappen aus Teddyplüsch auf die Straße.

»Renate!«, ruft Fritzi, springt aus dem Wagen und schlingt die Arme um die kleine Frau. Renate ist klein, kompakt und strahlt, als hätte sie eine Erscheinung.

»Du musst Jutta sein!«, begrüßt sie auch Jutta mit großer Herzlichkeit. »Ich freue mich so sehr, dass ihr mich besucht. Der Kaffee läuft, und ich habe frische Franzbrötchen geholt, die magst du doch so gern, Fritzi!«

Erst Wilma, jetzt Renate. In Fritzis Familie herrscht eine emotionale Betriebstemperatur, die Jutta aus ihrer Familie nicht kennt. Wie schade, denkt sie nur. Aber sie weiß, dass sie ihren Anteil daran hat. »Sei nicht so gefühlig!«, hat ihre Mutter oft genug gesagt. Sie kann sich an die Male erinnern, als ihre Mutter sie umarmt hat. Das gehörte bei ihnen nicht zum Standard. Umarmungen gab es nur, wenn wirklich was Schlimmes passiert war. Zwischendrin und einfach so, Körperkontakt ohne Grund: unnötig, fanden ihre Eltern, ohne das je zu artikulieren. Jutta hat das weit stärker geprägt, als sie sich lange Zeit eingestehen wollte. Obwohl sie bei ihren Kindern darauf geachtet hat, nicht zu knausern, ständig zu sparen, sich anders zu verhalten, als es ihre Eltern getan haben, hat sie, was dieses Thema angeht, nicht gerade geglänzt. Weil man so was wie Körperlichkeit und Nähe üben muss. Wer sie nicht erfährt, kann sie nur schwer weitergeben.

Selbst wenn der Verstand Bescheid weiß, der Körper ist sperrig. Ungeübt. Auch Klaus war kein Meister, was all das anging. Klar, Sex gab es, aber Zärtlichkeit im Alltag war nicht seine Sache. Jutta hat es nie gefehlt, wie soll einem auch was fehlen, was man nicht kennt? Sie kann Klaus nicht rückwirkend einen Vorwurf machen, sie hätte ja die Initiative ergreifen können. Hat sie aber nicht. Vielleicht ist es genau diese Wärme und Körperlichkeit, die ihr an Bohdan so gefällt. Eine menschliche Decke. Weich und kuschelig. Eingehüllt in diese Wärme kann einem nicht viel passieren.

Renate redet und redet. Ihr Mann, Marek, sei gerade noch im Baumarkt. »Er bosselt gern rum! Ständig und immerzu. Aber er kann auch alles!«, erzählt sie. Stolz zeigt sie sein neuestes Werk, frisch verlegtes Laminat im Keller. »Sieht doch aus wie Parkett und ist so viel pflegeleichter. Habe ich mir gewünscht, und schaut, wie gut es aussieht. Es gibt fast nichts, was Marek nicht selbst machen kann.«

Jutta versteht die Faszination. Sie liebt patente Männer. Das hat ihr immer sehr an Klaus gefallen. Bohdan ist sicherlich auch so ein Mann, geht ihr durch den Kopf. Zwei WhatsApp-Nachrichten hat er ihr heute Morgen schon geschickt. »Ich wurde Hunderte von Kilometer fahren, nur um deine Hand zu halten!«, hat er geschrieben. So was wäre Klaus nicht im Traum eingefallen. »Süßholzgeraspel!«, hätte er nur gesagt. Aber auch sie war immer mehr als sparsam mit Komplimenten und Liebesbekundungen gewesen. Als sie ihn morgens tot am Frühstückstisch gefunden hat, ist ihr das schmerzhaft bewusst geworden. Sie hat Klaus geliebt und vergessen, es ihm zu sagen. Etwas, was man nie wiedergutmachen kann.

»Marek kommt nachher und isst mit uns zu Mittag, er freut sich schon auf dich, Fritzi. Ich habe dir Kohlwickel gemacht! Die haben dir das letzte Mal so geschmeckt!«

Kohlwickel. Ein Standardgericht meiner Mutter, erinnert sich Jutta. Wenig Fleisch, oft kaum sichtbar, nur ein paar Hackkrümel, viel Kohl und Kartoffeln. Dazu eine dunkle pappige Soße. Eine große Köchin war ihre Mutter nicht gewesen. Auch Jutta hat kein besonderes Talent am Herd. Es hat sich nie jemand beschwert, und alle sind satt geworden. Das war das Wichtigste. Wir haben unser Leben immer dem Zweck untergeordnet, keinen Raum für Sinnlichkeit geschaffen, in keiner Hinsicht, den Vorwurf muss sie sich selbst machen.

»Magst du Kohlrouladen, ich hoffe doch sehr, sonst kann ich dir was anderes herrichten, gar kein Problem«, fragt Renate freundlich.

»Natürlich, ich habe lange keine mehr gegessen. Ich habe keinerlei Sonderwünsche!«, reagiert Jutta.

Sonderwünsche hat sie nie gehabt. Das wäre ihr unverschämt vorgekommen. Für so wichtig hält sie sich nicht, dass ihr eine Sonderbehandlung welcher Art auch immer zusteht.

»Jetzt erzählt aber mal von euren Erlebnissen, was für ein spannender Ausflug, ich beneide euch geradezu!«, fordert Renate sie auf. Und sie erzählen. Renates Highlight ist die Polyamorie, von der sie noch nie gehört hat. »Wenn mein Marek sich eine Zweitfrau suchen würde, wär ich weg. Sofort. Aber dazu wäre der eh zu bequem, der findet mich allein schon anstrengend. Männer haben doch eigentlich gerne ihre Ruhe. Und dieser Polyhengst aus der WG ist schließlich kein junger Kerl mehr«, wundert sich Renate.

»Ich glaube, es schmeichelt seiner Eitelkeit, begehrt zu sein, so hofiert zu werden, von zwei Frauen, ist sicherlich nicht unangenehm!«, versucht sich Jutta an einer Erklärung.

»Ja, aber er muss auch liefern!«, gibt Fritzi nüchtern zu bedenken.

Renate kichert: »Muss ja ein ganz potentes Kerlchen sein.«

Jutta runzelt die Stirn: »Keine Ahnung, ob und wie er kann, aber wenn der mal nicht kann, wird er mit Sicherheit eine schlüssige Begründung parat haben. Er ist Psychologe von Beruf«, informiert sie die beiden.

Renate stöhnt. »Psychologe, oh je. Die haben meistens selbst einen am Sträußchen.«

»Renate, bitte, nicht so alte Vorurteile. Das ist echt Quatsch. Du weißt, ich habe lange eine Therapie gemacht, und es war wirklich gut. Ich bin froh, dass es meine Psychologin gibt!«, kommt Kritik von Fritzi an der laxen Bemerkung von Renate.

»Ja, entschuldige, war nur so dahergesagt. Volksmundweisheit halt. Meine ich gar nicht so. Ich weiß das doch mit deiner Psychozeit.«

So kann man sich auch auseinandersetzen. Freundlich (bis auf die Anmerkung: Psychozeit), aber doch bestimmt. Wäre ein schönes Schulungsvideo für die Poly-WG.

»Davon erzähle ich dir die Tage mal, Jutta, ich hatte eine harte Zeit und habe Hilfe gebraucht!«, sagt Fritzi mit Blick auf Jutta.

»Du musst mir gar nichts dazu sagen, Fritzi, wenn du magst, natürlich, aber du schuldest mir keine Erklärung. Ich freue mich über alles, was du mir anvertraust, aber es gibt keinerlei Verpflichtung«, entgegnet Jutta.

Aber natürlich fragt sie sich, wo das Problem der so selbstbewusst wirkenden Fritzi lag? Wobei hat sie Hilfe gebraucht? Essstörungen? Depressionen? Zwanghaftigkeit? Jutta kann sich bei der robust wirkenden Fritzi nichts davon vorstellen. Aber die Fassade, so viel weiß Jutta, zeigt auch nicht immer die Mängel und Defizite dahinter.

Die Tür geht auf, und ein breit grinsender Mann tritt in den Raum. »Marek, mein Liebster, komm her und sag Fritzi und ihrer Freundin Hallo.« Genau das macht Marek der Liebste. Er ist groß, im Vergleich zur kleinen rundlichen Renate geradezu riesig. Er hat eine Glatze, eine auffällige, leicht rot geäderte dicke Nase und einen breiten Mund.

Er setzt sich zu ihnen und tadelt Renate. »Hast du unseren Gästen noch gar nichts zu trinken angeboten?«

Renate lächelt, als sie auf die Kaffeetassen deutet. »Das ist doch nichts zu trinken, einen Korn für die Damen?«, fragt Marek in die Runde.

»Liebster, es ist gerade mal Mittag, wir wollten mit dem Schnaps warten, bis die Sonne untergeht«, sagt Renate und schaut ihn mit einem Blick an, den Jutta kennt. Einem Blick, der sagt: Bitte lasse es.

»Wo bleibt deine Gastfreundschaft, Renate!«, ignoriert Marek seine Frau und die nonverbale Botschaft.

Fritzi übernimmt das Antworten für uns: »Marek, sehr aufmerksam. Aber wenn überhaupt, dann geht ein Klarer für mich nur nach dem Essen. Der haut mich sonst komplett aus den Latschen. Und ich denke, Jutta geht es genauso.«

Die nickt.

»Dann trinke ich eure eben mit!«, entscheidet Marek und holt eine große Flasche Korn aus dem Eisfach.

»Franzbrötchen sind typisch für uns Fischköpp, aber eben auch Korn«, sagt er, und dann: »Prost! Nich lang schnacken, Kopp in Nacken.«

Renate guckt demonstrativ auf den Boden, so als wolle sie das Elend nicht sehen. Der patente Liebste scheint gerne zu trinken. Zu gerne für Renate, das ist offensichtlich. Kaum hat er den einen weggekippt, schenkt er nach. »Auf einem Bein kann man schlecht stehen!«, bemüht er eine schöne Trinkerplattitüde.

Jutta fühlt sich beschwipst nur vom Zusehen. Beschwipst, ein Wort, das etwas Harmloses, geradezu Niedliches hat. Das, was Jutta hier sieht, ist allerdings gar nicht niedlich. Ein rotgesichtiger Mann, der Korn in sich reinschüttet wie andere Wasser.

»Du weißt, ich mag das nicht!«, wird Renate jetzt offensiver.

»Ich mag auch vieles nicht, zum Glück hast du mir nichts zu sagen! Iss doch noch ein Franzbrötchen oder zwei!«, fährt Marek sie an.

Egal, wie patent dieser Marek ist, egal, was er sonst kann, das klingt nicht nach einer Beziehung, um die Jutta Renate beneiden würde. Das hätte Klaus nie gesagt. Und er hätte auch nie zwei Korn am späten Vormittag getrunken. Wenn man Vergleiche anstellt, schneidet Klaus post mortem, zumindest im nationalen Vergleich, noch heute ziemlich gut ab. Die drei Kerle gestern in der WG, der manische Lippenlecker, der graue Riese sowie Konsti und jetzt Rotnase Marek haben alle was Unverschämtes im Umgang mit Frauen. Klaus hingegen hatte immer Respekt, in diesem Ton haben sie nicht miteinander geredet. Das war wohl unser Erfolgsgeheimnis, denkt Jutta. Ach, Klaus. Da war auch viel Gutes neben all der Geschäftigkeit und trotz der fehlenden Zärtlichkeit.

Renate knallt ihre Kaffeetasse auf den Unterteller. »Ich hatte dich gebeten, es zu lassen, habe Kohlwickel gemacht, nur für dich, und du demütigst mich hier vor meiner Cousine Fritzi und einer Fremden. Danke, Marek. Sich mal einen Tag zusammenzureißen ist anscheinend zu viel von dir verlangt.«

»Reg dich ab, du Keifliesel!«, schnaubt der, dreht sich um, und mit den Worten: »Entschuldigt mich, Renate hat offensichtlich einen ihrer berühmt-berüchtigten Wechseljahranfälle!«, geht er Richtung Keller. Im Arm die Flasche Korn.

»Zieh doch für immer in deinen verdammten Scheißhobbyraum mit deiner Lieblingsbegleitung, dem Korn!«, schreit ihm Renate noch hinterher.

Bei ihrer Ankunft hat Jutta gedacht, was für eine entspannte Frau, wie lieb sie über ihren Mann und seine Laminatverlege-Glanzleistungen redet, und knapp eine Stunde später dieses furiose Schauspiel. So viel zum Thema erster Eindruck. Viel Theater, viel Show. Und hinter all dem viel Leid, Streit und Kampf.

»Puh«, ist das Erste, was Fritzi sagt. »Mann, Mann, Mann. Renate, was geht denn hier ab? Sollen wir fahren? Brauchst du Hilfe? Seit wann geht das so?« Ein Feuerwerk an Fragen prasselt auf Renate ein.

»So ist er. Laut, unbändig und oft gemein. Aber ich bin auch nicht ohne. Nachher kommt er hoch und entschuldigt sich auf Marek-Art. Und morgen geht's weiter. So oder so ähnlich.«

»Wie hältst du das aus?«, fragt Jutta.

»Marek ist Marek. Er hat schon immer viel getrunken. Und rastet schnell aus. Aber er schlägt nicht, um auch mal was Positives zu sagen.«

War das Ironie oder etwa ernst gemeint?, überlegt Jutta.

Renate lacht ein wenig gezwungen. »Ich hätte wenig Chancen da draußen auf dem Single-Markt. Das weiß ich schon, ich bin realistisch. Bevor ich alleine bin, dann lieber ein Leben mit Marek. Und das Laminat ist wirklich hübsch«, beschließt sie den Satz.

Jutta kann kaum glauben, was sie da hört. Dass ein Laminatboden als Ausgleich für solche Szenen gewertet wird, macht sie traurig, obwohl es eigentlich fast zum Lachen ist. Wie vielen Frauen da draußen geht es genauso? Sie erdulden Dinge, weil ihnen die Alternative noch trostloser erscheint. Erst Mechthild und jetzt Renate. Welcher Mann würde sich das gefallen lassen? Aber wird denen genau wie den Frauen auch immer eingetrichtert: Sieh doch mal das Gute und guck nicht immer auf die Fehler?

Fritzi wirkt richtig bekümmert. »Echt jetzt, Renate, das ist der Horror. Marek scheint ein Alkoholproblem zu haben! Zwei Korn am Mittag, ich bitte dich, das ist nicht mehr normal. Norddeutsch hin oder her.«

»Ja, er trinkt. Da kann ich nicht drum herumreden. Mal ist es mehr, mal weniger. Nur nichts ist es nie. Aber was soll ich tun? Ich habe schon gefleht, gebettelt, ihm einen Arzttermin gemacht, Entzugskliniken rausgesucht und geschrien. Es nutzt alles nicht. Er ist erwachsen und er hat sich fürs Trinken entschieden. Und ich mich wissentlich für ihn. Trotz des Trinkens. Ich habe sogar schon die Flaschen versteckt oder den Korn mit Wasser gemischt. Aber blöd ist er ja nicht. Und ich will zudem nicht, dass er richtig sauer wird!«

»Mit anderen Worten, du erträgst es mangels Alternative?«, bohrt Fritzi nach.

»So könnte man es sehen!«, lautet die schlichte Antwort von Renate.

»Scheiße, das geht so nicht!«, entfährt es Fritzi.

»Doch, es geht, mal besser, mal schlechter! Siehst du ja. Was sollte ich sonst machen?«, reagiert Renate gelassen.

»Du musst weg hier, das ist untragbar«, findet Fritzi und packt ihre Cousine an den Schultern.

»Weg? Du hast leicht reden. Das Haus gehört uns beiden. Wo soll ich hin? Er wird nicht gehen, und genug Geld für eine Wohnung habe ich auch nicht. Die Dinge sind nicht immer so einfach, Fritzi. Das solltest du in deinem Alter inzwischen wissen.«

»Nicht einfach heißt nicht unmöglich, und ja, Renate, das weiß ich auch. Ich habe, wie du weißt, einiges hinter mir. Aber ich habe mich dem gestellt und versucht, meine Probleme zu lösen. Du kannst doch nicht hier hocken und alles einfach geschehen lassen. Das hat auch was mit Würde zu tun. Mit Selbstachtung.«

»Das ist naiv. Zahlt mir meine Selbstachtung die Miete?«, fragt Renate, und Jutta kann sie ein bisschen verstehen. »Könntet ihr das Haus nicht verkaufen und dann jeder in eine kleine Wohnung ziehen?«, schlägt sie vor.

»Das Haus ist noch belastet, und es gehört Marek. Er hat es geerbt, und nur der Wertzuwachs gehört zu dem, was mir anteilig zusteht. Er hatte es schon, bevor wir geheiratet haben. Davon mal abgesehen, würde er es nie verkaufen. Er ist so stolz auf sein Haus!«

Das wiederum kommt Jutta bekannt vor. Klaus hätte das Haus unter keinen Umständen verkauft. »Nur über meine Leiche«, hat er mal gesagt, »für dieses Haus habe ich jahrzehntelang gerackert.« Klaus hätte eher sie in den Wind geschossen als das Haus, vermutet Jutta. Aber vielleicht tut sie ihm mit dieser Unterstellung auch unrecht.

Fritzi schüttelt inzwischen nur noch vehement den Kopf. »Das darf alles gar nicht wahr sein, ich kann das nicht glauben. Renate, du lebst mit einem Alkoholiker, der dich als keifende Frau mit Wechseljahranfällen bezeichnet, und hältst all das aus, weil du nicht weißt, wohin? Ist das die korrekte Zusammenfassung der Lage?«

Renate nickt, um kurz darauf zu sagen: »Ja, so etwa ist es, aber einen Faktor hast du nicht erwähnt. Ich habe Marek gern, ich liebe ihn sogar. Und ich bin auch aufbrausend und oft genug nicht wirklich nett. Und das ausschlaggebende Argument: Ich will verdammt noch mal nicht allein sein. Ich sehe das an Frau Hammelbein, die wohnt fünf Häuser weiter. Die spricht schon mit sich selbst, so verdammt allein ist die.«

Jutta schluckt. Auch sie spricht ab und an mit sich selbst.

»Pack deine Sachen, das Notwendigste, und komm mit uns. Du kannst erst mal bei mir wohnen. Vielleicht kommt Marek zur Einsicht, wenn du weg bist.«

Renate winkt ab. »Ich kann das nicht. Das ist so drastisch. Und deine Wohnung ist nicht groß genug für uns zwei.«

Aus dem Keller kommen dumpfe Geräusche.

»Was ist das, Renate?«, fragt Jutta.

»Marek am Boxsack. Seine zweite Methode des Frustabbaus. Da lässt er alles raus. Im nächsten Schritt kommt er hoch und fragt nach dem Essen. So als wäre nichts gewesen. Das ist dann die Entschuldigung auf Marek-Art.«

»Ich kann dich nach dieser Szene unmöglich hierlassen. Renate, denk doch mal nach. Willst du dich täglich demütigen lassen? Willst du so leben?« Fritzi scheint aufgebracht.

»Was ich will, ist nicht entscheidend. Was meine Möglichkeiten sind, ist die entscheidende Frage. Und meine

Möglichkeiten sind beschränkt. Da mache ich mir nichts vor. Wenn ich bei dir bin, habe ich nicht mal mehr meine Frau Huber. Meine Friseurin. Und wir hocken im Übrigen so eng aufeinander, dass du mich über kurz oder lang auch anbrüllen wirst.«

Jutta überlegt. Sie hat den Platz. In ihrem Haus stehen drei Kinderzimmer leer. Oder besser gesagt: Sie sind unbewohnt. Sollte sie Renate fragen, ob sie eine Weile bei ihr unterschlüpfen will? Aber sie zögert. Ich kenne diese Frau nicht wirklich, denkt sie, und dass sie Fritzis Cousine ist, sagt nicht wirklich viel über sie. Jutta ringt mit sich und ihren Bedenken, und die Bedenken siegen. Renates Reaktion auf Mareks Beleidigungen war auch nicht frei von Schärfe und Gemeinheit. Will sie so jemanden in ihrem Haus?

»Warum gehst du nicht in ein Frauenhaus und siehst dann weiter, wenn du schon nicht mit zu mir willst. Dann wärst du hier, ganz in der Nähe deiner offenbar so wichtigen Friseurin und von Frau Hammelbein, aber erst mal aus der Schusslinie von Marek.«

Jetzt lacht Renate: »Wenn alle, die eine Ehe wie ich führen, in ein Frauenhaus gehen würden, hätten die schnell keine Kapazitäten mehr frei. Was glaubst du, was hinter deutschen Türen so los ist? Wie naiv bist du? Die würden mich mit meinen Belangen doch belächeln. Wir streiten. Wir nerven uns. Wir beleidigen uns, aber es gibt keine Form der körperlichen Übergriffe. Lass mal die Kirche im Dorf, Fritzi.« Jetzt hat sich Renate richtig in Rage geredet. Fritzi wirkt immer aufgebrachter.

Jutta kann Renate ein wenig verstehen. Hundert Prozent sind wahrscheinlich nicht drin. Ohne dass man Abstriche macht, kann eine Ehe nicht funktionieren. Das, was Renate aushält, wäre für sie nicht erträglich. Diese ständige Anspannung, dieser permanente Streit und der ganze Korn. Aber möglicherweise hätte Renate Juttas Ehe für unerträglich gehalten. Dieses Miteinander, das oft genug nur ein Nebeneinander war. Diese Lieblosigkeit, die sie beide als normal empfunden haben.

In dem Moment klingelt es.

»Es kann sein, dass das die Hammelbein ist, bitte kein Wort von dem, was wir eben besprochen haben. Das geht die nichts an«, bittet Renate die beiden Besucherinnen.

»Alles gut, wir schweigen!«, lächelt Fritzi, der man das Entsetzen über die neuesten Erkenntnisse ansieht. Sie guckt wie ein Kind, das gerade herausgefunden hat, dass es das Christkind nicht gibt.

»Ich war so neugierig, ich konnte es kaum aushalten, störe ich?«, begrüßt Frau Hammelbein die Anwesenden. »Renate hat mir gesagt, dass Sie heute kommen, und von Ihrer aufregenden Reisetour erzählt, da hat mich nix mehr zu Hause gehalten. Hammelbein mein Name.«

Hammelbein. Jutta grinst ganz leicht.

»Sagen Sie es ruhig!«, reagiert Frau Hammelbein leicht pikiert.

»Was denn?«, fragt Jutta und fühlt sich ertappt. Der Name fordert einen ja quasi zum Grinsen auf.

»Wollen Sie mir auch die Hammelbeine lang ziehen?«, will Frau Hammelbein wissen. »Ich habe das fast immer gehört, wenn ich mich vorgestellt habe. Hätte ich jetzt noch kurze Beine, so Kartoffelstampfer wie andere, dann wäre ich wirklich verärgert. Aber das ist mir zum Glück erspart geblieben. Der Name ist schlimm genug. Viel mehr hat mir mein Ronald leider nicht hinterlassen. Auch schlimm.«

Dieser Mittag könnte als allgemeine Heiratswarnung in die Geschichte eingehen, findet Jutta.

Renate erscheint sehr froh, dass Frau Hammelbein gekommen ist. Hat sie doch die unselige Marek-Diskussion mit ihrem Erscheinen beendet. »Schön, dass du hier bist, setz dich, Luitgard.«

Jutta würde lieber Hammelbein heißen als Luitgard, da ist sie sich ganz sicher. Was für ein schauderhafter Vorname.

»Luitgard war, man ist aber nicht sicher, wahrscheinlich mal mit Karl dem Großen verheiratet. Sie galt als große Schönheit und war von hoher Bildung und politisch noch dazu einflussreich. Ich sage das alles nur, weil die meisten mit dem Namen wenig anfangen können und ihn seltsam finden. Mein Vater war aus Aachen, und da hat Karl der Große bekanntermaßen sehr lange gelebt«, erklärt Frau Hammelbein ihren speziellen Vornamen.

Jutta war das nicht bekannt. Klar hat sie den Namen »Karl der Große« schon mal gehört, aber mehr auch nicht. Genau diese Lücken sind es, die ihr peinlich sind.

Frau Hammelbein will alles über Juttas Heimbesuche wissen. »Ich muss ja auch scharf überlegen, wohin ich in absehbarer Zeit gehe. Über eine Wohngemeinschaft habe ich noch gar nicht nachgedacht, könnte natürlich eine interessante Alternative sein. In Tschechien, Bulgarien, Rumänien will ich allerdings nicht sterben. Das weiß ich mit Sicherheit. Am Osten reizt mich nix.« Luitgard hat gesprochen. Noch nie ein Heim in einem dieser Länder gesehen, aber schon sicher, dass sie das nicht will. »Dann doch lieber nach Thailand, da gab's mal eine Reportage im Fernsehen. Da gehen viele männliche Rentner hin. Und es ist immerhin warm, und ich mag auch gerne Reis.«

»Länderkunde leicht gemacht«, bemerkt Fritzi ein wenig spöttisch.

»Thailand ist warm, die können gut massieren, und es gibt Reis. Ein sehr übersichtliches Weltbild! Was glauben Sie denn, Frau Hammelbein, warum da so viele Rentner ihren Lebensabend verbringen?«, fragt Jutta die nach der Königsgattin benannte Luitgard.

»Wegen der Thai-Frauen! Die Typen hoffen, sich da noch mal was ganz Junges aufreißen zu können! Da sind die Frauen zudem von der mickrigen Rente beeindruckt. Puh«, gibt Renate ungefragt die Antwort.

Frau Hammelbein ist von all der Kritik unbeeindruckt und ignoriert die Bemerkung weitgehend. »Lieber würde ich ja auch hierbleiben, aber ich bin jetzt achtundsiebzig Jahre alt, und da muss man realistisch sein. Richtiges Personal kann ich nicht bezahlen. Wovon, bei der Rente? Wenn jemand zu mir ziehen würde und mir ein bisschen zur Hand ginge, wäre das natürlich eine Option. Ultima Ratio wäre ein Heim in Thailand. Lieber natürlich in Eppendorf. Aber das kostet entsprechend. Wer hat schon fünftausend Euro nur fürs Heim?«

Ultima Ratio? Ultima heißt letzte, aber Ratio? Jutta hat schon wieder keinen Schimmer. Sie hat das Wort schon mal gehört, aber sie weiß nicht, was es bedeutet. Wieder so eine peinliche Wissenslücke.

Frau Hammelbein ist noch nicht am Ende mit ihrer kleinen Ansprache. »Wir sollten uns zusammentun, Jutta, Sie und ich, da könnten wir es uns sehr nett machen.«

Jutta ist überrascht. »Aber wir kennen uns doch gar nicht«, gibt sie zu bedenken.

»Wir lernen uns doch gerade kennen, und im Heim weiß man nicht, wer das Zimmer rechts oder links bewohnt.«

Kein schlechtes Argument, findet Jutta. In der WG hätte sie auch bloß einen ersten Eindruck gehabt. Und egal, wie lange man sich kennt, gemeinsames Wohnen und Leben beinhaltet Überraschungen. Nicht nur schöne. Auf Männern steht auch kein Warnschild: schnarcht, trinkt zu viel und lässt alles rumliegen.

»Kommen Sie mal mit zu mir, wenn Sie mein Häuschen sehen, werden Sie begeistert sein«, schlägt ihr Luitgard vor.

»Ich weiß nicht so recht, Frau Hammelbein«, zeigt sich Jutta zögerlich. »Luitgard bitte, nicht Frau Hammelbein, da muss ich immer an meinen Ronald denken, und das macht mich wütend. Ich habe gedacht, wir haben richtig was auf dem Konto, aber Ronald, der große Börsenguru, hat dann doch nicht so ein Händchen gehabt. Wie ein einzelner Mann dermaßen viel Geld in den Sand setzen kann, ist mir unbegreiflich. Manchmal würde ich am liebsten auf den Grabstein hauen. Aber der war teuer, insofern lasse ich es lieber.«

Wie viel Wut auf Männer in den Frauen steckt, dämmert es Jutta. Da ist ihr Ärger über Klaus wirklich eine Kleinigkeit im Vergleich.

»Wäre das nicht was für dich Renate, du könntest in der Gegend bleiben und zugleich Abstand haben von Marek?«, hat Fritzi eine Idee.

Luitgard guckt überrascht. »Wieso sollte Renate denn von ihrem Marek weg? Der ist doch so ein lieber und patenter Mann, oder?«

Renate schießt das Blut in den Kopf. Sie blickt streng zu ihrer Cousine hinüber. Luitgard weiß offensichtlich nichts von der aktuellen Lage hier bei Renate und soll auch nichts wissen.

Manchmal fragt sich Jutta, warum das so ist. Warum Frauen zwar viel miteinander reden, aber wenn es ans Eingemachte geht, wird eisern geschwiegen.

»Da hast du was komplett missverstanden, da ging es nicht um mich, sondern um Lore, unsere andere Cousine«, weist Renate Fritzi scharf in die Schranken.

Die versteht sofort: »Ach ja klar, stimmt, das habe ich durcheinandergebracht!«

Nur nicht vor den Nachbarn blöd dastehen. Fassade ist die halbe Miete. Jutta findet das immer ein bisschen traurig. Aber auch sie hat nie mit anderen über Klaus gesprochen. »Das ist Privatsache, was zwischen uns ist«, hat Klaus immer gefunden. Und Jutta hat das akzeptiert. Natürlich hat auch sie mal mit Freundinnen geredet. Aber nie wirklich ehrlich. Gelegentlich gemeckert über Socken, die rumlagen, oder Unzulänglichkeiten in der Küche. Alles kleine Fehler, bei denen die Freundinnen wissend mit dem Kopf nicken konnten. Gefühlsdefizite, mangelnde Körperlichkeit, kein Thema, das sie mit anderen besprochen hat, vielleicht auch, weil sie sich selbst immer eine Teilschuld gegeben hat. Denkt Renate ähnlich? Glaubt sie, dass der Alkoholismus von Marek ihre Schuld ist? Dass andere sagen könnten: Kein Wunder, dass der säuft, bei so einer Frau! Wer weiß, warum sie dieser Luitgard nichts erzählt, ihren Mann auch noch ständig lobt und Marek dadurch wie der wunderbarste Ehegatte überhaupt dasteht. Selbstschutz? Ehewettstreit, nach dem Motto: Wer hat den Besten? Angst vor Klatsch und Tratsch in der Nachbarschaft?

»Wollen wir uns duzen, wo wir schon in der gemeinsamen Altersplanung sind?«, fragt Luitgard sie.

Jutta fühlt sich ein wenig überrumpelt, willigt aber ein. Ein Duzangebot abzulehnen ist ein Affront. Wozu eine Frau kränken, die sie wahrscheinlich nie mehr wiedersieht?

»Soll ich dir mal das Haus zeigen, wäre doch eine witzige Idee?«, bleibt Luitgard am Ball.

»Geht ruhig rüber, Fritzi und ich bleiben hier. Lasst euch Zeit, klingt wirklich nach einer fantastischen Idee!«, mischt sich nun auch Renate ein.

Jutta ahnt, sobald die Haustür ins Schloss fällt, kann sich Fritzi einiges von ihrer Cousine anhören.

»Gut«, sagt sie, »ich komme mit rüber.«

Sollen Renate und Fritzi Zeit ohne sie haben, um den kleinen Eklat von eben zu klären.

Luitgard springt direkt auf. »Ja, dann bin ich gespannt, was du zu meinem Zauberhäuschen sagst, es ist, ohne dass ich jetzt angeben will, wirklich ein Traum!«

Jetzt ist Jutta doch sehr gespannt, was für Luitgard ein Traum ist. Auf dem Weg zum Haus versucht sie, sich vorzustellen, wie Luitgard eingerichtet ist. Sie hat so gar kein Bild vor ihrem inneren Auge. Luitgard trägt einen ziemlich kurzen Rock in Schwarz und dazu ein beiges T-Shirt mit aufgedrucktem Herz. Rückschlüsse auf die Wohnungseinrichtung fallen Jutta da schwer. Der Vorgarten gibt eine erste Richtung vor. Luitgard ist jedenfalls keine Vertreterin der Fraktion »weniger ist mehr«. Alles ist vollgestellt. Kleine Windrädchen, eine Miniaturwindmühle, Keramiktiere, so weit die Fläche reicht. Frosch, Eichhörnchen und Schnecke kann Jutta sofort entdecken. Unter jeder Staude ein Vieh. Jutta hat das Gefühl, auf ein Suchbild zu gucken. Wie viele Figürchen aus Ton, Keramik und Plastik kann sie in der Zeit finden, bis Luitgard aufgeschlossen hat? Acht sind es. Im Flur empfängt sie eine Ansammlung von Buddhas. Der Trend zum Wohnzimmer-Buddha erschließt sich Jutta nicht. Auch Wilma hatte einige, ist aber Juttas Information nach keineswegs Buddhistin.

»Bist du Buddhistin?«, fragt sie Luitgard.

Die lacht. »Nein, evangelisch, wie fast alle Norddeutschen. Wie kommst du darauf, ich könnte Buddhistin sein?«

Jutta zeigt auf die Armee der Figuren rund um sie. Ein Setzkasten mit Miniatur-Buddhas, volle Regalbretter, und auch auf dem Boden des kleinen Flurs hocken vier Buddhas rum.

»Ach die, die sind einfach so süß knubbelig. So rund und fröhlich. Ich habe erst vor Kurzem angefangen, die zu sammeln.«

Ansonsten scheint Luitgard schon länger zu sammeln, ihr Wohnzimmer sieht aus wie eine einzige riesige Vitrine mit einem Sofa mittendrin. Man hat sofort eine gewisse Platzangst.

»Hier ist ja einiges drin in deinem Wohnzimmer!«, bemerkt Jutta trocken. Eine ganze Vitrine ist voll mit den unterschiedlichsten Kristallweingläsern.

»Es ist auf diese Weise einfach viel gemütlicher, und man hat immer was zum Gucken!«, antwortet Luitgard. Dazu trägt sicherlich auch der gigantische Bildschirm bei. »So hat man fast Kinofeeling!«, behauptet Luitgard stolz.

In der kleinen Küche, typisch Reihenhaus eben, haben Hühner die Herrschaft übernommen. Eierbecher mit Hühnern, Karaffen mit Hühnchen, Schälchen mit Hühnern, ein Bild mit einem Hühnerstall, in Juttas Kopf fängt es wie von selbst an, lautlos zu gackern. Was für ein Albtraum. Selbst oben auf der Lampe sitzt ein kleines, ziemlich staubiges Stoffhuhn. Wahrscheinlich würde sie nach wenigen Wochen hier anfangen, Eier zu legen.

»Ich mag Hühner!«, schwärmt Luitgard.

»Ich dachte es mir fast!«, antwortet Jutta und versucht, nicht ganz so entsetzt zu schauen, wie sie sich fühlt. Das Gästeklo, direkt neben dem Eingang, ist gegen den Rest, den Jutta bisher gesehen hat, fast puristisch. Alles ist himmelblau; die Decke ist mit kleinen Wölkchen bemalt. Klodeckel und Klovorleger passend dazu in zartem Blau. Aber kein Figürchen und kein Hühnchen weit und breit.

»Ronald hat immer, wenn er mal musste, gesagt, ich mach mal blau, witzig, oder?«, kichert Luitgard. »Weil hier alles so blau ist auf dem Klöchen!«, liefert sie noch die Erklärung für den nicht besonders witzigen Witz. »Sogar die Lokalpresse war mal hier, um über die Hühner zu schreiben. Ich hab den Artikel griffbereit oben im Sekretär, erinnere mich, dass ich in dir zeige.«

Jutta nickt und hofft, dass dieser Besichtigungsalb bald ein Ende hat. Zum Glück sind Reihenhäuser größenmäßig überschaubar. Der erste Stock steht dem Erdgeschoss in fast nichts nach. Die Hauptfarbe hier: ein sattes Maisgelb. Aber, und das die gute Nachricht, es scheint eine weitere hühnchenfreie Zone zu sein.

»So, hier ist mein Schlafzimmer, und oben wäre dann deins. Das Bad ist hier auf der Etage. Wir würden dann verschiedene Nutzungszeiten ausmachen«, doziert Luitgard und präsentiert ihr Schlafzimmer.

Es ist ein klein wenig muffig, und Jutta hat sofort den dringenden Wunsch, mal richtig durchzulüften. Außerdem ist sie froh, keine Lesebrille zur Hand zu haben, denn was sie ohne an Staub sehen kann, reicht ihr vollkommen. Sie ist überrascht darüber, wie viele Kissen man auf einem Bett haben kann. Was für ein Akt, die abends herunterzuräumen. Wie schön ihr eigenes Haus ist, wird ihr hier klar. Wie hell und freundlich, gegen diese vollgestellte staubige Bude mit all diesen kleinen Rumstehteilchen.

»Und? Was denkst du? Ist schon besonders, mein Häuschen, oder?«

Jutta sagt nur: »Ja.« Denn besonders ist das Haus definitiv.

Luitgard schaut sie erwartungsvoll an, das »Ja« scheint ihr nicht zu reichen.

»Es gibt viel zu gucken überall«, ergänzt Jutta noch. Gelogen ist das nicht, und sie muss Luitgard, die so stolz auf ihren Kram zu sein scheint, ja nicht vorsätzlich kränken.

»Leider hat meine undankbare Putzfrau vor drei Monaten ihre Arbeit gekündigt, und ich bin auf der Suche nach Ersatz.«

Jutta hat vollstes Verständnis für die Putzkraft. Bis man all die Hühnchen in der Küche angehoben und gewischt hat, um dann überhaupt freien Blick auf die Arbeitsplatte zu haben, ist ein normaler Arbeitstag fast rum.

»Ich habe keine Putzfrau, das ist mir irgendwie unangenehm, wenn andere meinen Dreck wegmachen. Und ich habe auch genug Zeit, um selbst zu putzen. Vor allem habe ich da ganz bestimmte Vorstellungen und bin ein bisschen pingelig!«, gesteht Jutta.

»Du hast also Putzerfahrung?«, fragt Luitgard nach.

Jutta wundert sich. Welche Frau hat denn keine Putzerfahrung?

»Ich habe nie gerne geputzt!«, gibt Luitgard zu.

Jutta erspart sich eine Bemerkung wie: Das sieht man hier deutlich. Stattdessen sagt sie: »Es ist auch nicht mein Hobby, und es geht nicht darum, dass ich es gerne tue. Es muss halt gemacht werden. Ich liege ebenfalls lieber auf dem Sofa.«

»Solche Dinge delegiere ich, ich habe Wichtigeres zu tun. Ich recherchiere gerade unglaublich interessante Sachen. Da wird die Welt noch staunen.«

»Bist du Wissenschaftlerin oder Journalistin?« Juttas Neugier ist geweckt, und sie hofft, dass Luitgard nicht an ihrem eigenen Staub erstickt, bevor diese unglaublich wichtigen Rechercheergebnisse das Licht der Öffentlichkeit erreichen.

»Ich war mal Grundschullehrerin, bis ich Burn-out bekam. Seither forsche ich«, antwortet Luitgard geheimnisvoll.

Eine forschende Grundschullehrerin. Jutta wundert sich und hakt nach: »Aha, was forschst du denn genau?«

»Ich kann leider noch keine Informationen rausgeben, damit mir auf keinen Fall irgendwer zuvorkommt oder meine Studien kopiert. Nur so viel: Es könnte bahnbrechend sein.«

»Aber die Richtung, worum es im Groben und Ganzen geht, kannst du mir doch verraten, wem sollte ich es denn erzählen?« Jutta kann auch hartnäckig sein. Vor allem, weil sie den Eindruck hat, dass Luitgard ihr gerade hübsch einen vorschwindelt.

»Jetzt zeige ich dir erst mal dein Zimmer!«, lenkt die prompt vom Thema ab. Es geht eine weitere Etage nach oben. »Hier war mal der Dachboden, aber den kann man sich nett herrichten mit ein paar kleinen Handgriffen.«

Die paar kleinen Handgriffe, von denen Luitgard redet, beinhalten einen Container, eine Entrümpelung und dann einen Dachausbau. »Das hier ist ein unrenovierter Dachboden!«, rutscht es Jutta heraus, und Luitgard reagiert pikiert. »Fantasie, Jutta, es braucht ein wenig Fantasie und ein bisschen liebevolle Dekoration, da kannst du dir bei mir ja Inspiration holen. Das hat man schnell gemacht.«

»Aber es gibt kein richtiges Fenster, und ich glaube, es müsste auch gedämmt werden.«

»Jutta, jetzt bin ich doch überrascht. Ich meine, wenn man sich ins gemachte Nest setzt, kann man sich doch auch ein bisschen einbringen. Du willst schließlich einziehen.«

Eins muss man Luitgard lassen, sie ist grandios darin, Dinge zu verdrehen. Juttas Idee war das alles nicht, und die Hausbesichtigung hat sie nur aus Neugier und Höflichkeit absolviert. Schon beim Anblick des Vorgartens war klar, dass ihre Leben nicht kompatibel sein würden.

»Man muss auch erkennen, wenn man eine tolle Chance hat«, gibt ihr Luitgard zu bedenken. »Wir leisten uns Gesellschaft, und jede macht im Haus das, was sie gut kann. Wenn du gut und gerne putzt, wäre das dein Ding. Ich würde mich um den Garten kümmern, und die Kosten und das Kochen teilen wir auf«, lautet Luitgards Angebot.

Wie unverschämt kann man sein, denkt Jutta. »Du willst eine Gesellschafterin, die dich bespaßt, deine Bude putzt und die dann noch die Hälfte der Kosten tragen soll?«, fasst sie die Sachlage zusammen.

»Na, na, das ist eine kleine Jutta-Fassung des Ganzen«, bekundet Luitgard, und es hört sich vom Ton an, als würde sie eine Zweitklässlerin sanft tadeln. »Ich dachte, ich tue dir einen Gefallen, Renate hat mir erzählt, du reist durch die Republik und suchst nach Möglichkeiten, wo du im Alter unterkommen kannst. Das hier könnte dich vor dem Heim bewahren. Und, das ist das Schöne, mich gleich mit. Wie sagt man heute so treffend: Win-win.«

»Ich wollte nie als Haushälterin tätig werden, und du bist zehn Jahre älter als ich, das bedeutet, ich wäre Gesellschafterin, Putzfrau und irgendwann dann vielleicht noch Pflegerin, so stelle ich mir Win-win nicht vor. Davon mal abgesehen ist das hier nicht ganz mein Stil. Und ich habe auch Möbel.« Jutta ist von sich selbst überrascht. Aber alles lässt sie sich wahrlich nicht gefallen.

Luitgard scheint keine Frau zu sein, die Andeutungen versteht oder verstehen will. Sie kennt solche Frauen zur Genüge vom Arbeiten und weiß, dass es einen Punkt gibt, an dem man deutlich werden muss. Wenn Kundinnen mit Reklamationen Wochen später kamen und sie bei aller Kulanz wirklich nichts mehr machen konnte. Da gab es die einsichtige Fraktion und die fast schon Renitenten, die voller Empörung ein Schälchen Angebotsheidelbeeren nach zwei Wochen umtauschen wollten, weil eine einzige Beere Schimmelspuren zeigte. Luitgard scheint zur zweiten Sorte zu gehören.

»Tja, nicht jede hat Sinn für Extravaganz und Innendekor, ich hätte es mir denken können. Aber gut, ich wollte Herz zeigen, eine Frau aufnehmen, die Probleme hat, aber es ist, wie es ist. Undank ist der Welten Lohn.« Sie schnaubt vernehmlich.

Jetzt reicht es Jutta. Welche Probleme soll sie denn haben? Im Vergleich zu einer Luitgard vor allem. Genug der Rücksichtnahme. Und wofür sollte sie dankbar sein? »Hier ist seit ewigen Zeiten nicht mehr geputzt worden, du lebst in einem vollgestellten, staubigen, düsteren Haus. Es fehlt nicht viel, und du driftest ins Messie-Milieu ab. Deine Extravaganz ist Schlampigkeit und dein Innendekor eine Ansammlung von Geschmacklosigkeiten.« Jutta fühlt sich schrecklich, als sie das ausspricht, aber anders scheint Luitgard es nicht zu kapieren. Bei manchen hilft nur gnadenlose Direktheit. Kaum hat sie es ausgesprochen, tut es ihr schon leid. »Entschuldige, das war unnötig, ich wollte nur sagen oder ausdrücken, dass wir zwei unterschiedliche Vorstellungen von Wohnen haben!«, korrigiert sie ihre Aussage.

»Das habe ich wohl verstanden!«, antwortet Luitgard und klingt eisig. Freundinnen werden sie wohl nicht mehr werden.

»Ich glaube, ich geh dann mal!«, sagt Jutta so freundlich wie möglich. Die Sache ist ihr peinlich. Das hätte sie nicht tun sollen. Luitgard begleitet sie zum Eingang und drückt ihr zum Abschied einen winzigen Buddha in die Hand: »Den kannst du brauchen, für dein Karma.«

Nett ist das nicht, und da die Lage eh irreparabel ist, legt Jutta ihrerseits noch einmal nach: »Wie praktisch, ein erster Schritt zum Ausmisten ist damit endlich getan!« Sie hofft, dass Renate keinen Ärger wegen ihr bekommt.

Luitgard bleibt im Vorgarten stehen und macht keine Anstalten, wieder mit zu Renate zu gehen. Zum Glück.

Zwischen Fritzi und Renate scheint die Stimmung nicht umwerfend zu sein. Renate werkelt in der Küche, und Fritzi daddelt am Handy.

»Braucht ihr noch mehr Zeit allein?«, fragt Jutta.

Beide verneinen augenblicklich, scheinen im Gegenteil ausgesprochen froh, dass Jutta wieder da ist.

»Und?«, fragt Fritzi.

Jutta erstattet Bericht, schönt die Lage aber ein wenig.

»Ich glaube, die ist sauanstrengend. Mit der wirst du kirre. Lehrerin halt«, sagt Fritzi.

Renate findet, dass Jutta ein bisschen übertreibt. »So schlimm ist es bei Luitgard auch nicht, sie sammelt halt einiges. Mit ihren Hühnchen hat sie einen Wahn, aber ansonsten, okay, sie ist nicht die ordentlichste Person, aber man sieht im Alter schlechter, da ist es dann doch nicht mehr so wichtig.«

Jutta belässt es dabei. Renate und Luitgard sind Freundinnen, da muss sie nicht weiter auf Luitgard rumhacken.

Beim Mittagessen sitzt Marek tatsächlich mit am Tisch, als wäre nichts gewesen. Er genehmigt sich, wie er sagt, »zur Feier des Tages« ein Bierchen, und Renate gönnt sich eine Weinschorle. Die Kohlwickel sind besser als bei ihrer Mutter, aber sie werden nicht Juttas Lieblingsessen.

»Korn für den Magen?«, fragt Marek nach dem Essen.

Jutta winkt ab. »Da kann ich mich direkt hinlegen und ein Nickerchen machen!«, antwortet sie.

»Kannst du doch, wir haben ja das Gästezimmer«, sagt Renate und schenkt ihr einen, wie sie sagt, »klitzekleinen« ein.

Fritzi macht gute Miene, aber inzwischen kennt Jutta sie besser und merkt, dass sie angespannt ist: »Gehen wir eine Runde an die Luft; finde ich besser für die Verdauung als einen Schnaps!«, schlägt sie vor.

Renate hat keine Lust. »Bei dir artet alles immer in Sport aus, du weißt, da mache ich mir nichts draus. Marek und ich legen uns ein bisschen hin. Kleines Mittagsschläfchen. Zur Versöhnung.« Sie zwinkert ihrer Cousine und Jutta zu.

»Gute Idee, Pummi, lass uns hochgehen, die Küche kannst du später machen!«, freut sich Marek. Wie großherzig von ihm.

»Pummi?«, fragt Fritzi nach. »Mein Spitzname bei Marek, von Pummelchen, niedlich, oder?«, erklärt Renate. Niemand sagt etwas. Niedlich ist anders, denkt Jutta.

»Boah, das habe ich alles nicht erwartet!«, stöhnt Fritzi, als sie das Haus für ihren Spaziergang verlassen haben.

»Was soll ich machen?«, fragt sie Jutta um Rat.

»Du kannst nichts machen, außer es anzusprechen, und das hast du getan. Wenn Renate so leben will, kannst du es nicht ändern. Du kannst sie nicht zwingen, Marek zu verlassen.«

Fritzi scheint nicht überzeugt. »So was geht doch gar nicht. Wie der mit ihr redet. Und was der wegtrinkt. Das kann nicht gut enden«, regt sie sich auf.

»Sie ist alt genug, selbst zu entscheiden«, ist alles, was Jutta dazu sagt.

Die Wahl des kleineren Übels, die Renate für sich getroffen hat, kann Jutta sogar verstehen. Es wäre wahrscheinlich nicht ihre Wahl, aber wer weiß, was eine Fritzi zu Klaus und ihr gesagt hätte. Eitel Sonnenschein war das auch nicht. Man entscheidet, was man aushält und wo die Grenze ist; die von Renate scheint noch nicht erreicht.

»Ich habe ja gesagt, dass ich dir was erzählen will, von meiner Therapie!«, eröffnet Fritzi ein neues Thema.

»Du musst mir gar nichts erzählen, aber wenn du magst, freue ich mich über dein Vertrauen«, antwortet Jutta, und sie freut sich wirklich. Dass man sich Vertraulichkeiten erzählt, zeigt, dass die Freundschaft eine neue Stufe erklommen hat.

»Ich habe, oder besser ich hatte schlimme Angststörungen. Über Jahre hinweg. Bis ich fast nicht mehr aus dem Haus gehen konnte, da habe ich gemerkt, dass ich dringend Hilfe brauche, wenn ich weiterhin ein Leben haben will. Ein Leben jenseits meiner Wohnung. Ich hatte Angst vor Menschenansammlungen, vor Höhe, vorm Fliegen, und lange Zeit konnte ich auch kein Auto fahren. Vor allem keine Autobahn.«

Jutta ist erstaunt. Eine Frau wie Fritzi, die nach außen hin vor Selbstbewusstsein strotzt, so souverän und gelassen wirkt, hat Angststörungen. »Da wäre ich nie drauf gekommen«, sagt sie überrascht.

»Ich habe mich verändert, seit ich die Therapie gemacht habe. Aber auch vorher konnte ich allen immer perfekt etwas vorspielen. Und ich war die Meisterin der Ausreden. Hauptsache, sich keine Blöße geben. Aber irgendwann war klar, so geht es nicht weiter.«

»Wie hast du es geschafft, Herrin deiner Ängste zu werden, ich meine, du fährst die ganze Zeit Auto, und ich habe gar nichts bemerkt! Das ist toll!«, lobt Jutta ihre Freundin.

»Das war verdammt harte Arbeit mit meiner Psychologin, allein hätte ich das nie geschafft. Sie ist spezialisiert auf Konfrontationstherapie und hat mir beigebracht, mich meinen Ängsten zu stellen. Und diese Tour jetzt, das ist quasi meine persönliche Abschlussprüfung. Meine finale Herausforderung, und für mich war es enorm wichtig, jemanden an meiner Seite zu haben. Und das Schöne – du warst unvoreingenommen, wusstest von nichts, das hat mich mega entspannt sein lassen. Und ich habe mich wirklich wohlgefühlt, mit dir und am Steuer. Das ist, nach der langen Zeit mit den Scheißängsten, ein Gefühl der Freiheit. Unbezahlbar. Ich bin dir sehr dankbar.«

Jutta fragt sich, wofür, hört es aber trotzdem gern. »Du kannst so stolz auf dich sein, das ist unglaublich. Ich hätte nie gedacht, dass du Ängste hast, du wirkst auf mich derart tough und cool.«

Fritzi grinst. »Ich bin glücklich, dass ich mich inzwischen auch oft so fühle. Dass ich nicht mehr immerzu irgendetwas spielen muss, nach außen Schäferhund und innen verschrecktes Hasi. Aber ich habe gelernt, dass man durchaus auch Hasi sein kann. Dass es vollkommen normal ist und zum Leben dazugehört, nicht immer tough und cool zu sein. Ängste sind wichtig. Nur meine waren eben nicht mehr im normalen Rahmen und haben mich behindert. Ich werde das meiner Psychologin nie vergessen. Es sollten viel mehr Leute hingehen. Aber in Deutschland gilt man da ja gleich als bekloppt.«

Jutta fühlt sich ertappt. Klaus und sie haben häufig gespöttelt, wenn sie etwas über Psychologen gehört haben. »Fürs Zuhören zu bezahlen, so weit bekäme mich keiner. Das ist doch Luxusscheiß. Nur weil das in Amerika alle machen. Seine Probleme muss man gefälligst selbst lösen! Diese Psychofritzen sind selbst nicht ganz knusper«, war

Klaus' Meinung zum Thema Psychologie. Und Jutta hat sich, ehrlich gesagt, nie wirklich Gedanken darüber gemacht. Sie wäre jedenfalls nie auf die Idee gekommen, zum Psychologen zu gehen.

»Diese Hemmschwelle, psychologischen Rat einzuholen, ist noch immer riesig, dabei geht man mit Bauchweh auch zum Arzt. Und wenn man einen Wasserrohrbruch hat, ruft man den Klempner. Jemanden zu fragen, der etwas davon versteht, ist im Leben doch vollkommen normal. Wer sagt, er geht zum Psychologen, wird immer noch seltsam angeschaut. Da sind Hämorrhoiden weit salonfähiger«, empört sich Fritzi.

Sie hat recht, denkt Jutta und schämt sich für ihre Vorurteile.

Es ist ein schöner Spaziergang. Über zwei Stunden laufen sie. Gemeinsam beschließen sie, morgen nach Hause aufzubrechen. Fritzis Kollege ist krank, und das Schwimmbad hat angefragt, ob sie eventuell einspringen könnte. Jutta hat entschieden, mitzukommen. Sie hat keine Lust, alleine weiterzufahren, und – seit sie in Luitgards Hühnchenhaus war – auch Sehnsucht nach ihrem Zuhause.

Beim Abendessen entschuldigen sich Marek und Renate, die Mittagsschlafversöhnung scheint also funktioniert zu haben: »Das war ein blödes Theater, das wir da aufgeführt haben. Keine Ahnung, was uns da geritten hat, wir sind sonst gar nicht so. Publikum zu haben, hat uns irgendwie befeuert«, versucht sich Renate an einer Erklärung.

Jutta hätte den Vorfall einfach nicht mehr erwähnt. Ihre Form der Problembewältigung. Beide Gastgeber trinken demonstrativ Wasser zum Essen. Mittags Korn, abends Wasser, Jutta hält das nicht für sehr glaubwürdig, aber sie würde es nie kommentieren.

Fritzi macht indessen genau das. Trotz Renates Entschuldigung spricht sie das Erlebte noch einmal an. »Mittags Korn und Bier, Marek, da musst du was ändern. Das geht nicht gut. Deine Leber wird es dir danken. Und dein Hirn auf lange Strecke auch!«

Obwohl es Jutta nicht betrifft, zuckt sie zusammen. Jetzt war doch gerade alles gut, warum ein Feuer neu entfachen?

Auch Marek sieht nicht begeistert aus. »Ich habe alles im Griff. Und Fritzi, du bist die Cousine von Renate, aber nicht mehr. Nicht unsere Erziehungsberechtigte. Und auch nicht unsere Ärztin oder so eine Psychotante, wie du sie hattest. Kümmere dich um deinen eigenen Kram und lass uns unser Leben.«

Klaus hätte mit Sicherheit etwas Ähnliches gesagt, und auch Jutta ist nicht sicher, was sie von Fritzis Kommentar halten soll. Übergriffig oder notwendig? Aber Fritzi ist keine Frau, die sich schnell einschüchtern lässt, dafür bewundert Jutta sie.

»Nein, ich bin nicht eure Mama, Ärztin oder Psychologin, aber ich habe euch gern, und deshalb sage ich es, wenn ich mir Sorgen mache. Und genau das tue ich. Nicht mehr und nicht weniger.« Sie bleibt ruhig und freundlich.

Renate streicht Marek über den Arm. »Wir werden darüber nachdenken. Vielleicht ist was dran an deinen Bedenken. Wir haben es gehört, und das muss jetzt reichen. Außerdem gibt es gleich meine Lieblingssendung, und da will ich nicht mitten in irgendwelchen Diskussionen stecken.« Marek holt tief Luft, und Renate beugt sich zu ihm und küsst ihn. Auch eine Methode, um jemanden vom Sprechen abzuhalten.

Punkt 20 Uhr sitzen Renate und Marek auf der Couch, und RTL läuft. Jutta entschließt sich, lieber mit Bohdan zu telefonieren, und Fritzi macht im Gästezimmer ein bisschen Yoga. Darf man sich, wenn man Besuch hat, so entspannt vor die Glotze hocken? »Ich habe noch keine Sendung verpasst!«, rechtfertigt sich Renate. »Wir lieben die!«

Bohdan jedenfalls ist beglückt über Juttas spontanen Anruf. Er erzählt ein bisschen von seinem Tag, den Frauen, die sie von ihrem Kurzaufenthalt kennt, und fragt wie jedes Mal: »Wann sehen wir uns?«

»Ich fahre morgen nach Hause, und dann machen wir einen Termin!«, vertröstet ihn Jutta. Schritt für Schritt, nur nichts aus Gefühlsüberschwang überstürzen. Aber sie schafft es, vielleicht weil sie Bohdan dabei nicht in die Augen sehen muss, doch auch mal ein bisschen liebevoller zu sein. »Du fehlst mir auch!« Mit diesem Satz hat sich Jutta, für ihre Verhältnisse, weit aus dem Fenster gelehnt. Sie liebt die Komplimente, die Bohdan ihr macht. Er ist kreativ, was das angeht. »Wenn du lachst, heben sich deine Wangen, und das sieht einfach nur supersüß aus!«, ist eines davon. Selbst ihre Fußzehen bekommen hymnische Besprechungen. Jutta versucht, alles einfach zu genießen und ihre eingebaute Skepsis sich selbst gegenüber in den Hintergrund zu drängen.

»Schnell, komm rein, das sind doch die von dir!«, ruft Renate in dem Moment und reißt die Balkontür auf.

»Ich bin am Telefon!«, antwortet Jutta. Was sollte hier schon wichtiger sein als ihr Telefonat mit Bohdan?

»Leg auf und komm!«, insistiert Renate.

»Ich rufe dich nachher noch mal an!«, unterbricht Jutta ihr Gespräch und folgt Renates hektischem Winken ins Wohnzimmer. Es läuft Werbung. Was sollte denn so wichtig sein?

»Warte ab! Gleich geht's weiter, du wirst Augen machen!«, sagt Fritzi, die inzwischen auch auf der Couch sitzt.

Und Jutta macht Augen. Es läuft die Sendung *Die Höhle der Löwen*, und auf dem Bildschirm sind ihre Söhne. Mads und Pelle. Jutta ist irritiert. »Was machen die denn da? Warum weiß ich das nicht?« Renate will ihr das Prinzip der Sendung erklären, aber Jutta unterbricht sie. »Warte kurz!«

Ihre Söhne sind toll. Sehen gut aus und sind eloquent. Sie haben massenweise Beutelchen dabei, und wer nur kurz hinguckt, könnte sie für Koksdealer halten. Mads steht an einer Küchenzeile und brät den geschredderten Blumenkohl, über den sie nur gewitzelt hat. Aber die potenziellen Investoren scheinen ziemlich angetan. Jutta ist einfach stolz. Was sich ihre Zwillinge da trauen! Das würde sie niemals fertigbringen. In der nächsten Werbepause hat sie nass geschwitzte Handinnenflächen, allein durchs Zuschauen.

»Was machen die denn genau da?«, fragt sie die Sendungsfachfrau Renate.

»Man sucht da Investoren für eine Idee. Allerdings sind die sehr streng. Wenn die sich aber entschließen, Geld reinzustecken, und überzeugt sind, dann kann das richtig durch die Decke gehen. Ich habe bei deinen Jungs ein sehr gutes Gefühl!«

Fritzi staunt auch. »Die sind doch voll sympathisch!«, kommentiert sie den Auftritt. »Und hübsch sind sie!«

»Warum haben die mir nichts davon gesagt? Ich verstehe das nicht!«, wundert Jutta sich laut.

»Vielleicht wollten sie dich überraschen?«, schaltet sich nun Marek ein.

»Aber das ist doch alles längst aufgezeichnet, die senden nicht live, das ist ein Zusammenschnitt, die müssten also längst wissen, was dabei rausgekommen ist«, sagt Renate.

»Wir werden es gleich sehen!«, versucht Marek, die Gemüter zu beruhigen.

Jutta schreibt eine schnelle WhatsApp an die Zwillinge und Sophia. Ob die beiden zumindest ihre Schwester informiert haben?

»Mama, ich gucke auch gerade. Ja, ich wusste von dem Auftritt, aber ich weiß nicht, ob sie das Geld bekommen haben. Ich bin voll aufgeregt!«, antwortet immerhin Sophia prompt.

Bei allem Stolz, Jutta ist auch enttäuscht. Wäre sie nicht bei Renate und wäre ihr der Zufall nicht zu Hilfe gekommen, hätte sie den Auftritt ihrer Jungs verpasst. Die beiden antworten außerdem nicht auf ihre WhatsApp.

»Die werden wahrscheinlich gerade zugespamt!«, gibt Fritzi zu bedenken.

Aber ich bin ihre Mutter, denkt Jutta und nickt.

Die Werbung ist beendet, und tatsächlich gibt es Interesse der Investoren. Zwei wollen gerne mit den Zwillingen zusammenarbeiten. »Jetzt müssen sich deine Jungs entscheiden, mit wem sie lieber das Geschäft machen!«, erklärt ihr Sendungsprofi Renate.

»Warum stecken die ihr Geld in Schredder-Blumenkohl?«, staunt Jutta.

Marek antwortet ihr: »Weil sie an die Idee glauben und dann kräftig mitverdienen. Sie kriegen auch Anteile am Unternehmen.«

Ihre Söhne haben ein Unternehmen. Wie verrückt und wie großartig. Es ist ihr ein bisschen peinlich, dass sie so gar kein Zutrauen hatte. Die Jungs müssen sich entscheiden.

Am Ende, nach langem Palaver von allen Seiten, wählen ihre Söhne den Investor aus, von dem sie glauben, dass er mehr Ernährungskompetenz habe. Der Deal steht, der Investor erhält dreiunddreißig Prozent der Firma und investiert im Gegenzug fünfzigtausend Euro. In Schredder-Kohl. Müsste dem nicht klar sein, dass man das ratzfatz zu Hause selbst machen kann?

Jutta ist baff. Ein bisschen wie in dem Märchen »Des Kaisers neue Kleider«, denkt sie. Ihr Vater hat mal über jemanden gesagt: »der mache aus Scheiße Bonbons«. Aber vielleicht hat sie auch einfach keine Ahnung, was neue Trends im Bereich Ernährung angeht. Sie wünscht ihren Jungs nur das Allerbeste. Obwohl sie sich noch immer nicht gemeldet haben.

»Ruf sie doch mal an!«, schlägt Fritzi vor.

Jutta probiert es, aber es ist besetzt.

»Da werden die Gratulanten gerade Schlange stehen!«, meint Renate.

Auch bei ihr klingelt es wenige Minuten nach der Ausstrahlung. Eine aufgeregte Marianne ist dran. »Echt jetzt, warum hast du mir nichts gesagt. Das war ja der Hammer. Die werden bald stinkreich sein, die kleinen Scheißer. Das ist Wahnsinn. Glaubst du, du lernst den Investor dann auch kennen? Schmeckt dieser Kohl? Also echt, dass du mir gar nichts verraten hast, das ist schon enttäuschend. Wo steckst du überhaupt? Wann kommst du endlich heim?« Marianne ist im Rederausch.

»Moment!«, versucht Jutta, sie zu stoppen. »Ich wusste auch nichts und komme morgen heim. Du kannst ja die Tage vorbeischauen, dann reden wir in Ruhe.«

Kaum hat sie Marianne abgewürgt, ist Gerda, ihre Nachbarin, dran. Nicht ganz so aufgelöst, aber doch ekstatisch. »Da gucke ich einfach so nichts ahnend Fernsehen, und dann sind da die Zwillinge. Das war ja so aufregend. Du hast gar nix verraten. Wann kann man das Zeug denn kaufen? Der Micha ist jetzt auch auf Keto, der findet das voll gut.«

Selbst Fred, ihr ehemaliger Chef in der Filiale, meldet sich. »Deine Söhne sind jetzt VIPs. Vielleicht wollen die ihren Kram auch bei uns verkaufen, und sie kommen mal mit diesem Investor her und machen eine Autogrammstunde? Natürlich gegen ein gutes Honorar!« Ein gutes Honorar. Das aus dem Mund von Fred ist fast zynisch, so wie der sich bei Gehaltsverhandlungen immer angestellt hat. »Du weißt Jutta, der Konzern steht mir da im Weg, da gibt es Vorgaben!«, hat er ihr Jahr für Jahr als Ausrede präsentiert und sie immer knapp gehalten.

»Tja Fred, ich denke, da gibt es Vorgaben, und es ist sehr, sehr teuer, allein die Zwillinge kosten ein Heidengeld!«, antwortet sie ihrem Ex-Chef, und es fühlt sich gut an.

»Guck doch mal, Jutta, ob du da ein gutes Wort für mich einlegen kannst?«, bittet sie Fred. Mit genau denselben Worten hat sie ihn immer gebeten, mal beim Konzern für sie und ihre Arbeit, ein gutes Wort einzulegen. Jedes Mal vergeblich.

»Tja, Fred, das wird sehr schwer, wahrscheinlich ausgeschlossen. Ich habe gehört, dass sie beim EDEKA Schneider schon angefragt sind.«

Jutta kann es vor ihrem inneren Auge sehen, wie Fred gleich Schaum vor dem Mund haben wird. EDEKA Schneider ist sein Superkonkurrent. Sein persönliches Hassobjekt.

»Das können wir nicht zulassen, Jutta! Nach all unserer gemeinsamen Zeit. Ich kenne deine Jungs, als wären es meine!«, bettelt er fast.

Wie frech kann man sein, geht es Jutta durch den Kopf. Als wären es seine! Er hat noch nach fünf Jahren Zusammenarbeit ab und an erstaunt gesagt: Du hast Kinder?

»Fred, ich muss auflegen, ich glaube, die Jungs rufen gerade an! Ich sage dir Bescheid, wenn es beim EDEKA Schneider losgeht!«, sagt sie nur, und mit einem fröhlichen »Tschüs« legt sie auf. Der Anruf hat ihr wirklich Spaß gemacht. Das wird in Fred rumoren, da kennt sie ihn gut genug. EDEKA Schneider. Ha.

Noch immer kein Anruf von ihren Söhnen. Sie probiert es ein weiteres Mal. Wieder besetzt. Aber ihre Tochter meldet sich. »Boah, Mama, was hier abgeht, sogar Marisa hat angerufen. Mein Telefon klingelt in einem durch.«

»Die Einbeinige«, entfährt es Jutta. »Heiners Cousine.«

Sophia stöhnt auf. »Mama, das ist doch nicht so schwer. Die ist nicht einbeinig, um Gottes willen. Sie hinkt. Aber das ist jetzt auch egal, Pelle und Mads sind schon richtig berühmt. Eine Kollegin hat mich gefragt, ob ich ihr ein Autogramm besorgen kann. Von Pelle und Mads. Stell dir das mal vor! Die gehen richtig steil!«

Stolze große Schwester spricht mit stolzer Mutter. Wer hätte das von den zweien je erwartet? Wenn jemand etwas schafft, von dem man es nicht für möglich gehalten hätte, zählt das Erreichte doppelt.

»Was bedeutet das denn jetzt alles?«, will Jutta wissen.

»Ich habe mit Pelle gesprochen, also, die denken gerade darüber nach, einen Pressesprecher einzustellen, um all die Anfragen zu beantworten. Und dieser Investor will, dass sie in drei Wochen spätestens produktionsreif sind. Und in zwei Monaten in allen Supermärkten erhältlich. Die Sache hat echt Fahrt aufgenommen. Die Jungs werden total gepusht. Klar, steckt ja auch viel Geld drin.«

Pressesprecher einstellen, nicht das Erste, was Jutta eingefallen wäre. Aber typisch für ihre Söhne. Ein leichter Hang zum Größenwahn. »Ich erreiche die nicht, sagst du ihnen, sie sollen mich mal anrufen, wenn du sie sprichst!«, bittet Jutta ihre Tochter.

»Mama, mache ich, aber sei nicht sauer, wenn sie sich nicht sofort melden, die sind momentan dermaßen durch den Wind, ich bin schon froh, wenn sie mir mal eine Audienz gewähren!« Sie lacht. »Wann bist du wieder zu Hause?«, will sie vor dem Abschied noch wissen.

»Morgen, Sophia, morgen. Ich übernachte mit Fritzi noch hier, und dann kommen wir nach Hause.«

»Wie läuft es mit dieser Fritzi?«, fragt Sophia vorsichtig.

»Prima, du lernst sie bestimmt bald kennen, wenn du magst!«, antwortet Jutta.

»Sehr gerne Mama, sehr gerne. Und du kannst mit uns, jedenfalls mit mir, über alles sprechen, das weißt du, gell? Hab einen schönen Abend, tschüs, Mama.«

Jutta ist angerührt. So liebevoll war ihre Tochter schon ewig nicht mehr, ehrlich gesagt kann sie sich nicht erinnern, dass sie je so war. So behutsam. Was sie mit »Du kannst mit uns über alles sprechen« gemeint hat, versteht Jutta nicht, aber der gesamte Tonfall ihrer Tochter war einfach nur nett und freundlich. Vielleicht haben die paar Tage, die sie mal nicht verfügbar war, tatsächlich etwas ins Rollen gebracht. Was auch immer es ist, Jutta ist froh über das Resultat.

Nach einem Frühstück ohne Korn und Bierchen, dafür wieder mit reichlich Franzbrötchen, geht es für Jutta und Fritzi nach Hause. Beide sind in Gedanken noch mit *Die Höhle der Löwen* beschäftigt. Fritzi, weil sie, wie sie Jutta auf der Fahrt erzählt, seit Langem eine Idee – abgesehen von einem Schwimmschulen-Imperium – hat, aber keinen Geldgeber. »Kennst du diese Fahrradhelme, die gar keine Helme sind?«, fragt sie Jutta, die sogleich verneint. »Die sind wie eine Art Airbag und werden zum Helm, wenn man stürzt, vorher liegen sie wie eine Schlauchwurst um den Hals. Für alle, die Helme nicht mögen, aus welchen profanen Gründen auch immer«, erklärt ihr Fritzi.

Jetzt dämmert es Jutta. So was hat sie schon mal in einer Reportage gesehen. »Meine Idee ist ähnlich, aber für Nichtschwimmer oder Anfänger, die noch unsicher sind. Ein Badeanzug, der zum Megaschwimmring werden kann.«

»Will man wie ein Michelin-Männchen schwimmen gehen?« Jutta hat gewisse Zweifel.

»Nein, das Teil müsste im Träger vom Badeanzug sein und sich zu den Armen hin aufplustern. Ich würde gern mal mit deinen Jungs reden, wie die ihr Start-up aufgebaut haben.«

Jutta verspürt einen kleinen Stich. Sie weiß nicht, ob sie möchte, dass sich Fritzi mit ihren Kindern anfreundet. Schließlich ist sie altersmäßig näher an denen als an

Jutta. Sie hat nicht so viele Freundinnen, dass sie es sich leisten könnte, welche an ihre Kinder abzutreten. Peinlich, das ist Eifersucht, denkt sie. »Klar kannst du mit denen reden, aber zunächst solltest du dir Hilfe suchen bei jemandem, der deine Idee technisch umsetzen kann. Erst das Produkt, dann die Vermarktung, andersrum macht das wenig Sinn. Und deine Idee ist ein wenig aufwendiger als Schredder-Kohl.«

»Ich hätte echt gerne so was wie unsichtbare Flügelchen!«, überlegt Fritzi laut.

»Hätte ich auch gerne, fürs Leben«, bemerkt Jutta trocken.

»Du nimmst mich nicht ernst!«, klagt Fritzi.

»Na ja, bis zur Herstellung musst du dir, glaube ich, noch ein paar Gedanken machen«, sagt Jutta.

Sie kommen gut durch, und Fritzi fährt die gesamte Strecke.

»Sollte ich nicht mal fahren, dich mal ablösen?«, bietet Jutta pflichtschuldig an, obwohl sie es weiterhin genießt, kutschiert zu werden.

»Nein, kein Problem, ich bin so froh, dass ich ohne Angst einfach fahre. Es ist fast wie früher. Du scheinst mir Glück zu bringen!«, besteht Fritzi darauf, am Steuer zu bleiben.

Sie machen nur eine Pause und haben viel zu bereden. Zwischendrin erreichen Jutta jede Menge Nachrichten. Auch Mechthild meldet sich wieder. »Die haben mir hier ganz schön Stress gemacht, so langsam habe ich wirklich die Nase voll!«

»Komm mich doch mal besuchen, eine kleine Luftveränderung kann sehr bereichernd sein, und ein bisschen Abstand zu deiner Truppe schadet sicherlich nicht!«, macht ihr Jutta ein Angebot.

»Meinst du das ernst?«, fragt Mechthild nach, und Jutta bejaht. Sie will gern mehr Leben in ihrem Haus und findet den Gedanken, ab und an Besuch zu haben, sehr schön.

Am frühen Nachmittag setzt Fritzi sie zu Hause ab. »Übermorgen im Schwimmbad, sieben Uhr?«, fragt sie, als sie Jutta zum Abschied liebevoll umarmt.

»Es war ein toller Trip, und ich werde dir das nie vergessen!«, bedankt sich Jutta.

Fritzi winkt ab. »Danke gleichfalls, ich habe es auch sehr genossen und bin so stolz, das alles ohne die kleinste Panikattacke bewältigt zu haben. Du hast eine beruhigende Wirkung auf mich.«

Als Jutta die Tür aufmacht, trifft sie fast der Schlag. Ihr Haus sieht aus, wie sie es verlassen hat, aber es herrscht ein unerträglicher Geruch. Wie nach einer Kohlexplosion. Bevor sie die Ursache finden kann, entdeckt sie etwas anderes. Einen Mann im Garten. Im Liegestuhl. Es ist Bohdan.

Sie öffnet die Terrassentür und fragt nur, vollkommen verdattert: »Was machst du hier?«

Er erhebt sich und läuft auf sie zu. »Sehnsucht, Jutta, die Sehnsucht!« Und dann schlingt er die Arme um sie.

»Wie bist du hier reingekommen?«, fragt Jutta.

»Still sein und nur festhalten!«, antwortet Bohdan bestimmt und gibt ihr einen Kuss. Es fühlt sich so gar nicht komisch an, ganz im Gegenteil. »Bin uber Zaun geklettert, Nachbarin wollte schon Polizei rufen, aber ich habe beruhigt und gesagt, dass ich eine Uberraschung bin.«

Das ist er wahrlich, und was für eine. »Aber warum hast du nichts gesagt, mir Bescheid gesagt!«, will Jutta wissen.

»Vielleicht weil ich Angst hatte, du wurdest Nein sagen, und weil Überraschung immer gut!«, lautet Bohdans Antwort, bevor er sie wieder küsst.

Warum nicht einfach freuen und glücklich sein, dass jemand nur für sie, um sie in den Arm zu nehmen und wiederzusehen, eine solche Fahrt auf sich nimmt.

Gerda taucht auf der anderen Seite des Gartens auf. Mit ihrem Mann Micha. »Wir hatten ihn die ganze Zeit im Auge, wir konnten schließlich nicht wissen, ob stimmt, was er gesagt hat. Aber es scheint zu stimmen. Schöne Überraschung?«, fügt sie noch hinzu.

»Ja«, sagt Jutta, »eine sehr schöne Überraschung und danke fürs Aufpassen.« Sekunden später besinnt sie sich auf ihre Gastgeberrolle: »Jetzt komm erst mal rein!«

Es stinkt wirklich fürchterlich in ihrem Haus, und Bohdan schaut sie erstaunt an. »Was ist das? Ist das normal?«

Jutta schüttelt den Kopf. »Keine Ahnung, als ich weg bin, war das nicht.« Wie peinlich. So ein penetranter Gestank.

»Darf ich suchen Grund?«, erkundigt sich Bohdan.

Jutta reißt alle Fenster auf. Es ist kaum zum Aushalten. Dann fällt es ihr ein: der verdammte Schredder-Blumenkohl, den ihr die Zwillinge mitgebracht haben. Sie hat das Tütchen geöffnet und es dann in der Küche liegen gelassen. »Der Blumenkohl von meinen Söhnen!«, informiert sie Bohdan. Sie stürmt in die Küche und findet das Corpus Delicti.

Bohdan schaut ein wenig verunsichert auf den Beutel in ihrer Hand. »Aber das ist doch kein Blumenkohl?«, meint er, und man sieht ihm an, was er denkt. Das, was auch Jutta beim ersten Blick auf die weißen Krümel gedacht hat.

»Es ist nicht das, wonach es aussieht, es ist das, wonach

es riecht!«, erklärt sie. Sie rennt aus dem Haus und wirft den Beutel in den Müll.

»Stinkt ganze Straße voll, musst du in paar Tuten packen!«, gibt ihr Bohdan Hilfestellung. »Lass uns in Garten gehen und da sitzen, erst mal frische Luft rein in Haus!«, schlägt Bohdan vor.

Bohdan hier, bei ihr. Jutta kann es kaum fassen. »Musst du gar nicht arbeiten?«, fragt sie ihn.

»Viel freie Tage ubrig, sehr viel. Und sehr spontane Entscheidung. Nicht immer lange uberlegen, sondern machen.«

Jutta bewundert diese Haltung. Niemals wäre sie einfach so zu ihm gefahren. All das Wenn und Aber, das da im Weg steht. »Hattest du keine Angst vor meiner Reaktion? Dass du vielleicht nicht willkommen bist? Dass ich das überstürzt finden könnte?«

Bohdan sagt erst mal einfach Nein. »Wenn nicht gefreut, ware nach Hause gefahren. Aber man muss versuchen, nicht nur traumen. Muss Sache auch Chance geben. Sonst zu lange Zeit vergangen und dann man traut sich gar nicht mehr.«

Jutta muss ihm recht geben. Je mehr Zeit vergeht, umso komischer wäre ein Besuch. »Willst du mein Haus sehen? Im Normalfall riecht es auch besser!«, lädt sie ihn ein.

Wie lange kann er bleiben? Wie lange will sie, dass er bleibt? Das ist typisch für sie. Alles muss geplant sein. Klar sein.

»Ist sehr schone Haus, gemutlich und warm. Wie du!«, lobt er das Haus und Jutta im Doppelpack.

Jutta ist froh, dass sie vor ihrer Abreise alles hübsch aufgeräumt hat. Eigentlich ja albern, außer sie will potenziellen Einbrechern imponieren. Nach dem Motto: »Oh, da macht ein kleiner Diebstahl gleich mehr Spaß, wenn alles so ordentlich ist! Und man findet auch schneller was von Wert.« Aber Jutta kann nicht gut aus dem Haus gehen, nicht mal zum Einkaufen, und ein Chaos hinterlassen. Sie hat ein Aufräum-Gen.

Selbst an Weihnachten, einer der wenigen geselligen Zusammenkünfte in ihrer Zeit mit Klaus, hat sie noch nachts alles wieder auf Vordermann gebracht. Der Gedanke, aufzustehen und einen Saustall vorzufinden, gruselt sie. Seit sie Luitgards Hühnerhaus besichtigt hat, ist sie froh über ihren Drang, immer alles vorzeigbar herzurichten. Sie möchte auch nicht, dass irgendjemand, im Zweifelsfall ihre Kinder, nach ihrem Tod voller Entsetzen durch ihre Sachen guckt. Sie weiß, auch ohne psychologische Beratung, dass diese Mentalität etwas Zwanghaftes und Kontrolliertes hat, aber sie braucht diesen äußeren Rahmen für eine innere Struktur.

Bohdan steht in ihrem Schlafzimmer, und aus einem Impuls heraus wirft sie ihn auf ihr Bett. Das Bett, in dem nie ein anderer Mann lag als Klaus. Sie ist keine Frau, die gerne die Initiative ergreift, Sex ging bei ihnen auch zumeist von Klaus aus. Jetzt aber ist es ihr herzlich egal. Sie will. Sie will Bohdan. Jetzt und hier. Mit zartem Blumenkohlduft in der Luft haben sie zärtlichen, fantastischen Sex, mit offenen Rollläden. Dieser Mann weckt in ihr etwas, was noch keiner vorher geschafft hat. Es ist alles so selbstverständlich. Ihr Körper mag ihn. All das Verklemmte, das wahrscheinlich nicht nur in ihr, sondern in den allermeisten Frauen steckt, spielt bei Bohdan keine Rolle. Sie hat immer über den Ausdruck »fallen lassen« milde gelächelt, aber hier würde sie ihn benutzen.

»Bleibst du heute Nacht hier?«, fragt sie ihn. Eigentlich eine bescheuerte Frage, denn er wird ja nicht für einen Nachmittag Hunderte von Kilometern gefahren sein.

»Wenn du willst, sehr gerne!«, antwortet Bohdan und schaut sie an.

»Magst du ein Glas Champagner, zur Feier, dass wir hier miteinander liegen?«

Bohdan nickt. »Auf dich und auf ein Glas!«, grinst er.

Das könnte eine super peinliche, schlüpfrige Aussage sein, aber bei ihm klingt es einfach nur wunderbar. Jutta hätte sich nie vorstellen können, mit einem anderen Mann als Klaus hier in diesem Bett zu liegen und vor allem Sex zu haben. Aber mehr als einen kurzen Gedanken hat sie daran gar nicht verschwendet.

Sie geht in den Keller an ihren Schampus-Vorrat. Ich muss nachbestellen, denkt sie, es wird mehr Gründe geben zu feiern. Es klingelt. Verdammt, wer kann das sein? Gerda, die Nachbarin, um zu gucken, ob sie noch lebt mit dem fremden Mann im Haus? Post? Sie trägt nur eine Unterhose und hat eine Flasche Schampus in der Hand, nicht unbedingt die richtige Ausstattung, um mal eben zur Haustür zu gehen. Es klingelt wieder. Da ist jemand hartnäckig. Sie tappt auf Zehenspitzen zur Tür und schaut durch den Spion. Scheiße, ihre Tochter. Das geht jetzt nun wirklich nicht. Einerseits. Andererseits ist sie spontan extra hergefahren. Etwas, was sie sonst nie tut. Etwas, was sie sich immer gewünscht hat. Zwei Seelen in Juttas Brust. Wie soll sie erklären, wer da oben im ehemaligen Ehebett liegt? Sie kann nicht aufmachen, das würde ein Zuviel an Erklärung erfordern. Sie kann später so tun, als ob sie noch gar nicht da war.

Gut, dass sie keine Eingangstür mit Glas haben, Klaus wollte das damals nicht. »Da kann jeder, der vorbeilatscht, reingucken«, war sein Argument. Jutta hat das damals anders gesehen, jetzt ist sie froh, dass sich wie in den meisten Fällen Klaus durchgesetzt hat. Sie schleicht mit der Flasche wieder hoch ins Schlafzimmer und fühlt sich wie auf geheimer Mission. Sie lässt ihre Tochter vor der Tür stehen, um mit ihrem Lover Champagner zu trinken. Das passt so gar nicht zu ihrem Selbstbild, und vielleicht ist es deshalb so aufregend.

»Hat geklingelt, oder?«, fragt Bohdan.

»Ja, war nichts Wichtiges. Ich glaube so Zirkusleute, die gesammelt haben«, schwindelt Jutta.

Ihr Handy piept. Einmal, zweimal. Sie kann sich sehr gut denken, wer das sein könnte. Aber sie schaut nicht nach, sie will nicht, dass Sophia merkt, dass sie die Nachrichten gesehen hat. Irgendwie auch lustig, sie versteckt sich in ihrem eigenen Haus. Hockt wie eine Prinzessin in ihrem Bett und süffelt Schampus aus der Flasche. Gläser zu holen hat sie sich nicht mehr getraut, ins Küchenfenster kann man reinschauen.

»Was ist das für ein Geräusch?«, unterbricht Bohdan die Situation. Ihre Haustür. Sophia kann es nicht sein, sie hat gar keinen Schlüssel. Sie hat ihn ihr das letzte Mal nicht zurückgegeben. Oder? Wieder mal hat sie eine kleine Schlüsselunsicherheit.

»Mama?«, schallt es aus dem Treppenhaus.

Jutta springt aus dem Bett, signalisiert Bohdan durch den Finger auf dem Mund, bitte still zu sein, schnappt sich ein T-Shirt und schafft es gerade noch, die Schlafzimmertür zuzuziehen, als Sophia vor ihr steht. »Mama, um Himmels willen, was ist los? Ich habe zigmal geklingelt und dir Nachrichten geschickt, warum antwortest du nicht? Ich habe jetzt panisch bei Gerda geschellt, und sie hat mir den Schlüssel gegeben, und die beiden sind unten im Wohnzimmer. Sie haben gesagt, hier wäre ein Mann im Haus. Da habe ich mir jetzt wirklich doll Sorgen gemacht. Was für ein Mann? Und dann hast du nicht reagiert, und da habe ich gedacht, er hätte dich in seinen Fängen. Ich bin echt froh, zu sehen, dass du munter bist. Die Zwillinge wollten auch noch kommen.«

Jutta schafft es, den Redefluss ihrer Tochter zu bremsen: »Lass uns runtergehen und in Ruhe sprechen, ich ziehe mir nur eben was an. Und sage bitte Gerda und Micha Bescheid, dass ich noch lebe und sie entspannt heimgehen können. Was für ein Volksauflauf in meinem kleinen Haus!« Sie lacht. Ein bisschen krampfig. Was soll sie bloß mit Bohdan machen?

»Gut, ich warte unten auf dich!«, sagt Sophia und geht Richtung Erdgeschoss.

»Meine Tochter ist da, und meine Nachbarn!«, informiert Jutta ziemlich panisch Bohdan, der inzwischen komplett angezogen ist.

»Darauf wir trinken einen Schluck!«, lacht er unbeschwert und greift nach der Champagnerflasche.

Ist ja auch nicht seine Tochter! Hoffentlich bleibt die nicht Ewigkeiten. Was, wenn außerdem die Zwillinge auftauchen? Kann sie Bohdan für möglicherweise Stunden hier oben lassen? Sie könnte natürlich mit Sophia einen kleinen Spaziergang machen, sagen, dass sie sich nach der langen Autofahrt mal die Füße vertreten muss, und in der Zeit könnte sich Bohdan aus dem Haus schleichen.

»Meine Söhne kommen wahrscheinlich auch noch!«, flüstert sie Bohdan zu.

»Nimm Schluck, und nicht aufregen, ist praktisch, lerne ich alle zusammen kennen!«, bleibt Bohdan erstaunlich gelassen.

»Wie stellst du dir das vor?«, blafft sie den Mann, mit dem sie eben noch herrlich sinnliche Momente hatte, an.

»Ich gehe runter und sage: Guten Tag, ich bin Bohdan

und Freund von Mama!«, antwortet er so gelassen, als hätte er ihren unfreundlichen Unterton gar nicht gehört.

Allein die Vorstellung! Ein Grauen.

»Kommt nicht infrage!«, sagt sie, und weil sie spürt, wie er zusammenzuckt, fügt sie direkt eine Entschuldigung an. »Ich kann das nicht, das würde sie schockieren. Ich meine, ihr Vater ist tot, und dann kommt aus dem Nichts, also aus dem Schlafzimmer, was noch schlimmer ist, ein neuer Mann. Das verkraften die nicht.«

Bohdan grinst. Sie wird ein bisschen ärgerlich, lustig ist das nun nicht. »Ihr Vater ist zehn Jahre tot. Und ihre Mutter lebt. Wird sie freuen, die Kinder.«

Ja, so schlicht kann man die Sache natürlich auch sehen. Jedenfalls wenn man nur indirekt betroffen ist.

»Ich gehe jetzt zu Sophia und checke die Lage. Und dann sage ich dir, was wir machen. Du bleibst hier«, bittet sie ihn.

Begeistert wirkt er nicht, aber er nickt: »Du entscheidest, Jutta, aber nicht immer so viel Angst. Nicht gut und nicht notig.«

Sophia tigert durchs Wohnzimmer. »Mama, das ist alles irgendwie seltsam. Ich meine, welcher Mann war das im Garten? Gerda hat gesagt, du hättest den geküsst? Und der saß da schon, bevor du nach Hause gekommen bist. Das ist doch alles sehr, sehr suspekt! Wo ist der denn geblieben? Hat der sich in Luft aufgelöst?«

»Ich mache dir einen Kaffee«, versucht Jutta, Zeit zu gewinnen.

»Mama, ich will keinen Kaffee, sondern eine Antwort«, fällt Sophia auf ihr Zeitspiel nicht herein.

»Also, das mit dem Küssen ist Quatsch, da hat sich die

Gerda verguckt. Die ist, ehrlich gesagt, auch nicht mehr ganz knusper. Also ein bisschen verwirrt. Das darf man nicht ernst nehmen. Und das im Garten war ein Bekannter, der mir eine Heckenschere zurückgebracht hat. Also alles ganz harmlos.«

Was redet sie da für einen Blödsinn, denkt Jutta. Eine Heckenschere, wie ist sie bloß auf die Schnapsidee gekommen?

»Seit wann hast du eine Heckenschere, und warum sitzt der im Garten, wenn du gar nicht da bist? Und seit wann ist Gerda verwirrt? Davon mal abgesehen, der Micha hat es auch gesehen. Ist der auch verwirrt?« Sophia ist nicht so leicht ruhigzustellen.

Richtig logisch und schlüssig hört sich ihre Geschichte wirklich nicht an, das ist Jutta klar. »Die haben sich verguckt!«, bleibt Jutta bei ihrer Grundaussage.

»So weitläufig sind die Grundstücke ja nicht, dass man nicht genau sehen könnte!«, stellt Sophia fest.

»Jetzt sag doch erst mal, wie es dir geht, Schatz?«, lenkt Jutta den Blick von sich weg.

»Ich habe eine tolle Neuigkeit!«, strahlt Sophia.

»Noch ein Baby?«, fragt Jutta und freut sich.

»Nein, oh Gott, kein Kind mehr, aber wir haben ein kleines Haus gefunden, das für uns reichen könnte und das bezahlbar ist. Der Makler meint, wir könnten es wahrscheinlich haben! Es ist nur zwei Kilometer von hier weg, und Heiner hätte nur noch achtzehn Minuten mit der S-Bahn zum Hauptbahnhof auf sein Revier. Klar, es muss einiges renoviert werden, aber das sei machbar, denkt Heiner.«

»Wie schön, dann wären wir fast so was wie Nachbarn! Glückwunsch!«, zeigt sich Jutta begeistert.

»Dann sind auch deine Schlüsseldebakel kein Problem, da kann ich fast hierherlaufen!«, grinst Sophia.

»Wollen wir mal einen Spaziergang zu eurem Objekt der Begierde machen?«, fragt Jutta, die eine fantastische Chance gekommen sieht.

»Super Idee, aber das geht nicht. Die Zwillinge wollten doch kommen. Wäre ja blöd, es wäre niemand im Haus!«, gibt Sophia zu bedenken.

Es wäre jemand im Haus, denkt Jutta, und wenn du das wüsstest, würdest du garantiert nicht so fröhlich gucken. »Lass uns eine Nachricht an deine Brüder schreiben, wir gehen eine Runde und sind in einem Stündchen wieder hier«, versucht Jutta, ihre Tochter aus dem Haus zu locken.

»Wir können aber nur von außen gucken!«, zeigt sich Sophia nicht besonders begeistert. »Egal, ist doch auch toll, wann entscheidet es sich denn endgültig, ob ihr das Haus bekommt?«

»Nächste Woche, aber wie gesagt, es sieht sehr gut aus. Es gibt noch einen anderen Interessenten, aber der Makler meint, der Verkäufer findet es super, dass Heiner bei der Polizei ist. Außerdem will der andere es sanieren und vermieten oder weiterverkaufen, und wir wollen selbst drin wohnen. Das findet der Verkäufer besser. Wenn der andere uns jetzt aber überbietet, habe ich meine Zweifel, ob der Verkäufer nicht einknickt.«

»Schreibst du schnell deinen Brüdern und sagst ihnen, dass wir in einer guten Stunde wieder hier sind? Bei dir lesen sie es eher als bei mir. Meine WhatsApp werden ja oft genug ignoriert.«

»Na gut, Mama, wenn du unbedingt willst, gehen wir mal zum Haus. Ich versuche, mich nicht so reinzusteigern, denn wenn es nicht klappt, bin ich noch enttäuschter.«

Jutta erkennt sich wieder. Genau das macht sie auch. Alles kleinhalten, um eine mögliche Enttäuschung kleinzuhalten. Damit schmälert man jede Freude, geht ihr durch den Kopf. Man kappt die emotionalen Spitzen. Wie jetzt mit Bohdan. Anstatt sich einfach unbändig zu freuen, ist sie kurz vor einer Peinlichkeitsattacke. Warum nicht zu Sophia sagen: Im Moment ist es schlecht, ich habe Besuch.

»Alles klar mit den Jungs, in einer guten Stunde sind sie da, ich bin schon so gespannt auf ihre genauen Berichte. Und wie es jetzt weitergeht!«, informiert sie Sophia.

»Ja, dann mal los, ich kann es kaum erwarten!«, antwortet Jutta erleichtert.

Hauptsache, raus hier. Kaum sind sie ein paar Meter vom Haus weg, schreibt sie Bohdan eine Nachricht: »Die Luft ist rein. Du kannst raus!« Wirklich gut fühlt sie sich dabei nicht. Einen Gast, über den sie sich wahnsinnig gefreut hat, einfach auf die Straße zu setzen. Nett geht anders. Selbstbestimmt und erwachsen auch. »Ich rufe dich später an, sobald die Kinder weg sind. Tut mir leid«, sendet sie eine weitere Nachricht. Von ihm kommt nur ein knappes: »Ok«. Wie unangenehm. Wo soll er jetzt hin? Er kennt doch niemanden hier. Sie schämt sich. Für ihre Feigheit.

»Mama, wem schreibst du denn da die ganze Zeit?«, will Sophia wissen.

»Ähm … Mechthild, die habe ich in Rostock kennengelernt. Sie will mich mal besuchen!«, findet Jutta eine schnelle Ausrede.

»Erzähl endlich mal von deinem Trip!«, bittet Sophia ihre Mutter. Aber Jutta ist in Gedanken woanders. Sie bereut es, gekniffen zu haben.

»Sophia, ich kann dir das jetzt nicht erklären, aber ich muss sofort zurück nach Hause. Ich habe etwas, was sehr wichtig sein könnte, vergessen. Entschuldige mich bitte!«

Sie rennt los.

Sie kommt zu spät. Bohdan ist weg. Da klopft das Glück und kommt frei Haus, und sie wirft es raus. Das war es dann, Jutta, wie blöd bist du eigentlich, schimpft sie sich selbst.

Sie würde ihm gerne hinterherlaufen, aber wahrscheinlich ist er längst auf der Autobahn. »Ich war so dumm, es tut mir so leid!«, schreibt sie ihm und ist kurz davor zu weinen. Es war doch gerade alles so schön.

Sie geht durchs Haus und hofft auf einen Zettel irgendwo, auf ein Zeichen von ihm. Nichts. Nichts deutet darauf hin, dass er überhaupt da war. Hat er jetzt all die Fahrerei nur auf sich genommen, um dann rüde aus dem Haus katapultiert zu werden? Denkt er jetzt, sie würde sich für ihn schämen? Wenn überhaupt, schämt sie sich nur für sich selbst.

Es macht pling auf ihrem Handy. Aber, es ist nicht die erhoffte Nachricht von Bohdan, sondern Mechthild. »Wäre es okay, wenn ich deine Einladung quasi direkt annehme? Hier ist sehr miese Stimmung, und ich habe aus einem Impuls heraus einfach gekündigt!«

Jutta zuckt zusammen. Was soll das denn heißen? Will die jetzt mit Sack und Pack erst mal hier bei ihr unterschlüpfen? Ganz so war das nicht gemeint. Wieder ihre eingebaute Bremse. Die muss raus aus meinem Leben, diese Bremse, denkt sie und schreibt: »Du bist mir willkommen. Ich habe Platz.«

Es klingelt. Jutta wundert sich. So viel wie heute war in

ihrem Leben lange nicht los. Sie ist ein bisschen durch den Wind, aber auf eine Art ist es auch sehr berauschend. Wenn nur Bohdan nicht weg wäre. Ob sie ihm hinterherfahren sollte? Sie schickt ihm eine weitere Nachricht, obwohl er auf die letzte nicht reagiert hat. »Bitte melde dich, ich fühle mich so blöd. Dík. Dík.«

Sophia steht vor der Tür. »Mama! Mama, was ist denn mit dir los? Hast du den Herd angelassen, oder ist noch ein Heckenscherenmann unterwegs? Was war das eben? Wie wäre es, du würdest mal richtig mit mir sprechen? Da ist doch irgendwas?«, redet sie auf Jutta ein.

»Also«, beginnt Jutta, »das ist alles nicht ganz so einfach.« Während sie fieberhaft überlegt, wie viel Wahrheit sie ihrer Tochter zumuten kann, macht ihr Handy schon wieder ein Pling. Mechthild. »Steige morgen früh in den ersten Zug, bin gegen Mittag da und freue mich sehr. Danke, das hätte ich nie gedacht, dass du zu deinem Wort stehst. Das ist richtig toll, und du hilfst mir sehr.«

»Mama«, jetzt wirkt Sophia wirklich genervt, »kannst du zwischen all den Nachrichten vielleicht mal kurz innehalten und dich mit mir hinsetzen und einfach erklären, was hier los ist. Bitte!«

Und Jutta beginnt zu erzählen. Von dem Gefühl, als sie weggefahren ist. »Ich hatte den Eindruck, ihr wollt mich abschieben, loswerden. Das hat mich traurig gemacht, aber auch ein bisschen wütend.« Sophia will sie unterbrechen, aber Jutta sagt: »Warte. Lass mich erst mal erzählen. Dann bist du dran. Ich glaube, es wäre gut, wir würden alle die Karten auf den Tisch legen. Ich jedenfalls habe mich vernachlässigt gefühlt. Und allein. Sehr allein stellenweise.«

»Aber Mama, so ist das doch gar nicht gewesen!«, wirft Sophia ein. »Bitte, lass mich kurz ausreden, Sophia.

Ich war gekränkt und verletzt und hatte das Gefühl, alles, was ihr wollt, ist mein Haus.«

»Mama, das ist gar nicht wahr, oder nur ein ganz klein bisschen«, gesteht Sophia.

»Ich hatte den Eindruck, ihr schert euch nicht um mich, seid dermaßen beschäftigt mit euch selbst!«, fährt Jutta fort.

»Nein … und ein bisschen Ja, Mama, es ist oft alles so viel, und da bleibt nicht mehr viel Zeit, aber als du jetzt weg warst, haben wir geredet, Mads, Pelle und ich. Wir haben eingesehen, dass das doof von uns war. Übergriffig irgendwie. Du bist noch gar nicht alt, und Heiner hat vor Kurzem auch zweimal hintereinander den Schlüssel vergessen, den steck ich deswegen auch nicht ins Heim.« Sie lächelt zaghaft. »Was riecht hier eigentlich so seltsam?«, fragt sie dann.

»Der neue Reichtum deiner Brüder, wenn man ihn eine Weile liegen lässt!«, antwortet Jutta und grinst.

»Wie war denn die Reise insgesamt?«, erkundigt sich Sophia.

Jutta bleibt mit ihrer Antwort vage: »Tja, man könnte sagen: erhellend und aufregend.«

»Mama, geht es etwas detaillierter? Was war erhellend? Was war aufregend?«, bohrt Sophia nach.

»Also, ich weiß auf jeden Fall, was ich nicht will!«, antwortet Jutta, und vor ihrem inneren Auge sieht sie Frau Södermann-Kugel und Frau Helmlos-Kranz. »Ein Heim kommt für mich, solange ich mich noch regen kann, nicht infrage.«

Sophia nickt. »Und dann war ich in einer WG, einer polyamoren WG, das ist auch eher nicht meins.«

»Poly *was*?«, steht Sophia sichtlich auf dem Schlauch.

»Da hat man nicht eine Beziehung, sondern mehrere

parallel, und das ganz offiziell mit Genehmigung der jeweiligen Partner«, versucht sich Jutta an einer Erklärung. »Auch nicht meins, diese Lebensform. Aber der WG-Gedanke hat viel Schönes, nicht allein zu sein, mit anderen zusammenzuleben, könnte mir durchaus gefallen.«

Sophia nickt wieder. »Verstehe ich gut!«, sagt sie.

»Na ja, und da habe ich Mechthild getroffen, die war nett und will da weg, und jetzt kommt sie tatsächlich morgen. War vielleicht ein bisschen überstürzt meine Einladung, aber wenn es nicht läuft, dann trennen wir uns halt wieder. Ich habe so viel Platz hier und mag die Idee, Gesellschaft zu haben. Ob und wie das dann in der Realität sein wird, weiß ich nicht. Aber ich würde es gerne probieren, bevor ich so klapprig und vergesslich bin, dass ich gar nichts mehr selbst regeln kann. Mit anderen zusammen alt zu werden, jemanden zu haben, um den man sich kümmert, der sich aber ebenso selbstverständlich kümmert, das ist für mich eine schöne Aussicht.«

»Ich glaube, das verstehe ich, sosehr mich alle oft nerven, die Kinder und Heiner, so schlimm fände ich es, ohne sie zu sein.« Sophia macht eine kleine Pause, und man sieht, dass sie sich einen Ruck geben muss, bevor sie weiterspricht: »Und was ist mit dieser Frau, mit der du unterwegs warst? Gibt es da etwas, was du mir sagen willst? Du kannst ruhig, Mama, ich bin nicht so verspießt, wie ich oft wirke!«

Jutta versteht nicht so recht, worauf ihre Tochter hinauswill.

»Mama, ich will wissen, ob du dich vielleicht ein ganz klein bisschen verknallt hast?«, gibt ihr Sophia einen zarten Hinweis.

»Ja, vielleicht. Aber nicht so, wie du denkst«, antwortet Jutta. Sie schaut auf ihr Handy. Noch immer nichts von Bohdan. Ob er ihr je verzeihen wird? Jutta wäre nachtragend, wenn sie jemand so rabiat aus dem Haus komplementieren würde. »Entschuldige bitte kurz!«, sagt sie zu Sophia, um eine weitere Nachricht an Bohdan zu schicken. Manchmal muss man sich in den Staub werfen, das weiß sie. »Bitte sei mir nicht böse, bitte verzeih mir!« Drei Nachrichten müssen reichen, wenn er sich jetzt nicht meldet, dann war es das. Schade, sie hätte sich an diese Nachmittage im Bett gewöhnen können.

»Ich wusste es!«, triumphiert Sophia. »Die Jungs wollten es nicht glauben, aber ich wusste es. Du hast ja niemanden nach Papa gehabt, und jetzt die Schwärmerei von dieser Fritzi. Mads und Pelle finden es seltsam, aber ich habe ihnen erklärt, dass das öfter vorkommt, als man denkt. Ich habe gerade neulich eine Dokumentation im Fernsehen gesehen, da hat sich im Alter eine Frau komplett neu orientiert. Also auch sexuell und so.«

Jetzt begreift Jutta. Sophia denkt, sie hätte was mit Fritzi. Sie lacht und kann sich kaum mehr einkriegen.

»Also lustig ist es nicht unbedingt!«, sagt Sophia. »Ich habe schon überlegt, wie ich es den Kindern sage oder ob wir es ihnen gar nicht sagen. Je nachdem, ob ihr das offen leben wollt oder eher nicht«, schiebt sie hinterher.

»Entwarnung Sophia, ich bin keine Alterslesbe. Fritzi ist toll, aber verliebt bin ich nicht. Sie ist meine neue Freundin.«

»Aber hast du nicht eben zugegeben, dass du verknallt bist?«, bleibt Sophia am Thema.

Jutta überlegt. Warum die ganze Bohdan-Geschichte aufdecken, wenn sie augenscheinlich erledigt ist? »Ach, das mit dem Verknalltsein ist schwierig. Und da wird auch sehr wahrscheinlich nichts draus. Das habe ich versaut!«, sagt sie. »Und ich will auch nicht drüber sprechen.«

»Schade, jetzt wo es spannend wird!« Sophia lächelt. »Ach, übrigens, eine andere Frage, wegen der Heckenschere, der Heiner fragt, ob wir die ausleihen können. Wir wussten gar nicht, dass du eine hast!«, wechselt Sophia auf ein vermeintlich neutrales Terrain.

»Die hat der Bekannte noch mal mitgenommen!«, schwindelt Jutta erneut. Man darf damit nicht anfangen, ermahnt sie sich selbst, aus diesen kleinen Schwindeleien kommt man nur schwer wieder raus.

»Ich dachte, der war hier, um die zurückzubringen?«, ist Sophia erstaunt.

»Ja, na ja, komplizierte Geschichte«, sagt Jutta knapp.

Es läutet an der Tür. »Das werden die Zwillinge sein!«, freut sich Sophia. Und auch Jutta ist froh über die Unterbrechung. Es sind aber nicht ihre Jungs, sondern noch mal Gerda, die Nachbarin. So häufig stand die die gesamten letzten Jahre zusammengenommen nicht vor der Tür.

»Gerda! Du … kann ich dir helfen?«, fragt sie.

»Nicht direkt, ich wollte nur sagen, wenn deine Kinder weg sind, da ist noch was bei mir zum Abholen. Ich glaube, was Wichtiges.« Sie zwinkert Jutta zu.

»Hättest du doch gleich mitbringen können!«, steht Jutta kurz auf dem Schlauch.

»Ich glaube, du holst ›es‹ besser bei uns ab! Möglichst bald! Dann bis nachher!«, sagt Gerda und zwinkert erneut sehr deutlich.

»Wie ist die denn drauf, so ein Paket kann man doch direkt abgeben, das ist echt seltsam«, mischt sich Sophia ein, als Gerda die Tür hinter sich zuzieht.

»Ich habe dir gesagt, dass sie ein bisschen verwirrt ist, jetzt hast du es selbst gesehen. Aber kein Problem. Ich gehe später vorbei, wenn ihr weg seid.«

»Du kannst ruhig jetzt rüber, Gerda hat schließlich gemeint, es sei was Wichtiges!«, sagt Sophia.

Wenn es das ist, was Jutta glaubt, ist es etwas sehr Wichtiges. »Jetzt bist du hier, und das ist wichtig!«, beschwichtigt Jutta ihre Älteste. »Ich freue mich so sehr über eure Hauspläne! Endlich bin ich näher bei Heiner und dir und vor allem bei meinen Enkelinnen«, lenkt sie weg von all den heiklen Themen wie Heckenschere, Gerda und Verknalltsein.

»Ach, Mama, wenn das klappt, es ist so ein süßes Häuschen. Da kann man echt was draus machen. Es wird teuer, aber wenn wir unseres verkaufen, kriegen wir das irgendwie hin. Drück uns die Daumen!«, strahlt Sophia. Sie zeigt Jutta jede Menge Fotos des Hauses: »Es liegt prima und hat einen Garten, vielleicht kannst du uns mit dem helfen, da ist einiges zu tun. Das Haus hat viel Licht, gut, die Bäder sind in einem schlimmen Zustand, und den Dachboden müssen wir ausbauen. Wenn Papa noch leben würde, wäre das alles einfacher, der konnte ja alles«, seufzt Sophia.

»Wir werden jemanden finden, der euch zur Hand geht!«, sagt Jutta und hat auch schon eine Idee im Hinterkopf.

Zehn Minuten später sind die Zwillinge da. Sie wirken, als seien sie einen Kopf gewachsen.

»Glückwunsch, ihr zwei!«, sagt Jutta, aber dann platzen die Vorwürfe doch aus ihr heraus: »Hättet ihr mir nicht Bescheid geben können? Zumindest mal kurz anrufen, das wäre nicht zu viel verlangt, oder? Ich bin eure Mutter und kriege das alles nur durch Zufall mit!«

Pelle übernimmt das Antworten: »Du hattest halt so gar kein Zutrauen, da wollten wir erst, dass alles gut geht. Ehrlich, Mama, wir waren ein bisschen sauer auf dich. Du denkst doch im Grunde, wir sind voll die Loser.«

Das kann Jutta nicht komplett abstreiten. »Ja, ich war nicht überzeugt vom Blumenkohl-Schredder, aber euer Auftritt war wirklich souverän und klasse.«

Die beiden scheinen ein bisschen besänftigt. »Das Produkt heißt nicht Blumenkohl-Schredder, sondern Blurei!«, erklärt ihr Mads. »Eine Kombi aus Blumenkohl und Reis, hat sich der Investor ausgedacht.«

»Dürft ihr die Leute da duzen?«, mischt sich nun Sophia ein. »Das ist ja der Irrsinn.«

Sie setzen sich gemeinsam ins Wohnzimmer, und wie schon bei Sophia versucht Jutta, ihren Söhnen nahezubringen, warum sie angesäuert war. Alle drei sind angemessen bedröppelt.

»Weißt du, Mama, wenn jetzt die große Stunde der Wahrheit ist, dann müssen wir dir auch mal was sagen«, fängt Mads an.

»Ja«, steht ihm Pelle zur Seite, »du hast uns oft genervt, weil du nur uns hattest. Ständig all die Anrufe und Nachrichten. Wir mussten nie die Initiative ergreifen, du warst immer schneller. Und dann hatten wir das Gefühl, dass man es dir eh nicht recht machen kann. Es nie genug Aufmerksamkeit ist. Aber wir müssen doch auch unser Leben auf die Reihe kriegen. Und wenn man sich dann mal meldet, hast du rumgenörgelt. Da hat man gar keine Lust mehr darauf, dich anzurufen.«

Jutta muss schlucken. Ist ein bisschen gekränkt, versucht aber, Verständnis zu zeigen. Immerhin reden sie mal wirklich offen miteinander.

»Und das mit dem Heim hast du irgendwie missverstanden, wir wissen ja, wie alt du bist, aber du hast so traurig gewirkt, und da dachten wir, du hättest dort Gesellschaft«, schaltet sich Sophia ein.

»Ganz so stimmt es nicht!«, unterbricht Pelle seine Schwester. »Wir haben auch gehofft, dass sich dann jemand anderes kümmert.«

Das ist ein ziemlicher Schlag für Jutta. Ehrlichkeit, schön und gut, aber ganz so ehrlich muss es für ihren Geschmack auch nicht sein. Also doch abschieben, denkt sie kurz.

»Nein, Pelle. Spinnst du?«, wird Sophia lauter, als Jutta sie kennt. »So ist es nicht. Du hattest nur immer so viel Zeit, Mama, und ich hatte immer das Gefühl, wir kümmern uns nicht genug. Aber die Leere, die Papa hinterlassen hat, können wir halt nicht füllen. Oder allenfalls bedingt.«

Das hört sich schon ganz anders an. Besser. Jutta überlegt einen Moment und steht dann auf: »Ich hole nur schnell was bei Gerda ab, was Wichtiges, bleibt einfach sitzen und nehmt euch was zu trinken aus der Küche!«, informiert sie ihre Kinder.

»Aber Mama, jetzt reden wir, und du gehst ein Paket holen, hat das nicht Zeit?«, fragt Sophia verwundert und klingt ärgerlich.

»Bis gleich!«, sagt Jutta nur.

Sie ist sehr aufgeregt, als sie bei Gerda klingelt, und hofft, dass ihre Ahnung bestätigt wird.

»Endlich!«, begrüßt Gerda sie. »Da war hier einer ganz schön rappelig, ob er überhaupt abgeholt wird.« Sie lacht. »Ist ein richtig netter Kerl, dein Bohdan. Gute Wahl, Glückwunsch!«

Er ist da. Sie ist so verdammt froh. Will direkt ins Wohnzimmer stürmen, um ihn zu umarmen und sich noch einmal zu entschuldigen, aber Gerda hält sie fest.

»Als er vorhin bei dir aus dem Haus geschlichen ist, haben wir ihn aufgenommen. Der war ganz schön durch den Wind. Hat erzählt, dass überraschend deine Tochter aufgetaucht ist. Und dass du ihn nicht vorzeigen wolltest. Das hat ihn voll frustriert. Aber wir haben ihn ein bisschen aufgepäppelt. Er hat mit uns gegessen, und wir hatten es richtig nett zusammen. Warum präsentierst du ihn denn nicht deinen Kindern, der ist schließlich durchaus vorzeigbar?«, beendet ihre Nachbarin die kleine Ansprache.

»Ach Gerda, du kennst mich doch, ich bin eine Bedenkenträgerin. Danke fürs Kümmern und das Essen. Du hast einen gut bei mir! Und jetzt hätte ich gerne meinen Bohdan wieder!«, antwortet Jutta und betritt das Wohnzimmer.

Micha und Bohdan sitzen am Esstisch und scheinen Spaß zu haben. Er dreht sich um und strahlt sie an. Trotz allem. Ob sie das könnte? Sie weiß es nicht, glaubt aber eher nicht. Wie ein abgegebenes Heimtier warten, bis sich jemand erbarmt? Bis Frauchen mal wieder erscheint?

»War schwierig, oder?«, fragt er stattdessen liebevoll.

»Willst du dich setzen?«, fragt Micha. »Auf ein Glas Wein?«

»Nein … ich … also, wir haben was zu erledigen. Und das mache ich lieber gleich, solange ich noch den Mumm dafür habe.«

»Was bedeutet Mumm?«, will Bohdan wissen.

»Ich zeige es dir!«, antwortet sie und bedankt sich bei Gerda und Micha. »Ich mache nächste Woche ein Abendessen, bei mir, ihr sucht den Abend aus, ich koche«, verspricht sie ihren Nachbarn. Sie sind richtig nette Leute, und der Nachbarschafts-Distanzhalter Klaus ist nun lange genug tot, um mit seinen selbst auferlegten Regeln endlich zu brechen.

»Das ist schön, da freuen wir uns aber sehr«, sagt Gerda. »Sind wir da zu viert?«, will sie noch wissen.

»Vielleicht … hoffentlich!«, antwortet Jutta und greift nach Bohdans Hand. »Schaffst du es, dich den bestimmt kritischen Blicken meiner Kinder zu stellen?«, fragt sie.

»Wir treffen Kinder, jetzt?«, fragt er zurück.

»Genau. Jetzt. Nicht irgendwann. Jetzt.«

»Gute Plan!«, findet Bohdan.

Als sie die Haustür aufschließen will, merkt sie, dass sie mal wieder den Schlüssel vergessen hat. Egal, sie ist so überrascht von ihrem eigenen Mut und gleichzeitig so erschrocken darüber, dass der Schlüssel überhaupt keine Rolle spielt. Was macht sie da bloß? Wie werden die Kinder reagieren? Ist das nicht eine Überforderung? Sollten sie nicht nach und nach auf die Neuigkeit vorbereitet werden? Sollte Jutta nicht warten, bis sie selbst weiß, ob es was Ernstes wird? Ja, sollte sie womöglich, aber sie ist das ewige Warten, auf was auch immer, leid.

»Das ist Bohdan, und ich bin, wie ihr seht, nicht alterslesbisch geworden. Wir haben uns verliebt, und heute ist er auf Besuch gekommen. Ich bin ganz glücklich«, sagt sie, als Sophia ihr die Tür öffnet.

Kurz und knapp ist das Wichtigste gesagt, bevor sie doch noch kneift. Der Blick ihrer Tochter wandert zur Hand ihrer Mutter, in der Bohdans Hand liegt. Man kann das Rattern in ihrem Kopf sehen. »Jungs, kommt her, das müsst ihr sehen!«, ruft sie nach ihren Brüdern.

Eine Viertelstunde später haben sich alle ein bisschen beruhigt. »Hammer!«, lautete der kurze Kommentar ihrer Söhne. Seither schweigen sie und staunen mit halb offenem Mund vor sich hin. Bohdan sitzt dabei, als wäre das gar nichts Besonderes, und ist einfach nur Bohdan. Freundlich und zugewandt. Sophia hat ein kleines Verhör gestartet. Familienstand, Kinder, Beruf, Hobbys. An ihr ist eine Kriminalkommissarin verloren gegangen. Als sie hört, dass Bohdan gelernter Installateur ist und als Mann für alle Fälle, auch Hausmeister genannt, arbeitet, merkt sie auf. »Bist du (Bohdan hat darauf bestanden, dass die Kinder ihn duzen) noch eine Weile hier?«

Jutta ahnt, worauf die Frage abzielt, aber es ist für sie aus anderen Gründen die erste Frage von Sophia, deren Antwort sie auch nicht kennt. Wie lange will er bleiben? Was plant er?

»Ich habe noch Jahresurlaub. Kann ich eine Weile bleiben, wenn eure Mama will.«

»Wir werden sehen!«, sagt sie nur, freut sich aber.

Er hat nicht vor, sofort wieder abzureisen. Sie können in Ruhe sehen, wie sich die Dinge entwickeln.

Nach einer intensiven Stunde sind die Kinder weg, und Jutta ist ermattet. Bohdan hat Sophia versprochen, sich mit ihr das Haus anzuschauen, und den Jungs will er erklären, wie man welches Gemüse ziehen kann und was es für alte Sorten gibt, die heute niemand mehr auf dem Schirm hat. Er weiß, wie man sich Freunde macht, Jutta ist beeindruckt.

Sie trinken noch ein Glas Wein zusammen, und sie kann noch immer nicht glauben, was sie gemacht hat. Sie hat sich etwas getraut, und es ist besser gelaufen als in ihren kühnsten Vorstellungen. Sophia hat ihr zum Abschied »Der ist doch ganz nett!« ins Ohr gehaucht, und auch die Zwillinge schienen längst nicht so verstört, wie sie erwartet hatte.

»Bald treffen wir meine Tochters!«, kündigt Bohdan an, und Jutta hat sofort wieder Angst, nicht zu gefallen. »Sind ganz lieb! Keine Angst. Und ist nicht eilig! Erst mal machen wir schone Zeit hier. Schritt fur Schritt.«

Trotz all der Ereignisse hat Jutta ihre Verabredung mit Fritzi nicht vergessen. Sie versucht, Bohdan nicht zu wecken, als sie um 6.15 Uhr aus dem Bett steigt. »Ich gehe schnell schwimmen und bringe danach Brötchen mit«, flüstert sie dem Mann an ihrer Seite zu.

»Ich freue mich schon jetzt, dich gleich wiederzusehen.«

Sie sagt es und sie fühlt es. Sie hatte vergessen, wie schön es sein kann, gemeinsam aufzuwachen, morgens einen warmen Körper neben sich zu spüren. Einem Menschen nah zu sein.

Auf die Minute pünktlich steigt sie um sieben Uhr ins Wasser. »Und wie war dein erster Abend zu Hause?«, fragt ihre Schwimmtrainerin und Freundin.

»Verrückt. Und wunderbar. Wunderbar verrückt. Bohdan ist da. Einfach gekommen. Aus Tschechien. Und die Kinder haben ihn kennengelernt. Und er bleibt für eine Weile, weil er mich gernhat. Das ist wirklich verrückt. Und nachher kommt Mechthild. Die aus Rostock, aus der irren Wohngemeinschaft. Auf Besuch«, sprudelt es aus Jutta heraus.

»Das freut mich so sehr für dich! Du hast es verdient. Dann hast du deine eigene WG, Mechthild, Bohdan und du! Wie cool! Aber jetzt trainieren wir erst mal in aller Ruhe.«

Jutta, die eben noch zu gerne neben Bohdan liegen geblieben wäre, ist heilfroh, ihren inneren Schweinehund überwunden zu haben.

»Ich glaube, du bist jetzt so weit!«, sagt Fritzi gegen Ende der Stunde.

Jutta zögert.

»Trau dich, du hast ganz andere Dinge geschafft in letzter Zeit!«, ermutigt sie Fritzi.

Und Jutta schwimmt los. Atmen, Arme und Beinschlag, ohne zu denken, funktioniert ihr Körper. Wie automatisch. Als sie am Ende der Bahn den Kopf aus dem Wasser hebt, ist sie stolz. Fünfundzwanzig Meter ist sie am Stück gekrault. Da geht noch mehr, und das nicht nur im Wasser.

Sie freut sich darauf. Auf das, was kommt. Unbändig.

Endlich Heimvorteil!

*Um ein Buch zu schreiben, braucht es viel und viele:
eine wunderbare Lektorin – danke Michaela –
einen geduldigen Verlag – danke Droemer Knaur –
und Liebe. Danke Matthias.*